D1354434

# J'ai vu un homme

# Du même auteur

*Résistance*
Rivages, 2009
Rivages poche n° 715

# Owen Sheers

# J'ai vu un homme

Traduit de l'anglais
par Mathilde Bach

Rivages

Collection dirigée par Nathalie Zberro

Édition originale :
*I Saw a Man*, Faber & Faber, 2015

*Pour Samantha*

Hier, en haut des marches,
J'ai vu un homme qui n'était pas là.
Aujourd'hui encore il n'était pas là,
J'aurais tant voulu qu'il parte.


*Yesterday, upon the stair,*
*I saw a man who wasn't there.*
*He wasn't there again today,*
*I wish, I wish he'd go away*

Extrait d'une version d'*Antigone*
de Hugh Mearns

# 1

L'événement qui bouleversa leur existence survint un samedi après-midi de juin, quelques minutes à peine après que Michael Turner, croyant la maison des Nelson déserte, eut franchi le seuil de la porte du jardin. Ce n'était que le début du mois, mais Londres se boursouflait déjà sous la chaleur. Les fenêtres béaient le long de South Hill Drive. Garées des deux côtés de la route, les voitures bouillaient, brûlantes, leurs carrosseries prêtes à craqueler au soleil. La brise du matin s'était retirée, laissant la rangée de platanes parfaitement immobile. Les chênes et les hêtres du parc alentour ne bruissaient pas davantage. La vague de chaleur s'était abattue sur la ville une semaine plus tôt, et cependant les herbes hautes qui s'étendaient hors de l'ombre protectrice des arbres commençaient à jaunir.

Michael avait trouvé la porte du jardin des Nelson entrouverte. Il s'était penché dans l'entrebâillement, l'avant-bras appuyé au cadre de la porte, et avait appelé ses voisins.

« Josh ? Samantha ? »

Pas de réponse. La maison avait absorbé sa voix sans lui renvoyer le moindre écho. Il baissa les yeux sur sa

11

vieille paire de chaussures bateau, leurs semelles gorgées d'humidité par l'herbe fraîchement arrosée. Il jardinait depuis midi et était venu directement chez les Nelson, sans passer prendre une douche dans son appartement. Sous son short, ses genoux aussi étaient crasseux.

Repoussant le talon de sa chaussure gauche avec le bout de son pied droit, Michael s'en extirpa. Tout en répétant l'opération pour l'autre pied, il tendait l'oreille, guettant quelque signe de vie à l'intérieur de la maison. Toujours rien. Il regarda sa montre : 15 h 20. Il avait un cours d'escrime de l'autre côté du parc à 16 heures. Il lui faudrait au moins trente minutes pour arriver là-bas. Il s'avança, s'apprêta à pousser la porte, mais se ravisa en voyant ses mains sales et utilisa son coude afin de l'ouvrir et de se frayer un chemin à l'intérieur.

La cuisine baignait dans une pénombre fraîche et il fallut un moment à Michael pour ajuster sa vision à l'absence de lumière. Dans son dos, le jardin de ses voisins descendait en pente douce entre un poirier et une haie d'herbacées ratatinée. La pelouse desséchée dévalait jusqu'à un portail en bois envahi par les roseaux. Au-delà du portail, il y avait un saule pleureur penché au-dessus d'un des bassins du parc. Durant les derniers mois, ces bassins s'étaient recouverts d'une seconde peau de lentilles d'eau vertes, étonnamment luisante. Quelques minutes plus tôt, Michael, accroupi dans l'herbe pour se reposer, avait contemplé une foulque qui fendait la surface de l'eau depuis l'autre rive, sa tête blanc et noir comme un voile de nonne, avançant en rythme et traînant dans son sillage une nuée de canetons.

Debout dans la cuisine, Michael tendit l'oreille une nouvelle fois. Ce n'était pas le genre de Josh et Samantha de laisser la maison ouverte en leur absence. Il savait que Samantha avait rejoint sa sœur Martha pour le week-end. Mais il pensait que Josh et les filles étaient là. Pourtant la maison demeurait silencieuse. Seuls les bruits du parc lui parvenaient : les aboiements d'un chien, les bavardages de pique-niques lointains, les éclaboussures d'un plongeur dans le bassin de nage, de l'autre côté de la promenade. Plus près, dans un jardin tout proche, il entendit un jet d'eau automatique se mettre en marche. L'atmosphère était si figée et si calme que, de là où il se tenait dans la cuisine, ces bruits semblaient déjà tissés dans le fil de la mémoire, appartenant au passé, comme s'il avait franchi une porte temporelle et non le seuil d'une maison.

Peut-être Josh avait-il laissé un mot ? Michael s'approcha du réfrigérateur pour vérifier : modèle carré, à l'américaine, en acier brossé, avec un distributeur de glaçons intégré. Une montagne de paperasses en recouvrait la surface, au lieu de s'entasser sur un bureau, elles étaient retenues là à la verticale par des aimants à l'effigie des œuvres de Rothko. Michael passa en revue les menus de traiteur à emporter, listes de courses, bulletins scolaires, rien qui indique où Josh pouvait bien être. Il se détourna du réfrigérateur et scruta la pièce autour, espérant trouver un indice.

La cuisine de Samantha et Josh était robuste et généreuse, à l'image du reste de l'habitation. Les lamelles d'ombre des stores vénitiens caressaient l'îlot central, autour duquel étaient disposés un four, deux plaques de cuisson et un tableau d'ustensiles de cuisine professionnels. Derrière un comptoir où l'on prenait le petit déjeuner, des plantes en pots et des stores ocre séparaient la cuisine de la véranda où l'on pouvait s'installer dans un canapé affaissé et deux fauteuils. À l'autre bout de la cuisine se trouvait une table ovale pour les repas, et trônant au-dessus, un portrait des Nelson.

Cette photographie en noir et blanc, faite en studio à l'époque où Rachel était encore une petite fille et Lucy un bébé, montrait les deux enfants assises sur les genoux de leurs parents dans des robes blanches identiques. Samantha couvait ses filles d'un œil rieur, elle ne regardait pas l'objectif. Josh, en revanche, adressait un sourire franc et direct à l'appareil, sa mâchoire semblait plus anguleuse que celle de l'homme que Michael connaissait. Ses cheveux aussi paraissaient plus noirs, avec cette coupe de petit garçon qu'il arborait toujours, les tempes grisonnantes en moins.

Michael fixa un instant le regard de ce Josh rajeuni. Il se demanda s'il ne ferait pas mieux de l'appeler pour lui dire que la porte de son jardin était ouverte. Mais son téléphone était resté chez lui et Michael ne connaissait par cœur ni le numéro de Josh ni celui de Samantha. Et peut-être d'ailleurs n'y avait-il aucune raison de les inquiéter ? À première vue, aucun signe d'intrusion. La cuisine avait exactement la même apparence que d'habitude.

Michael ne connaissait les Nelson que depuis sept mois, mais leur amitié, une fois nouée, avait vite gagné en intensité. Ces dernières semaines, il avait l'impression d'avoir pris plus de repas chez eux qu'à sa propre table, dans l'immeuble voisin. Lorsqu'il s'était installé, il n'avait pas tout de suite vu le chemin qui menait de leur pelouse au jardin commun qui bordait la rangée d'immeubles où se trouvait son appartement. Traversant la haie à un endroit où elle s'interrompait, le sentier était presque invisible. Mais à présent, à force d'être emprunté, le tracé se distinguait facilement : Michael passait les voir le soir et Samantha ou les filles venaient le chercher les week-ends. Telle une famille, les Nelson étaient devenus pour lui une présence apaisante, un ancrage nécessaire contre les déferlantes du passé. Michael avait la certitude que cette cuisine n'avait pas été fouillée ou visitée. C'était la pièce dans laquelle il avait passé le plus de temps avec eux, l'endroit où ils mangeaient, buvaient, l'endroit où il avait véritablement eu le sentiment de panser ses blessures. Pour la première fois depuis qu'il avait perdu Caroline, il avait appris ici, grâce à Josh et Samantha, à se souvenir, non plus seulement de son absence, mais d'elle.

Détachant le regard du portrait de famille, Michael jeta un œil aux chaises et aux buffets dans la véranda. Sans doute ferait-il mieux de contrôler le reste de la maison. Tout en marchant vers le téléphone et en parcourant les Post-it collés un peu partout sur le combiné, il se persuada que Samantha et Josh ne voudraient pas le voir partir sans une inspection en règle. Mais il fallait faire vite. À l'origine, il ne devait passer que pour récupérer un tournevis prêté à Josh et dont il avait besoin pour réparer une épée avant son cours. Dès qu'il aurait mis la main dessus et fait le tour de la maison, il s'en irait.

Une nouvelle fois, Michael regarda sa montre. Il était presque 15 h 25. S'il trouvait quoi que ce soit de louche, il pourrait toujours appeler Josh en traversant le parc pour aller à son cours. Où qu'il soit, se dit Michael, avec les filles il ne pouvait pas être allé bien loin. Tournant le dos au téléphone couvert de gribouillages, Michael s'avança vers la porte qui menait au hall d'entrée. Tandis qu'il traversait la cuisine, les tommettes rouges, fraîches sous ses pieds, se couvraient des empreintes de ses chaussettes humides, qui disparaissaient lentement derrière lui comme si le vent venait recouvrir sa trace.

**2**

Josh était la première personne que Michael avait rencontrée, le soir même de son arrivée sur South Hill Drive,
sept mois plus tôt. Jamais Michael n'aurait imaginé qu'il
s'installerait de nouveau à Londres. Mais lorsque sa femme,
Caroline, n'était pas revenue d'un reportage qui aurait dû
durer deux semaines au Pakistan, il avait fini par se décider
à vendre leur cottage du pays de Galles et à réemménager
dans la capitale.

Coed y Bryn était une vieille longère galloise, un cottage
bas de plafond accolé à une grange dans une vallée isolée
à la sortie de Chepstow. Le bâtiment le plus proche, une
chapelle rurale, servait exclusivement pour les mariages
et les enterrements. Par les fenêtres, on ne voyait que des
bois et du ciel. Ce n'était pas le genre d'endroit où vivre
seul, lui avaient dit ses amis. Sans Caroline, il avait désormais besoin de monde, de distractions. Finalement, un des
collègues de Caroline lui avait proposé un appartement
à louer dans un immeuble des années 1950 surplombant
le parc d'Hampstead. L'e-mail que Peter envoya avec
toutes les informations concernant l'appartement resta
lettre morte dans la messagerie de Michael pendant des

17

jours. Jusqu'au soir où, après une autre longue journée de solitude, il se déboucha une bouteille de vin et s'installa avec son ordinateur portable devant la cheminée. Il ouvrit sa messagerie, cliqua sur l'e-mail de Peter et consulta les pièces jointes.

Sur la première photo, on voyait une grande fenêtre à deux battants et, derrière les carreaux, les arbres et la lande qui ondulaient dans le parc. Le vent d'automne cognait contre le mur arrière du cottage, le feu craquait dans l'âtre et Michael faisait défiler les images – une large rue bordée de maisons géorgiennes, voisinant ici et là avec des constructions plus modernes, deux chambres chichement meublées, une salle de séjour à la moquette tachée et usée jusqu'à la corde, une cuisine en magnolia et pin, tout en longueur, vieillotte.

Cet appartement avait vu tant de vies. De nombreuses personnes s'étaient tenues devant ces fenêtres, allongées sur ces lits. Désormais, Michael avait besoin de recommencer. En même temps il ne voulait pas d'un nouveau départ. Il répondit donc à Peter qu'il acceptait. En partie parce que l'appartement ressemblait davantage à une salle d'attente qu'à une renaissance. Mais aussi parce qu'il savait que Peter ne faisait qu'exécuter la volonté de Caroline en essayant d'aider son mari. Michael espérait qu'une fois installé à Londres, Peter se sentirait moins d'obligations envers lui ; lorsqu'il lui aurait mis un toit sur la tête, il s'estimerait peut-être en mesure de le laisser se débrouiller.

Quand Michael et Caroline avaient quitté Londres pour le pays de Galles, ils avaient loué le plus grand camion de la société de déménagement pour transporter leurs affaires jusqu'à Coed y Bryn. Depuis leurs trente ans, chacun avait mené une vie indépendante, principalement célibataire, et bien qu'aucun des deux ne soit resté sédentaire très longtemps, ils avaient tendance à stocker plutôt qu'à jeter. Les livres et les affaires de Michael étaient éparpillés dans des garde-meubles, des chambres d'amis chez les uns et les autres, des deux côtés de l'Atlantique ; s'y ajoutaient les vestiges de son adolescence, conservés dans le grenier de la maison de ses parents dans les Cornouailles. Quant à Caroline, en dépit de sa vie de nomade, elle nourrissait une attirance pour les objets insolites, les chaussures et les meubles. À eux deux, après une décennie d'appartements et de studios successifs, ils avaient accumulé de quoi remplir deux fois la superficie du cottage.

Caroline était arrivée à Coed y Bryn après avoir sillonné la carte du monde comme correspondante à l'étranger pour une chaîne de télé américaine. Depuis la fin de l'université, elle avait habité sur plusieurs continents. Le plus souvent, ce n'étaient rien d'autre que des lieux de passage. Une suite ininterrompue de studios, logements de fonction, chambres dans des maisons en colocation au Cap, Nairobi, Sydney, Berlin et Beyrouth. En 2001, avant ses trente ans, elle avait infiltré une division ouzbek de l'Alliance du Nord qui progressait dans Kaboul, armes à la main. En 2003, elle avait célébré son trentième anniversaire avec une bouteille de Jack Daniels et un marine, sur la banquette arrière d'une voiture blindée, à la périphérie de Bagdad. Jusqu'à sa rencontre avec Michael, sa vie avait été une longue séquence de vagabondages plus ou moins excitants. Les aéroports la détendaient, comme si être en transit était son état naturel. Ses souvenirs les plus intenses étaient des arrivées et des départs, parenthèses entre lesquelles se déroulaient les chapitres successifs de son existence. Pour Caroline, s'abandonner au rythme aléatoire des événements constituait une forme de liberté. Être envoyée en reportage au dernier moment, ne pas savoir où elle allait, ni quand. Sentiment familier d'inconnu. Née au Cap, élevée à Melbourne, étudiante à Boston. Elle avait toujours été la nouvelle venue, l'étrangère, ses affaires restaient stockées dans un garde-meubles alors qu'elle continuait sa route.

Entre vingt et trente ans, tandis que sa carrière progressait, Caroline développa avec fierté sa capacité d'adaptation et apprit à cultiver un certain détachement. En transit à l'aéroport d'Amsterdam un jour de grisaille, sa peau bronzée évoquait les déserts rocailleux, les souks et les bazars. Dans les boîtes et les bars, son caractère éphémère agissait telle une phéromone sur les hommes. Elle ne faisait que passer. C'était en tout cas ce qu'elle s'efforçait d'exprimer à travers ses regards intenses, qui donnaient à sa silhouette menue une sorte d'aura. Elle se maquillait rarement, et ses cheveux blonds étaient rarement aussi coiffés que ceux des autres femmes perchées aux bars des hôtels. Parfois, quand elle venait d'atterrir, de vagues relents de sueur séchée s'attardaient sur ses vêtements.

Et cependant ils étaient attirés par elle. Ces hommes qui travaillaient dans des bureaux, et que leurs costumes ne semblaient jamais quitter, même nus. Dans les cafés, les pubs bondés, voire dans la rue, ils venaient à elle, ils percevaient la fugacité de cette comète, comme s'ils savaient que la chance de la voir traverser leurs nuits ne se présenterait pas deux fois.

Elle avait assisté aux aubes qui succèdent aux désastres. Elle savait les horreurs que les humains pouvaient s'infliger les uns aux autres. Elle avait perdu des amis. En Bosnie, en Afghanistan, au Liban, au Sri Lanka, en Irak. Une nuit, à Kaboul, le corps de son interprète avait été retrouvé chez lui sur son canapé, la langue et les yeux arrachés. Elle avait porté tous ces deuils, causé du souci à sa famille. Mais pour Caroline, ces épreuves, quoique douloureuses, étaient le prix de la vie. Son pas se chargeait de ces souffrances, de lieux quittés et d'amitiés perdues, mais sa foulée continuait.

Elle ne respirait pas toujours le bonheur. Franchissant le cap des trente ans, elle se rendait bien compte qu'elle se détachait de tout ; la distance – le temps, les liens délités – l'avait plus ou moins insensibilisée. Elle s'en accommodait. La vie, lui semblait-il, était un instrument, il suffisait de trouver quel air on pouvait jouer. Vu sous cet angle, elle estimait qu'elle avait de la chance. Elle avait trouvé son air très jeune, et elle l'exécutait à merveille.

Et puis un jour, en se réveillant seule dans une chambre d'hôtel à Dubaï, elle s'était sentie différente. Comme si la succession d'expériences avait finalement, ce matin-là, révélé sa signification profonde. Un enseignement par omission. La révélation de ce qu'elle ignorait, et non de ce qu'elle savait. Sa tante était morte la semaine précédente, elle n'avait pas fait le voyage jusqu'en Australie pour assister aux funérailles. Sa mère lui avait dit que ce n'était rien, que tout le monde comprendrait. Caroline ne sut jamais dire avec certitude si cette conversation téléphonique avait servi de catalyseur. Sur le moment, elle n'y avait pas pensé. Mais quel que soit l'élan qui l'avait saisie, elle avait eu

21

envie de s'arrêter, de changer de musique. Elle avait eu besoin de se réveiller en sachant, sans hésitation, où elle se trouvait. De susciter un vrai désir, un vrai manque, pas cette vague connivence.

Quand elle rentra à Beyrouth, Caroline posa sa candidature pour le bureau de Londres. C'était l'autre bout du monde par rapport à sa famille à Melbourne, mais elle ne voulait pas rentrer à la maison. Ni aller en Amérique. Elle cherchait un pays plus vieux que ces deux-là, elle choisit donc Londres. Les gens qu'elle connaissait ici et là – cameramen, photographes, éditeurs, reporters – passaient tous par Londres, à un moment ou un autre de leurs voyages. Et c'était aussi là, sur le seuil de cette ville, que se trouvait le reste de l'Europe, une sorte de solution de repli, de filet de sécurité au cas où l'envie la reprenne, et elle savait que cela arriverait, que le besoin de nouveaux départs et de nouvelles arrivées reviendrait.

Contrairement à Caroline qui n'avait cessé de parcourir le globe, les précédentes adresses de Michael, à part la maison de son enfance et un appartement à Manhattan, avaient été londoniennes. Il avait quitté les Cornouailles pour faire ses études à la capitale ; une fois son diplôme obtenu, il était resté et avait trouvé une place de stagiaire à l'*Evening Standard*. Durant les cinq années suivantes, il exerça toutes les formes de journalisme – chroniques, critiques, brèves, commentaires – et fit progresser régulièrement la taille de ses articles en même temps que celle de son salaire, jusqu'à ce que, approchant de la trentaine et craignant le phénomène de fossilisation qui frappait ses collègues plus âgés, il décide de quitter le *Standard* et de partir vivre à Manhattan. Il avait débarqué dans la ville armé de sa carte de presse et d'une liste de quelques rédacteurs en chef britanniques qui avaient bien voulu l'engager comme pigiste pour alimenter les appétits de couleur locale new-yorkaise de leurs publications. Ce que Michael fit à la perfection. Mais il n'était pas parti vivre en Amérique pour y suivre la voie qui lui avait fait quitter l'Angleterre. La distance parcourue dans les airs entre Londres et New York n'avait de sens que si elle était le début d'un autre périple : un passage de la vie de journaliste, qu'il avait menée depuis l'université, à celle d'auteur.

Le premier livre de Michael, *Fraternités*, racontait l'histoire de Nico et Raoul, deux frères dominicains habitant Inwood. Reproduction fidèle de leurs vies, de leur monde, c'était aussi l'histoire d'une ambition déçue, d'un échec. Aux yeux de Michael, c'en était également la conséquence. Tout au long de la première année qu'il avait passée en Amérique, à rédiger des articles sur des soirées mondaines, des reportages sur le Super Bowl, des chroniques sur les peintres de l'Hudson Valley, Michael avait nourri l'espoir de devenir romancier. La fiction ne cessait pourtant de se dérober à lui. Pour des raisons qui lui échapperaient toujours, quelles que soient les heures qu'il passait à son bureau, les notes qu'il ne cessait de prendre dans d'innombrables cafés, son imagination, au seuil de l'invention, s'essoufflait systématiquement, incapable de faire un pas de plus. La prose des écrivains qu'il admirait – Salter, Balzac, Fitzgerald, Atwood – demeurait hors de sa portée. Il arrivait à identifier leurs effets en les lisant, il voyait bien ce qui fonctionnait dans leurs romans et nouvelles, comment les éléments mouvants de la narration s'emboîtaient. À l'image de l'ingénieur capable de démonter un moteur d'avion avec talent, mais incapable de le faire voler, ses mots à lui restaient obstinément collés au papier.

Michael avait cru que New York libérerait le roman qu'il n'était pas parvenu à écrire à Londres. L'éclat luisant et magnétique de l'aurore sur l'Hudson, les rivières de feux arrière sur Lexington et la Troisième Avenue, l'échelle de la ville, à la fois intime et majestueuse. Manhattan était un roman à lui tout seul, pensait-il, il n'aurait plus qu'à laisser les rues lui dicter sa prose. Il s'était évidemment trompé, et s'était retrouvé, au milieu de sa deuxième année à New York, face au fiasco de son imagination, à tenter d'en plaquer l'empreinte sur son travail de journaliste.

Il commença au coin de la rue, en racontant le quotidien d'Ali, le propriétaire arménien de l'épicerie près de chez lui : du petit jour, à lessiver le trottoir devant son magasin, aux clientes de minuit, mannequins sous coke de Soho, qui venaient lui acheter des préservatifs et des chewing-gums. L'*Atlantic* publia le texte, et lui en commanda un autre dans la foulée. Alors, l'attention de Michael se porta à quelques mètres de là, sur Marilia, une mère de famille noire à la tête de six enfants, qui faisait traverser bénévolement les élèves de l'école, tous les matins et tous les soirs, depuis vingt ans. Grâce à Marilia, il eut ses entrées dans l'école elle-même, où il dénicha son sujet suivant en la figure du proviseur rigide, qu'il suivit à la trace tandis qu'il jonglait entre les emplois du temps, les remplacements de professeurs, les détecteurs d'armes à feu et les exigences des parents les plus aisés.

Alors qu'il rédigeait ces premières nouvelles, Michael découvrit que le fait d'être anglais lui ouvrait des portes :

pas celles des institutions, celles des gens. Chez tous les sujets qu'il avait choisis, il y avait cette présomption d'intégrité à son égard, suggérée, pensait-il, par la réputation de la BBC et les films britanniques d'époque de la Merchant Ivory. Associé à son naturel – patient, calme, tout en étant extrêmement curieux – ce préjugé culturel permettait à Michael d'accéder rapidement à l'intime. Ceux qu'il interrogeait lui accordaient leur confiance ; en échange, il accordait de la valeur à cette confiance, les écoutait, les enregistrait, prenait des notes pendant qu'ils parlaient, s'efforçait autant que possible de voir la ville à travers leurs yeux, de la sentir à travers leur peau.

Pour chacun des textes qu'il livra, du millionnaire de Central Park au SDF du Bronx, la technique de Michael était la même : l'immersion. Il commençait par jouer sur le temps, en le dépensant sans compter. Constamment présent, il observait jusqu'aux plus anodins des événements du quotidien, finissant toujours, malgré sa grande taille et son accent, par se faire oublier. Il prit l'habitude de se promener en permanence avec des centaines de fiches blanches assez fines pour être glissées dans la poche intérieure de sa veste. Ce support, avait-il constaté, était plus discret et, en un sens, moins effrayant qu'un carnet de notes, car il laissait penser que ce qu'il écrivait n'était pas dûment consigné mais simplement jeté sur un bout de papier, appelé à disparaître à un moment ou un autre.

Lorsque, après des mois de documentation, Michael sentait qu'il en avait assez vu et entendu – c'était une intuition plus qu'une certitude, une impression qui affleurait dans son champ de vision –, il sortait de l'existence de ses sujets aussi brutalement qu'il y était entré. Emportant avec lui leurs histoires jusqu'à son bureau dans son appartement de Soho, où il s'immergeait à nouveau, adoptant un style romanesque afin de s'effacer non seulement de leur vie, mais aussi de ce qu'il écrivait sur eux. Il était bel et bien présent, à leurs côtés, pour assister aux événements qu'il décrivait – le jour où l'inspection sanitaire avait découvert un rat, le jour où un gamin avait agressé son professeur de maths, le jour où le chien du millionnaire s'était fait écraser – et cependant Michael ne figurait jamais dans la version définitive. Seuls les personnages demeuraient, menant leurs vies à la troisième personne, égrenant les heures et les jours de la ville comme les pages d'un roman.

Son style devint l'antithèse du journalisme gonzo : l'écrivain disparaissait de l'écriture. Un acte d'effacement massif qui s'enracinait dans sa capacité d'immersion en échappant pourtant à toute idée d'expérience directe. Ainsi, n'apparaissant jamais à leurs côtés, Michael pouvait décrire Ali au réveil, dans son lit, Marilia chantant sous la douche ou bien son millionnaire, une tasse de café à la main, dans une réunion matinale au Brésil. Ce genre d'instants saisis, bien qu'il n'en ait pas été le témoin, était le fruit de ce qu'il avait appris sur ses sujets à d'autres moments, dans d'autres lieux ; c'était le résultat non pas de la vérité qu'il connaissait, mais de celle qu'il mesurait. Voilà ce qu'il avait espéré accomplir au fil de ces premières nouvelles new-yorkaises : réussir, en utilisant les libertés qu'offrait la fiction inspirée de faits réels, à rendre la réalité des trajectoires qu'il décrivait encore plus réelle.

Lorsqu'il rencontra Nico et Raoul, il avait déjà commencé à chercher un sujet qui puisse le faire passer des pages d'un magazine à celles d'un livre. Il avait abandonné l'idée d'écrire un véritable roman, mais il n'avait pas pour autant renoncé à son désir de devenir écrivain. Il avait désormais à son actif quelques textes reconnus et une galerie de personnages auxquels son procédé d'immersion avait donné chair, il était prêt à tenter sa chance à nouveau.

Ce fut un policier qui mena Michael à Nico et Raoul. Ils bavardaient devant la bouche de métro à l'angle de Broadway et de la 201ᵉ, des gobelets de café fumant à la main. C'était le mois de février, des congères boueuses bordaient encore les rues. Une pâle lumière d'hiver se reflétait dans les vitrines des magasins. La foule quotidienne des hommes et des femmes se rendait au travail, portant doudounes, gants et bonnets de montagne.

Michael s'était rendu à Inwood Hill Park, ce matin-là, pour visiter le site où des marchands hollandais, les premiers, avaient acheté Manhattan, échangeant le territoire aux Indiens Lenapes contre un sac de breloques d'une valeur de 24 dollars. Il n'avait découvert que récemment ce coin de la ville, au nord de Washington Heights, mais son côté brut lui collait déjà à la peau. Dans une poignée de rues, Inwood, Dykeman et Broadway, il avait découvert un véritable théâtre urbain, bien plus diversifié que ce que l'on pouvait voir dix pâtés de maisons plus au sud : l'immigration avait marqué les lieux de son empreinte. Des Dominicains jouaient aux dominos sur le trottoir devant l'O' Gradys, le Gael Bar, l'Old Brigade Pub, aux murs encore couverts de trèfles et de drapeaux de l'IRA. Aux feux rouges, de gros 4 × 4 aux vitres teintées vibraient sous les basses de Reggaeton. Des drag queens portoricaines buvaient des cocktails dans les boîtes de salsa, des jeunes filles en robe ras les fesses miaulaient en passant. Plus loin encore, derrière les grilles du parc, de jeunes Noirs au corps élancé surgissaient entre les rebonds de leurs ballons de basket sous les paniers, des papis italiens regardaient le championnat de baseball junior à la télévision, les coups de pied ratés de quelque match de foot mexicain résonnaient sur un terrain au loin.

Là-bas, après la 200ᵉ, errant dans les rues, Michael avait eu l'impression de pouvoir toucher du doigt le rêve originel de Manhattan. De pouvoir sentir dans l'air ce qui avait mené ces marchands hollandais jusqu'ici, et de percevoir encore, contrairement à ce qu'il en demeurait plus au sud où tout s'était dilué dans l'argent, l'histoire de cette île nourrie par l'immigration. Chaque communauté qu'il reconnaissait là – les Dominicains, les Mexicains, les Irlandais, les Africains – semblait appartenir au réseau de racines d'un seul et même arbre, filigranes ethniques d'une île en pleine croissance et en pleine mutation.

Michael avait engagé la conversation avec le policier près d'un kiosque à café le long du parc. Tandis qu'ils versaient leur sucre dans leurs gobelets, il lui demanda s'il avait constaté beaucoup de changements dans le quartier. Le flic avait secoué la tête en rigolant. « Oh, mon gars, avait-il dit. Si vous saviez. Ça change tout le temps ici. » Ils avaient continué à parler tout en marchant tranquillement jusqu'à son poste de surveillance à l'entrée du métro, Michael lui avait demandé s'il y avait beaucoup de problèmes dans le coin. Le flic avait haussé les épaules. « Un peu, avait-il répondu. Des histoires de drogue, de violences domestiques. » Puis, en soufflant sur son café et en tapant ses pieds sur le sol pour les réchauffer, il avait parlé à Michael de « deux punks », des Dominicains, deux frères, qui s'étaient fait la rue Arden en entier à 4 heures du matin en explosant toutes les vitres côté route des voitures garées là. Ils avaient déguerpi, laissant la rue à un concert assourdissant d'alarmes hurlantes et d'hommes en bras de chemise leur criant après depuis les fenêtres de leurs appartements, tout en haut des immeubles illuminés par les phares des voitures.

En écoutant le policier raconter cette histoire, Michael avait su immédiatement qu'il lui fallait rencontrer ces deux garçons, pour découvrir qui ils étaient et comment ils en étaient arrivés à commettre un acte de vandalisme aussi spectaculaire. Il pressentait déjà l'arrière-plan derrière le geste, les histoires qui se déployaient de part et d'autre de cet instant-là. Il demanda au policier s'il pouvait les rencontrer, ces deux frères. Le flic leva les sourcils, puis siffla entre ses dents. C'était un Latino, avec un visage large et une moustache épaisse. Michael tira un billet de cinquante de son portefeuille et le plia en quatre. Le policier considéra le billet pendant un moment, puis le prit, et le fourra dans sa poche en haussant à nouveau les épaules, l'air de dire qu'il n'allait pas, lui, changer l'ordre des choses. Le lendemain matin, dans le bureau du travailleur social en charge de leur dossier, Michael croisa pour la première fois les regards de Nico et Raoul.

Durant les trois années suivantes, jusqu'à quatre fois par semaine, Michael prenait la ligne A, vers le nord, et plongeait dans la vie des deux frères. Il commença à passer plusieurs jours de suite dans le quartier, il louait une chambre surplombant les collines boisées du parc. Depuis la fenêtre de son dernier étage, il vit défiler trois automnes, dénudant les arbres au milieu desquels les premiers habitants de l'île, les Indiens Lenapes, avaient autrefois creusé des grottes pour s'y installer. Au bout d'un an de séjours réguliers, le propriétaire des lieux consentit à fournir un bureau à Michael, une vieille table en pin couverte d'entailles et de marques de couteaux de cuisine. Tandis qu'il consignait ses notes dans cette chambre, Michael assista aux premières manifestations de l'embourgeoisement du quartier. Des échoppes temporaires ouvertes les dimanches de marché se transformèrent peu à peu en librairies d'occasion et cafés. Des agences immobilières s'établirent dans les anciens locaux de laveries, de cordonneries. De jeunes couples blancs se mirent à peindre les façades de maisons autrefois murées. Les couleurs éclatantes des poussettes et autres écharpes de portage ponctuaient de plus en plus régulièrement les chemins du parc le mercredi après-midi.

Au début, l'ignorance de Michael joua en sa faveur. Il ne savait rien du monde dans lequel vivaient les deux frères, de ces rues et de ces immeubles qui s'étendaient à l'ouest du parc. Il représentait une sorte de curiosité : un grand mec anglais, avec une coupe de cheveux BCBG et un accent tout droit sorti d'une de ces sitcoms britanniques. Ça pouvait servir quand il fallait s'adresser à un travailleur social ou gratter un peu d'argent. À certains moments, ils avaient presque l'impression d'avoir un enfant avec eux, voulant apprendre, explorer tout le champ de leurs compétences. Mais, progressivement, au fil des mois et des années, les échelles de connaissance commencèrent à s'inverser. Les nouvelles publiées dans les magazines avaient servi de formation à Michael, il était désormais passé maître dans l'art de s'intégrer dans la vie des autres. Il ne se mêlait jamais vraiment à leur environnement, mais il finissait par s'y fondre. Les amis de Nico et Raoul appréciaient de plus en plus son obstination et ce qu'elle impliquait : lui au moins essayait vraiment de voir les choses de leur point de vue. À Inwood, la rue était comme un aquarium où l'on s'était mis à rechercher ses conseils, son oreille. Quand la petite amie de Nico tomba enceinte, Michael l'apprit avant lui. Quand Raoul entra en guerre contre un dealer rival, il fit promettre à Michael de ne pas en parler à son frère. Mais son expérience de leur monde était parfois encombrante aussi. La police lui mettait la pression pour avoir des informations, et les aînés du quartier commençaient à s'agacer qu'il en sache trop. La présence de Michael ignorant était une chose, mais depuis qu'il en savait autant, c'était une autre histoire.

Le trajet de la ligne A que Michael empruntait entre Soho et Inwood suivait le tracé d'une piste de chasse indienne, autrefois utilisée comme pourtour des forêts et collines autour de Manhattan. Un matin, comme s'il avait eu l'intuition qu'un processus de régénération du sens de ce trajet était à l'œuvre désormais, Nico avait appelé Michael sur la route pour lui dire où ils se trouvaient. Ils traînaient dans l'appartement de leur tante, un studio en étage élevé dans les logements sociaux de la Dixième Avenue.

« *El Tronco* est un chasseur, mon frère, crois-moi », lança Nico du fond de son canapé. Il s'adressait à son frère tout en regardant Michael. « Hein, c'est vrai, Mikey ? » Il avait un cure-dents dans les mains, qu'il pointa sur lui. « Une *puta* en train de nous dépouiller. Hein, c'est ce que t'es ? Un putain de plongeur qui fouille notre épave. »

Michael balaya la réflexion d'un rire, mais un bref instant, l'air se comprima dans l'atmosphère. Pas tant à cause de la menace qui planait dans la voix de Nico, mais plutôt parce qu'ils savaient tous très bien que, intentionnellement ou non, ce qu'il disait était vrai.

Cinq ans après leur première rencontre dans le bureau de l'assistant social, Michael publia *Fraternités*. Il avait espéré que le livre aiderait les deux frères à s'en sortir, en vain. HBO acheta les droits de leur vie et chacun empocha 25 000 dollars. Ils voulaient en faire une série. Des personnages récurrents, des marques. Créer des coffrets, des publicités à leur effigie sur le flanc des bus. Il n'en sortit rien. Pendant quelque temps, les deux acolytes savourèrent leur notoriété. Mais très vite l'attention, l'argent attisèrent leurs ennuis au lieu de les étouffer. Tandis que le livre devenait la sensation littéraire de Manhattan, Nico, son personnage central, entamait une peine dans une prison au nord de l'État pour possession illégale d'arme à feu. Raoul, en guerre avec un dealer ennemi, privé de la protection de son frère, partit s'installer dans le studio d'un cousin en Pennsylvanie. Au moment précis où les deux frères quittaient la ville, partout dans Manhattan les lecteurs faisaient leur connaissance. Dans le métro, sur les bancs des jardins publics, sous la couette à la lumière d'une lampe de chevet. Dans tout New York, et au-delà – dans le Vermont, à San Francisco, dans le pays entier – des étudiants sur la pelouse de leur campus, des voyageurs lors de leur trajet quotidien, des couples de quinquagénaires assis sur leur canapé, tous embarquaient à bord de la vie et des petites tragédies des deux frères.

Michael se mit à recevoir des demandes d'interview et des invitations à des émissions de télévision. Dans les pages du *New York Times*, où ses articles avaient paru autrefois, on trouvait à présent un portrait de lui. Durant sa période de documentation et d'écriture, il avait négligé sa vie privée. Il avait bien eu deux ou trois histoires, mais aucune d'elles n'avait résisté à l'intensité de ses recherches, pas plus qu'à sa vie de nomade d'une extrémité de l'île à l'autre. Au fur et à mesure, ses pensées n'avaient plus été occupées que par les deux frères, puis par l'écriture de son livre, par leur existence au fil de ses pages. Pendant cinq ans, il avait vécu non seulement aux côtés de Nico et Raoul, mais de plus en plus, à travers eux, sa propre vie était devenue une coquille vide, faite de routine et d'observation. À présent, c'était l'inverse : maintenant qu'il se trouvait sur l'autre versant du livre, les femmes semblaient à sa portée. Il avait trente-cinq ans, était célibataire et avait mis New York à ses pieds. Il commença à fréquenter son attachée de presse. Puis ce fut au tour d'une journaliste dominicaine. L'interview qu'elle lui avait infligée avait été stimulante, agressive même. Mais ensuite, elle l'avait invité à dîner et il fallut peu de temps pour qu'ils se mettent ensemble. Ce fut très vite terminé, et un soir, il repartit d'une lecture qu'il avait donnée à Columbia, en ramenant chez lui, non pas une mais deux étudiantes du public.

Il était conscient du côté cliché de ses expériences, tellement prévisible. Mais, se disait-il, il ne faisait de mal à personne, et il avait bien droit à une petite récompense après trois années passées à parcourir la ligne A pour traverser l'île, et deux autres à endurer la solitude de sa table de travail, non ? De plus, Michael était bien conscient que tout cela ne durerait qu'un temps, il profitait donc à fond du moment présent, s'attendant, d'un jour à l'autre, à se réveiller pour découvrir que ce n'était plus qu'un lointain souvenir.

Quant à Nico et Raoul, *Fraternités* et son auteur vinrent s'ajouter à la liste de leurs déceptions, confirmant au passage leur certitude que le monde entier s'était ligué contre eux. Michael essaya de garder le contact, mais plus le livre émergeait, plus leurs chemins divergeaient. Alors que Nico purgeait sa peine au nord et que Raoul subissait son exil forcé en Pennsylvanie, l'éditeur de Michael l'envoya en tournée de promotion à travers le pays. Au fil de ses apparitions, ville après ville, et en dépit de son malaise face à une audience, Michael se découvrit un personnage public – doté d'un humour différent du sien, plus corrosif, que les journalistes et attachés de presse qualifiaient de « britannique ». Cela dit, quand il évoquait les sujets de fond du livre, il conservait toujours un sérieux absolu. Le titre, expliqua-t-il à quelques poignées de lecteurs de l'Ohio et de la Caroline, puis à des amphithéâtres entiers à Los Angeles et Austin, nous désignait tous. Au-delà de Nico et Raoul, et des territoires où eux et leurs semblables se débattaient, c'était aussi tous ces quartiers collés les uns aux autres à Manhattan, en Amérique, partout. Regardez autour de vous, leur dit-il. Ces gens, ces histoires, cela se passe juste sous vos yeux. Leur histoire, c'est notre histoire. Nul homme, femme ou enfant, n'est une île. Oui, le livre parlait bien de deux jeunes Dominicains à Inwood, mais à travers eux, il parlait de nous, de notre capacité à vivre tout près et pourtant si loin les uns des autres.

Le public acquiesçait, applaudissait, puis demandait un autographe à Michael sur la page de titre du livre. Lorsque l'édition de poche parut, il fit don d'une partie de ses droits d'auteur à un programme d'éducation basé à Inwood et Washington Heights. Et cependant, chaque fois qu'il prononçait cette phrase sur les quartiers, sur nos vies si près et si loin les uns des autres, il sentait qu'il s'éloignait un peu plus des deux frères. Tandis qu'il continuait sa tournée nationale, d'hôtels en aéroports et en universités, Nico et Raoul, eux aussi, continuaient à se mouvoir. Nico, de sa cellule à la cantine, au terrain de sport, puis de nouveau à sa cellule. Raoul, du matelas de son cousin en Pennsylvanie à celui d'un autre à Albany, du lit d'une fille qu'il avait rencontrée dans la rue au canapé de sa copine. En à peine quelques mois, les années que Michael avait partagées avec les deux frères s'évanouirent, délitées par la publication de leur propre récit.

La dernière fois que Michael entendit la voix de Nico, ce fut lors d'un appel en PCV qu'il lui passa depuis l'établissement correctionnel du nord de l'État où il avait été transféré. Michael avait finalement décidé de rentrer à Londres. Sa mère, veuve depuis trois ans, était malade. *Fraternités* devait paraître sous peu en Angleterre. Le moment était venu pour lui de quitter New York. S'il restait plus longtemps, il avait bien peur de ne plus jamais réussir à s'en aller. Certes, cette ville lui avait permis de trouver sa voix et son histoire, mais en s'y installant pour de bon, il aurait eu l'impression de faire du surplace. New York n'avait de sens que comme transition. Maintenant qu'il avait franchi cette étape, il voulait continuer d'avancer, ce qui, pour une raison qui lui échappait, signifiait retourner d'où il venait.

Quand le téléphone sonna, Michael était agenouillé au milieu des cartons et du papier bulle qui recouvraient le sol de son appartement de Sullivan Street. Il accepta le PCV, mais avant que Nico n'obtienne la ligne, bascula l'appel sur son répondeur. Il avait déjà parlé à Nico deux fois cette même semaine, une troisième conversation coincée et maladroite était au-dessus de ses forces. Pas maintenant, juste au moment où il faisait ses cartons. Il se contenta donc, debout dans son appartement à moitié vide, avec en fond sonore une sirène de pompiers qui hurlait sur la Sixième Avenue, d'écouter la voix de l'homme qu'il avait connu encore gamin remplir son salon.

« Hé, Mikey ? » lança Nico. Sa voix semblait perdue dans un espace trop vaste. Une sonorité profonde et creuse en même temps. « C'est moi, Nico. T'es là ? Mec, c'est Nico, décroche. »

Michael entendit le tintement d'une porte en métal, puis le grésillement flou de la radio d'un gardien.

L'espace d'une ou deux secondes, Nico respira lentement, ostensiblement, dans le combiné. « Bon, OK, finit-il par dire. *Hasta luego*, mon frère. Reste cool, mec. »

La tonalité retentit. Le répondeur se mit à clignoter. Michael regarda la lumière s'éteindre et se rallumer, ramassa ses clefs sur la table de la cuisine et quitta son appartement. Il poussa les portes battantes du hall d'entrée, sortit dans la lumière matinale du printemps et se dirigea vers le nord, vers Washington Square. En haut des immeubles, les fenêtres captaient la lumière, qui se réverbérait aux frontières de son champ de vision. Tandis qu'il traversait Prince Street, une brise rafraîchissante diffusait un parfum de cannelle et de bagels le long de la rue. Michael pressa le pas, comme s'il essayait de distancer le souvenir de la voix de Nico qui marchait derrière lui, comme s'il espérait que l'odeur de sucre recelait une promesse d'avenir.

## 3

Ils se rencontrèrent trois semaines seulement après l'installation de Caroline à Londres. Ils assistaient à la projection du film d'un de leurs amis communs au Frontline de Paddington, un club de reporters, de journalistes et de réalisateurs. Le documentaire était diffusé à l'intérieur d'une pièce plongée dans l'obscurité au dernier étage du club, et tandis que les giboulées de printemps crépitaient contre les volets, des images de Harare, Bulawayo et de la brousse zimbabwéenne se succédaient à l'écran. Le film portait sur l'opération *Murambatsvina* – « élimination des déchets » – de Mugabe, un nettoyage par la force des habitations du bidonville d'Harare, qui avait privé 700 000 Zimbabwéens de leur domicile en plein hiver. Caroline observait cette grand-mère au bonnet rouge repoussant une massue qui s'apprêtait à détruire le mur en parpaing croulant de sa maison, sous les yeux des policiers.

Quelque chose dans la juxtaposition du bruit de la pluie sur les fenêtres et du film sur l'écran rendait Caroline nerveuse. L'averse contre la vitre, les gerbes de pluie sous les pneus des voitures dans la rue, d'une part, les acacias et les jacarandas qui se découpaient devant le soleil du sud, d'autre part. Elle avait vécu à Nairobi et au Cap, et avait travaillé un peu partout en Afrique. Elle détestait ce qu'elle était en train de regarder, mais elle savait aussi qu'elle était fascinée en même temps, qu'elle adorait ça. À peine était-elle arrivée à Londres que ces images réveillaient déjà en elle une attraction, un désir viscéral d'en être. Mais l'instant d'après, elle éprouva un besoin tout aussi impérieux de résister à cet appel. De rester. Quel qu'ait été le catalyseur de ce qu'elle avait ressenti ce matin-là à Dubaï, il en demeurait toujours une sorte de contre-pouvoir ancré en elle, un instinct puissant qu'elle ne comprenait pas mais qu'elle se sentait obligée d'écouter.

La première fois que Caroline aperçut Michael, il était assis quelques rangs devant elle, son profil éclairé par l'écran. Pendant que le film avançait, elle étudiait les contours qu'elle arrivait à saisir de lui. Ses cheveux blonds rejetés en arrière, le col de sa chemise de travers, laissant voir l'étiquette. Lorsqu'il se tourna pour parler à son voisin, elle distingua l'arête accidentée de son nez. Qui conférait, songea-t-elle, un charme supplémentaire à sa beauté. Elle avait l'impression de l'avoir déjà croisé quelque part, mais ce n'est que plus tard, lorsqu'elle le revit en pleine lumière, au bar, qu'elle se rappela où : sur la quatrième de couverture d'un des livres qu'elle avait glissés dans son bagage à main trois semaines plus tôt.

Une fois parties les quelques personnes que Caroline connaissait à la projection, elle se décida, après une dernière gorgée de bière, à aborder Michael. Il était en pleine conversation avec un homme plus âgé, un reporter aux cheveux gris et au visage tanné dont le nom était devenu l'équivalent d'un moteur de recherche pour les articles sur la guerre du Vietnam. Caroline n'attendit pas qu'il y ait une pause dans leur conversation.

« *"Tout ce qu'ils ont, ce sont les faits"* », dit-elle en se glissant entre eux pour poser sa bouteille de bière sur le bar. Elle leva les yeux vers Michael. « *"Mais, tout le reste ?"* Voilà une question intéressante, poursuivit-elle en soutenant son regard. Et tout aussi authentique. »

Michael baissa les yeux sur cette femme qui les avait interrompus. Il commença par se demander de quoi elle pouvait bien parler. Quand il comprit, il se demanda si elle était sérieuse ou si elle se foutait de lui. Elle lui souriait mais son visage ne trahissait aucune émotion.

« Merci, dit-il. Mais ce n'était pas de moi. Je me suis contenté de citer. »

Elle jeta un œil au bar tout autour. « Bienvenue au club, dit-elle. Qui raconte vraiment sa propre histoire ? Et de toute façon, est-ce ça le plus important ? »

Michael reporta son attention sur son ami : « Tu crois que c'est vrai, Bill ? » Mais Bill s'était déjà retourné et discutait avec quelqu'un d'autre.

« Caroline, dit-elle en lui tendant la main.

– Michael », répondit-il. Sa main était petite mais ferme. Pendant qu'elle se hissait sur le tabouret que Bill avait laissé vacant, Michael remarqua la minceur de ses cuisses. Elle portait un jean, des bottes de motard et un pull trop grand pour elle. Le col, trop large, lui découvrait une épaule. Dénudant aux yeux de Michael la rougeur qui réchauffait sa peau bronzée. Lorsqu'elle le regarda à nouveau, il vit ses yeux marron mouchetés d'éclats dorés. Bien plus tard, allongé au lit avec elle, il rebaptiserait ses yeux « le miroir doré », destiné à envoûter les hommes comme lui. Mais pour le moment, il se contenta de lui rendre l'intensité de son regard.

« Je l'ai vraiment aimée, cette phrase, dit Caroline. Et le reste du livre, également.

– Vous êtes écrivain ? lui demanda-t-il.

– Non. » De nouveau, elle balaya des yeux le bar, comme si elle jaugeait la foule. Michael attendait qu'elle développe, mais elle n'en fit rien.

« Vous voulez manger un morceau ailleurs ? lança-t-elle en se retournant vers lui. Ils sont tellement occupés à se la mesurer ici qu'on ne s'entend même plus penser. »

Il n'arrivait pas à reconnaître son accent. Ses phrases commençaient en Europe puis elles migraient, comme des hirondelles, survolant l'Afrique à mi-chemin du point final.

Michael éclata de rire et, pendant ce temps, Caroline se disait, pourquoi pas coucher avec cet homme dont elle avait lu le livre en diagonale dans un avion et qu'elle venait de dénicher dans un bar à Londres.

Derrière eux, une femme éleva la voix, elle criait après un homme chauve qui secouait la tête. « Ça ne veut rien dire ! lançait-elle, en gesticulant avec un verre de vin à moitié plein à la main. Enfin, tu y étais en Somalie ? »

« Bon sang ! » soupira Caroline, en levant les yeux au ciel. Au même moment, Michael lui chuchotait quelque chose à l'oreille.

« Même ceux qui n'en ont pas, dit-il, se la mesurent quand même. » Et c'est alors, lui dirait-elle, un matin au petit déjeuner, un mois après leur mariage, qu'elle avait su.

Ils s'abritèrent de la pluie dans un restaurant libanais près du métro, ils commandèrent à dîner, mais ne touchèrent presque pas à leurs assiettes. Au lieu de cela, ils burent les deux bouteilles de rosé de la plaine de Bekaa où, raconta Caroline à Michael, elle avait passé autrefois une semaine à tenter de faire un reportage sur les producteurs de haschich pendant la guerre civile.

Quand ils quittèrent le restaurant, ivres, la cuisine résonnait des bruits de nettoyage et les serveurs retournaient les chaises sur les tables. Dehors, la pluie avait cessé. Sur le chemin du métro, le macadam humide renvoyait les lumières des enseignes au néon. Passant sa main autour de la taille de Michael, Caroline glissa le bout de ses doigts sous son jean. Il étendit son bras autour de son épaule et elle posa sa tête contre son torse en retour. Ils firent ainsi quelques pas sans rien se dire. Puis Caroline, sous sa joue, sentit Michael qui prenait une profonde inspiration, et elle sut ce qui allait se produire. Il avait une petite amie, lui dit-il. Elle était encore à New York, elle était restée là-bas pour son travail. Mais ils avaient décidé d'essayer quand même. De rester ensemble malgré tout.

Au moment où il prononçait ces mots, Michael entendit à quel point son histoire semblait perdue d'avance. Caroline aussi reconnut les notes familières de la fin d'une relation. Cependant, elle l'écouta s'excuser, tout en nuances, et ne se déroba à son étreinte qu'une fois arrivés à la bouche de métro et la fin de son discours. Elle recula, les mains en l'air, battant en retraite.

« Dans ce cas, monsieur l'écrivain, dit-elle, je vais prendre un taxi. » Tournant les talons, elle s'élança vers le bord du trottoir, le bras déjà levé pour héler une voiture.

« Merci pour le dîner, lança-t-elle par-dessus son épaule. C'était sympa.

– Ouais, c'était sympa, répondit Michael. Écoute… » Mais elle était trop loin pour l'entendre, sautillant sur la pointe des pieds vers un taxi qu'elle avait arrêté.

Michael regarda Caroline monter dans la voiture. La main sur la portière, de l'autre côté de la chaussée, elle l'interpella de nouveau.

« Fais-moi signe quand ce sera fini », dit-elle avant de fermer sa portière et de se pencher vers le chauffeur pour lui donner son adresse.

Le véhicule s'engagea dans la circulation, Michael n'agita pas la main pour lui dire au revoir, Caroline non plus, mais ni l'un ni l'autre ne se quittèrent des yeux. Aussi longtemps que possible, le visage de Caroline encadré dans la vitre arrière du taxi, celui de Michael surplombant la chaussée, ils se regardèrent, jusqu'à ce qu'elle ne fût plus qu'une voiture parmi les autres sur la route, jusqu'à ce qu'il ne fût plus qu'un homme parmi les autres dans la rue, sa haute silhouette se découpant dans la lumière de la bouche de métro.

Les amis de Caroline et de Michael s'accordèrent souvent à dire que le timing, plus que toute autre chose, les avait réunis. Ils étaient peu nombreux à les trouver compatibles, et aucun ne s'aventura à parler d'amour. Enfin, peu importe ce qui se produisit ce soir-là, au moins tout le monde était d'accord pour dire que c'était réciproque, et, loin d'être une de ces éruptions bouillonnantes d'alcool, l'atmosphère de leur rencontre semblait étrangement tranquille. Comme s'il s'agissait d'un souvenir retrouvé plutôt que d'un début de relation.

Leur rendez-vous suivant eut lieu dans un restaurant de Covent Garden. Caroline, dont Michael se souvenait la dernière fois dans son jean, ses bottes et son pull trop large, arriva au restaurant enveloppée dans un grand manteau gris qui rasait le sol et dissimulait une robe noire moulante et de hauts talons. Elle avait lissé ses cheveux et s'était maquillée. Tandis qu'elle laissait son manteau au vestiaire et s'avançait vers lui, Michael remarqua les paires d'yeux qui se retournaient sur son passage. Caroline, mesura-t-il, était le genre de femme capable de provoquer, tous les jours si elle le voulait, ce type de réaction chez les autres, il suffisait qu'elle le décide. Il se leva, vint à sa rencontre, et songea que c'était précisément cela, autant que son charme, qui le rendait fou : elle ne décidait pas tous les jours de monopoliser l'attention. En tirant sa chaise devant elle, Michael eut l'impression d'avoir gagné une course de prétendants amorcée à son insu depuis des lustres.

Quant à Caroline, elle savait déjà qu'elle voulait Michael. Pas seulement à cause de ce qu'elle souhaitait par ailleurs dans la vie, et pas non plus parce qu'elle était attirée par son humour et son charme subtils, qui, peu à peu, tel un secret qui se révèle, l'avaient envoûtée. Certains de ses ex possédaient ces qualités et elle savait que cela ne suffisait pas, en fin de compte, à la captiver. Ce qu'elle n'avait jamais rencontré auparavant, c'était le calme de Michael. Sa capacité à appréhender le monde avec légèreté sans avoir l'air emprunté ou superficiel. Elle ne s'en rendit pas compte pendant ce dîner, et peut-être même ne l'apprécia-t-elle jamais vraiment durant leur bref mariage, mais cette qualité tenait davantage à l'endroit où il avait grandi qu'à son caractère. Si elle était allée jusque dans les Cornouailles et avait visité les villages et les villes côtiers où Michael avait été élevé – Gorran Haven, St Mawes, Mevagissey –, elle en aurait croisé d'autres, des hommes dotés de cette sérénité. Des pêcheurs, des fermiers, des commerçants. Chez chacun d'entre eux, elle aurait pu retracer cette prudente tranquillité face au monde, ce sens de la perspective nourri par des générations de familles côtières habituées à ce que la mer vous donne et vous reprend. La seule différence entre Michael et les autres est qu'il avait choisi de partir pour Londres au lieu de rester près de ce paysage qui l'avait forgé et dont il portait l'empreinte. Des années plus tard, il alla jusqu'à penser que peut-être Caroline était tombée amoureuse de la mer des Cornouailles. Il reconnaissait parfaitement l'écho des terres de son enfance dans ce qu'elle aimait chez lui. Alors qu'elle en ignorait tout.

Ils couchèrent ensemble pour la première fois cette nuit-là, dans l'appartement que Caroline louait à Farringdon. Ses mains menues parcouraient son torse sous sa chemise, tandis qu'il ouvrait la fermeture Éclair de sa robe et la faisait glisser de ses épaules. Son corps était musclé, lisse, ses sous-vêtements étonnamment ordinaires. Mais elle ne l'était pas. Il avait passé la nuit là, et le lendemain matin, ce furent ses mains qui le réveillèrent, le guidèrent en elle, derrière elle, allongés, encore engourdis de sommeil, dans le soleil qui baignait la pièce à travers le drap, qui faisait office de rideau.

Il fallut plusieurs semaines avant que le sexe les mène ailleurs. C'était une nouvelle soirée de pluie. Michael avait déjà donné les clefs de son appartement de Hammersmith Bridge à Caroline, mais il devait travailler tard ce soir-là à la bibliothèque alors ils s'étaient donné rendez-vous le lendemain matin. Tandis qu'il enfourchait sa bicyclette pour rentrer chez lui, l'orage qui avait menacé toute la journée se décida à éclater. Le temps qu'il arrive, Londres luisait sous la pluie, sous ses roues, des deux côtés du pont, le déluge crépitait à la surface de la Tamise. Il descendit de son vélo et le rentra dans le hall, puis il ôta son manteau, ses chaussures, ses chaussettes, et alla dans la cuisine. Il remarqua au passage la lumière du répondeur qui clignotait. Personne ou presque n'utilisait plus ce numéro de téléphone fixe, en appuyant sur le bouton, il s'attendait presque à entendre la voix de Nico le pourchassant par-delà l'Atlantique.

Mais ce n'était pas Nico.

« Bonjour, Michael. »

On aurait dit qu'elle était là, assise dans la cuisine, qu'elle avait levé la tête de son livre en le voyant arriver pour lui dire bonjour. Il devinait son sourire à sa voix.

« Devine qui est là-haut ? Ça te dit de me rejoindre ? »

Il la trouva dans la salle de bains, au milieu des vapeurs d'ambre et des murs ruisselants, les flammes vacillantes de bougies entourant la baignoire. Elle était assise dans le bain, les genoux ramenés contre la poitrine telle une jeune ingénue. Ses épaules et ses bras luisaient dans la moiteur et le miroir au-dessus d'elle dessinait un ovale de buée.

Elle le regarda se déshabiller, esquissa un sourire qui s'évanouit sur ses lèvres. Lorsqu'il posa un pied dans la baignoire, ses bras et ses jambes se couvrirent de chair de poule. Il plongea dans la chaleur, lentement. Ils n'avaient pas prononcé un mot. Il descendit dans l'eau, immergea ses épaules, puis sa tête, tandis qu'elle se décalait pour lui faire de la place, révélant ses seins, émergeant de l'eau la peau lisse, comme ointe. En ressortant de l'eau, il l'attira à lui, éclaboussant le sol en faisant déborder l'eau par-dessus le rebord de la baignoire. C'est à ce moment-là qu'elle se décida à ouvrir la bouche. « Qu'est-ce qui t'a pris si longtemps ? souffla-t-elle dans son cou. C'est vite ennuyeux pour une fille de rester seule ici. »

Après cela, ils trébuchèrent jusqu'à la chambre, enveloppés dans des serviettes de toilette qui dégringolaient à moitié, leurs membres emmêlés, leurs corps humides laissant l'empreinte de leur étreinte sur la couette et les oreillers. Étourdis par la chaleur du bain, ils se mouvaient lentement, comme encore ensommeillés. Les cheveux de Caroline étaient trempés, aussi lourds que des mèches de velours qui s'enroulaient entre les doigts de Michael. Elle se retourna pour qu'il puisse la prendre par-derrière, son dos, ses hanches et ses fesses imitaient les courbes d'un violon tandis qu'elle se cambrait, appuyée sur ses paumes de main, pour se plaquer contre lui. Mais elle avait envie de le voir autant que de le sentir, alors elle s'écarta et l'attira au-dessus d'elle. Le frottement de leurs corps libérait les senteurs d'ambre des sels de bain qui s'attardaient sur leurs peaux. Michael avançait en elle, de plus en plus profondément, jusqu'à ce que, englouti, il jouisse enfin, intensément et brutalement.

Pendant un moment, ils restèrent étendus dans la stupeur de son orgasme, il pesait de tout son poids sur elle, elle sentait son corps s'enfoncer dans le matelas, son cœur battre contre le sien. Puis, avant qu'il ait eu le temps de s'écarter d'elle, Caroline le fit rouler sur le côté et s'assit à califourchon sur lui. De là où elle se tenait, avec ses mains autour de ses seins, elle le regarda. Ses cheveux balayaient son visage, couvrant et découvrant le miroir doré de ses yeux qui le dévisageaient. Écrasant ses hanches contre lui, elle se pressa violemment contre son ventre dur. De plus en plus vite, de plus en plus fort, redressant la tête jusqu'à ce qu'il ne voie plus d'elle que sa gorge offerte et qu'elle jouisse à son tour, criant, d'un cri qui couvrit le bruit assourdissant de la pluie qui s'abattait sur la ville derrière la fenêtre.

À son réveil le lendemain, pour Michael, tout ne se résumait plus qu'à l'unique pensée qui le traversait, une voix, la sienne, appartenant à son passé autant qu'à son futur. « Je ne veux pas que ça s'arrête. » Mais elle s'accompagnait d'une peur qu'il n'avait plus ressentie aussi clairement depuis l'enfance. L'angoisse du bonheur. Une sensation qui lui envahissait la poitrine, celle d'une joie si palpable qu'elle en devenait d'une fragilité insoutenable – un papier de soie immense, éphémère face aux certitudes tangibles de la vie et de la mort.

Caroline, sous la douche, éprouva la même sensation d'un changement de perspectives. Dans ses précédentes relations, sa vie de célibataire avait toujours été là, comme une promesse murmurée qu'elle maintenait à distance. Mais à présent ce murmure s'était tu, et elle comprenait que là où elle n'avait jamais voulu trouver quelqu'un d'autre qu'elle, elle voulait désormais trouver Michael aussi. Étendue sur lui la veille, hors d'haleine comme lui, deux sprinters essoufflés, tandis que les voitures au loin traversaient le pont, elle avait senti quelque chose prendre chair en elle. Non pas un enfant, mais un avenir, qui se développerait pour peu qu'elle le laisse faire. Il ne s'agissait plus de sexe, il ne s'agissait plus de se sentir désirée, excitée par la nouveauté. Et c'est ce qu'elle déclara à Michael lors du petit déjeuner ce matin-là. Elle avait dépassé le simple engouement, l'envie d'alléger sa solitude, car quoi que ce fût alors, ne l'ayant jamais éprouvé auparavant, elle ne pouvait l'évoquer qu'en négatif, qu'en décrivant ce que ce n'était pas. Mais, ajouta-t-elle en les resservant de café et en se glissant une mèche derrière l'oreille, elle était sûre qu'elle en voulait encore. Quoi que ce fût, elle en voulait encore.

Le printemps suivant, le bras de Michael passé autour des épaules de Caroline, ils contemplaient le camion de la compagnie de déménagement qui descendait le chemin menant à Coed y Bryn. Avançant pesamment vers eux, secoué à chaque nid-de-poule sur la route, des morceaux de tiges de céleri pris dans ses rétroviseurs tremblant dans le vent, comme s'il avait été décoré exprès pour cette occasion : son arrivée à leur domicile conjugal.

La première semaine, ils n'allèrent pas plus loin que les magasins du coin et les vendeurs à emporter. Tandis qu'ils ouvraient les caisses et cartons un à un, les objets de leur ancienne vie remplissaient peu à peu les pièces basses de plafond de Coed y Bryn. Des lampes de New York, des tapis de Kaboul, deux chaises de Berlin. Caroline, découvrit Michael, avait deux guitares, elle ne savait jouer d'aucune des deux. Quant à lui, cédant à ses supplications, il accepta d'essayer son matériel d'escrime pour elle, elle l'avait exhumé, tout heureuse, d'un vieux sac de sport à moitié moisi. Les plis de la veste s'étaient raidis avec le temps mais il rentrait encore dedans, comme il rentrait dans le collant couvert de traînées de rouille car enveloppé avec les lames. Enfilant le masque tout aussi taché, Caroline s'empara d'un fleuret et de sa coquille pleine d'entailles et d'éraflures, et s'avança vers lui ainsi équipée en criant : « En garde ! En garde ! »

Les après-midi, malgré son inexpérience en la matière, Caroline s'attaqua au jardinage avec un enthousiasme inébranlable, travaillant vite et n'importe comment. Elle n'avait aucune idée de ce qu'elle faisait, mais elle s'en fichait. Elle avait envie, disait-elle à Michael, d'éprouver ce tournant qui bouleversait leurs vies sous ses doigts plongés dans la terre de leur nouvelle maison, sous son jean trempé, à genoux, à tailler les ronces dépassant des arbustes et des buissons. Tandis que les ombres des soirées de mai s'étiraient sur la silhouette de Caroline dans le jardin, à l'ouvrage sous un nuage de moucherons brouillant l'air au-dessus de sa tête, Michael s'activait à l'intérieur, déballant et arrangeant leurs meubles de célibataires. Le soir, quelle que soit la température, ils allumaient le poêle à bois, s'ouvraient une bouteille de vin et s'installaient ensemble dans le même fauteuil, évoquant l'avenir en regardant par la fenêtre l'encre bleue qui recouvrait les collines devant le ciel noir.

Mais déjà à l'époque, Michael avait deviné que le cottage ne suffirait pas à Caroline. Ils vivaient sur des rythmes complémentaires mais différents, et le déménagement à Coed y Bryn le leur avait révélé bien mieux que leur vie à Londres. Ils racontaient tous deux des histoires, ils ne racontaient pas leur vie mais celle des autres. C'était sur ce terrain, celui d'une vocation qui les portait à explorer le monde au-delà d'eux-mêmes, qu'ils s'étaient forgé une même vision, qu'ils s'étaient retrouvés. C'était ce qui les avait rassemblés. Mais, là où Michael finissait toujours par revenir à son bureau pour tisser ses histoires, Caroline, elle, se contentait de passer à la suivante. Le récit était chez elle un besoin, une faim. Elle croyait en la révélation de la vérité de manière presque fanatique, peu importe ce qu'il pouvait en résulter. Là où Michael pesait attentivement les répercussions, les dommages possibles, Caroline avançait sans la moindre crainte des conséquences.

« De quoi as-tu peur ? l'avait-elle un jour défié. Quoi qu'il puisse arriver, ça devait arriver. Et quel autre choix as-tu ? l'avait-elle interrogé, se rapprochant de son sujet de prédilection. Une histoire qui n'est pas racontée, dit-elle en le pointant d'un doigt accusateur, c'est comme une décharge. Enfouis-la tant que tu veux, elle finira toujours par refaire surface. »

Sa passion était contagieuse, et dès leur rencontre Michael avait admiré son engagement dans son métier. Mais il savait aussi que ce n'était pas innocent. Il explorait la vie de ses sujets comme un pays étranger, l'arpentant d'abord puis la découvrant vraiment sur la page imprimée. Une fois étalées sur son bureau, ses histoires voyageaient plus loin que lui-même, là où il n'avait pas pu aller, Michael restait en retrait, dans l'ombre, une main qui gouvernait à ces destinées de loin. Pour Caroline, les histoires des autres étaient un moteur. Elle voyageait pour elles et grâce à elles. Elle se nourrissait de leur existence, les raconter la maintenait en mouvement.

« C'est un bon endroit pour se poser. » Voilà ce qu'elle avait dit à Michael la première fois qu'ils avaient visité

51

Coed y Bryn, et c'était le moment que l'agent immobilier avait choisi pour les laisser discuter tous les deux. Michael avait eu envie de la croire et, arrivés à la fin de ce premier printemps, il continuait à penser qu'il avait eu raison. Parfois, quand ils grimpaient ensemble en haut de la colline surplombant le cottage ou qu'il la surprenait à la fenêtre en pleine contemplation de la campagne au-dehors, il décelait un léger tremblement dans son regard, comme si le sentiment de liberté qu'elle éprouvait devant ces champs et ces bois avait laissé place à une sensation d'enfermement.

Le soir de leur rencontre au Frontline, le corps de Caroline avait donné à Michael l'impression d'être une cage à oiseaux, silhouette menue vibrant des ailes qui frémissaient contre ses barreaux. En déménageant à Coed y Bryn, l'oiseau se posait finalement, ses ailes repliées, son cou détendu. Mais il subsistait, elle le portait toujours en elle. Avec sa légèreté, son possible envol. Et c'était cela que Michael entrevoyait dans ces moments sur la colline ou dans la plaine, où quelque chose affleurait, fugitivement, sous ses traits. En elle, l'oiseau s'animait, le bout de ses ailes tremblait, son plumage étincelait derrière ses pupilles, ses paupières papillonnant telles des plumes sous ses sourcils.

À peine quelques jours après avoir fini de déballer leurs affaires, Michael commença à travailler sur son prochain livre. Tout comme *Fraternités*, *L'homme qui brisa le miroir* serait un essai au style et au ton romanesques. Son sujet était un dénommé Oliver Blackwood, un neurochirurgien brillant mais ingérable qui avait dernièrement créé la controverse en agissant dans le dos de ses collègues et « franchi la ligne » en s'aventurant sur le territoire des neurosciences. Oliver avait reçu une formation sur les travaux biologiques du cerveau, cependant il avait fait scandale avec ses articles et ses conférences sur les questions abstraites liées à l'esprit. Oliver lui-même ne voyait d'ailleurs pas de frontière claire entre les deux. « Le concret, déclara-t-il à Michael au début de son investigation, c'est tout ce que nous avons. Tout le reste – la mémoire, l'émotion, dit-il en tapant du doigt contre la tête de Michael, ce n'est que le fruit, réel ou imaginaire, de cette chose, ce truc spongieux à l'intérieur de notre crâne. »

Au moment où Michael l'avait rencontré, Oliver avait décidé, avec la détermination d'un explorateur de l'époque victorienne, de trouver, coûte que coûte, l'origine neurologique de l'empathie. Il avait la conviction que cette émotion prenait naissance dans les neurones miroirs, des cellules uniques dans le cerveau humain à travers lesquelles les actions et les sentiments des autres se reflètent et du coup se ressentent. « Croyez-moi, annonça-t-il un jour à Michael juste avant de monter sur une scène pour participer à une table ronde, les neurones miroirs sont l'avenir. Soyez vigilant, car ils seront pour la neuroscience ce que l'ADN a été pour la biologie. Pensez-y, ils sont à l'origine de tout. De tout ! »

Le titre du livre faisait référence à la théorie d'Oliver, mais aussi à sa propension à l'autodestruction. Même sans ses idées sur les neurosciences, il aurait été un sujet d'étude saisissant. Intellectuel, charismatique, pétri de l'arrogance habituelle due à son métier, c'était un homme forgé dans la colère autant que dans la raison. La manière dont ses recherches imprégnaient sa vie avait convaincu Michael de le choisir comme sujet de son prochain livre. À ses yeux,

Oliver était guidé par le désir inconscient de comprendre ses propres failles. De découvrir par quelle manifestation neurologique naissait l'émotion à laquelle justement il n'avait pas accès. Davantage que la vie d'Oliver, le véritable sujet de son livre résidait là, espérait Michael : la quête intérieure d'un homme interrogeant les sentiments profonds de ses semblables pour autrui, alors qu'il est incapable de penser à autre chose qu'à lui-même.

Michael avait consacré les deux dernières années à accompagner Oliver dans des conférences, des cours, des studios d'enregistrement, des séminaires et des blocs opératoires. Durant la période qu'ils passèrent ensemble, tandis que les autres collègues d'Oliver désertaient, Michael combla le vide. Il était devenu le genre de témoin dont les hommes de la trempe d'Oliver ont besoin. Au début, il tolérait tout juste sa présence. Par la suite, il se mit à la solliciter. Pendant la dernière année d'investigation de Michael, il comptait beaucoup sur lui. Oliver était un comédien, le monde de la neuroscience populaire lui servait de scène, et tous ses détracteurs et critiques jouaient le rôle du public. Mais une fois qu'il les quittait, ou une fois que ses gesticulations les avaient épuisés, le seul qui restait c'était Michael : public fidèle, toujours là, assis à le regarder se lancer dans ses diatribes au pub jusque tard dans la nuit, ou bien au bout du téléphone dès l'aube, prêt à écouter ses dernières théories.

Michael et Caroline quittèrent Londres en même temps que Michael quitta Oliver. Il avait atteint ce moment dans le processus de création où il lui fallait abandonner l'homme de chair pour recréer l'homme de papier. La voûte qui supportait le livre s'achevait là. Oliver la lui avait servie sur un plateau ou presque, en parcourant dans la dernière année, tandis que sa vie publique atteignait des sommets, le trajet exactement inverse dans la sphère privée. Ainsi le scénario que Michael avait pressenti se réalisait. Pendant tout le temps qu'il avait passé avec Oliver, il avait vu saillir les traits de son caractère remarqués dès leur première rencontre jusqu'à l'explosion de son mariage, un désastre familial et professionnel qui l'isola de ses enfants comme de ses collègues. Cependant, et avec une symétrie parfaite aux yeux de Michael, tandis qu'Oliver était comme banni de sa famille et de son cercle d'amis, ses idées, elles, sur les neurones miroirs et l'empathie gagnaient en reconnaissance parmi la communauté scientifique.

Michael avait installé son bureau dans une des chambres de l'étage à Coed y Bryn, une simple table calée devant une fenêtre à travers laquelle, les jours de temps clair, il apercevait la rivière Severn scintillant à l'horizon. Bien qu'il continuât à répondre aux appels d'Oliver et eût accepté de le revoir une fois lorsqu'il était venu dans l'Ouest pour donner une conférence à Bath, Michael était conscient d'avoir à présent besoin de se terrer dans l'hibernation de l'écriture. Après deux années calquées sur l'emploi du temps frénétique d'Oliver, il désirait ralentir et calmer son rythme quotidien afin d'arriver à s'immerger puis à s'extraire de son histoire.

Alors que Michael se mettait à l'ouvrage dans sa chambre à l'étage, Caroline commençait un nouveau travail à Bristol. Avant qu'ils ne quittent Londres, elle avait présenté sa candidature pour un poste de productrice chez Sightline Productions, une boîte spécialisée dans les documentaires d'information et d'investigation à la télévision. Les directeurs de la boîte avaient été ravis d'accueillir dans leur équipe quelqu'un avec l'expérience de Caroline. Elle avait manqué de peu un poste qui l'aurait rendue célèbre sur la chaîne du câble d'où elle venait, mais elle avait néanmoins acquis une réputation de respectabilité dans la profession. Ses reportages étaient originaux, marquants et, à tout juste trente ans, elle avait déjà révélé deux informations de portée internationale.

Deux fois par semaine, tandis que Caroline se rendait aux bureaux de Sightline Productions pour assister aux réunions de planning et de développement, Michael était réveillé par le moteur crachotant de leur vieille Volvo à la peinture rouge passée qui démarrait dans son sommeil. Dix heures plus tard, son retour était annoncé par ses phares qui transperçaient les haies. Le reste de la semaine, Caroline travaillait à la maison, corrigeant des scripts, passant des coups de fil et visionnant des rushes en bas, sur la table de la cuisine.

La majeure partie des sujets à Sightline portait sur les problèmes du Sud-Ouest. C'était des enquêtes d'une demi-heure, diffusées juste après les informations locales : des camps d'esclaves au milieu de bandes organisées de travailleurs immigrés, des abus commis par des employés de maison à Bath, les batailles environnementales autour du barrage de l'estuaire de la rivière Severn. De temps à autre, une information locale provoquait un intérêt au niveau national : une étude élaborée par l'université de Bristol sur l'usage des pesticides et le déclin de la population des abeilles, l'histoire d'une famille du Devon qui se battait pour le droit à mourir de leur père. Alors, le travail de Caroline consistait à s'allier avec l'équipe de développement pour lever des budgets plus importants auprès des commissions de réseaux.

Rien de tout cela ne la comblait, et Michael le savait bien. Lorsque Sightline lui demandait de superviser un tournage, et chaque fois qu'elle en organisait un elle-même, Michael percevait le changement en elle dès qu'elle franchissait la porte, les bras ployant sous le poids des caméras et des sacs de pellicule. Cela ne la quittait plus de toute la soirée, à table, assise avec un livre devant la cheminée ou devant la télévision. Même lorsqu'elle se blottissait contre lui, il pouvait sentir ce qui l'animait. Jusqu'entre leurs draps, leurs étreintes semblaient comme régénérées par cette vie de reportage à laquelle elle avait regoûté.

Quand Michael lui en parla, elle le rassura. C'était elle qui avait suggéré le déménagement hors de Londres. Et c'était elle encore qui avait voulu cesser de voyager, remplacer le périple perpétuel par un retour aux sources. Tout irait bien, lui disait-elle. Elle avait juste besoin de s'habituer aux nouveaux points de jonction, au nouveau rythme de leurs vies. Le champ d'investigation inconnu, lui expliqua-t-elle un matin au lit, avait été comme une drogue pour elle. Voilà tout. À présent elle avait décroché. Pour lui, mais surtout pour elle.

Leur premier hiver à Coed y Bryn fut long, dès le mois d'octobre le gel saisit les champs d'un coup, blanchissant les cultures, glaçant les arbres, et s'attarda jusqu'aux dernières chutes de neige en avril. Malgré le temps, ou peut-être à cause du temps, ce fut durant ces mois-là que Caroline prit l'habitude de monter seule sur la colline derrière le cottage. Les portables ne captaient pas dans la maison et Michael remarqua qu'elle s'était mise à emporter son téléphone en promenade. Il ne s'en était pas inquiété. Il ne décelait aucune fragilité dans ses sentiments pour lui. Leur relation, encore jeune, ne pouvait et ne faisait que se renforcer. Leur vie se forgeait sur son propre modèle, mutuel et indépendant à la fois. Depuis l'adolescence, Michael entendait ce léger bourdonnement dans son oreille qui lui murmurait que peut-être il ne serait jamais capable d'aimer. D'aimer pleinement, au-delà de l'attirance du début. Ni le passé, ni le présent, ni l'avenir ne semblaient le disposer à cela. Et cependant, chaque jour qu'il passait à Coed y Bryn, Caroline lui apportait la preuve qu'il se trompait.

Elle préparait le dîner quand elle le lui dit : « On a reçu une commande. C'est Pete qui nous l'a annoncé aujourd'hui. »

Elle émincait des légumes, son couteau retombant régulièrement et rapidement sur le plan de travail en bois.

Michael était assis devant la table, en pleine réécriture d'un chapitre. « Super, dit-il sans lever la tête. Ça vient des réseaux ? »

C'était la fin du mois d'avril. Derrière les portes-fenêtres, la lumière du jour débordait un peu sur le soir. L'automne précédent, sans le dire à Caroline, Michael avait planté un arc en forme de « C » de bulbes de jonquilles, au bout de la pelouse. La lettre était apparue en mars, puis la floraison s'était interrompue pendant les gelées de printemps, mais les grandes tiges bourgeonnèrent néanmoins. La semaine précédente, elles avaient fini par fleurir bel et bien en un bouquet épais d'un jaune éclatant.

« Oui, dit Caroline. Diffusion en octobre. Si nous arrivons à livrer.

– Et c'est possible ? » Michael barra d'un trait de stylo un paragraphe et tourna la page.

« Je crois, oui. » Elle souleva la planche à découper et fit tomber les rondelles de courgette et d'oignon rouge dans une sauteuse. « L'oncle est d'accord pour nous aider. C'est notre ticket d'entrée, tant que nous l'avons de notre côté. »

Quelque chose dans sa façon de parler à la première personne du pluriel fit lever les yeux de son travail à Michael. Ce « nous » et ce « notre », ce n'était pas de l'esprit de corps, c'était de la propriété.

Il ne voyait pas son visage, elle avait la tête penchée sur une gousse d'ail qu'elle écrasait du plat de son couteau. Ses cheveux lui tombaient de chaque côté du cou, dénudant un nœud de vertèbres au sommet de sa colonne vertébrale. Étrangement, sa peau avait conservé cette nuance de miel tout l'hiver, comme si elle savait d'où elle venait vraiment.

« L'oncle ? dit-il. Pardon ma chérie, mais c'est qui celui-là déjà ? »

Elle se retourna vers lui. Elle affichait l'expression d'une infirmière donnant des nouvelles à un proche.

« Celui du garçon qui est à Easton », répondit-elle en s'appuyant dos au comptoir de la cuisine et en croisant les bras. Elle avait toujours le couteau à la main. L'odeur des gousses d'ail parvint à ses narines. « Le gamin qui est parti au Pakistan, tu sais. Son oncle est d'accord pour y retourner. Pour faire les présentations. »

Il se souvenait à présent. Trois jeunes musulmans recrutés à la mosquée de Bristol. Dix-sept, dix-huit ans à peine. Ils étaient partis, sac au dos, comme s'ils allaient étudier une année à l'étranger, pour un camp d'entraînement à la frontière entre l'Afghanistan et le Pakistan. Deux d'entre eux étaient revenus, mais pas le troisième. Sightline avait entamé des discussions avec sa famille pour réaliser un documentaire sur lui. C'était là tout ce qu'elle lui avait raconté, des mois auparavant.

Il posa son stylo.

« C'est incroyable, dit-il. Bien joué. Les gens de Sightline doivent être au septième ciel. »

Elle sourit et garda les yeux baissés quelques instants. Elle avait raison. Il y avait de quoi rire, tout à coup. Tout à coup, ils étaient là tous les deux, sachant très bien ce qui allait arriver et cela rendait ses tentatives prudentes de dissimulation ridicules. Michael décida de sourire aussi, et cependant une douleur sourde avait déjà commencé à se loger entre ses côtes.

Il s'appuya au dossier de sa chaise et posa ses pieds sur celle d'en face. « Je me demande bien qui ils ont dans leur manche capable d'assumer ce genre de reportage ? » lança-t-il.

Elle lui renvoya son regard. « Deux semaines. Maximum.

– Quand ?

– Dès que nous aurons obtenu les visas et réglé les détails du voyage. Et trouvé un passeur, mais j'ai déjà… »

Elle s'essouffla au milieu de sa phrase.

« Apparemment tu es sur le coup.

– Oui », répondit-elle d'une petite voix.

Et soudain, ce n'était plus aussi amusant, comme si le ridicule de la situation avait été aspiré hors de la pièce dès qu'elle avait confirmé.

Elle repoussa la planche à découper et fit le tour pour venir vers lui, elle souleva les jambes de Michael et s'assit sur la chaise en les reposant sur ses genoux.

« Nous ne mettrons pas les pieds en Afghanistan, dit-elle. Nous ferons tout depuis le Pakistan.

– Tu seras en sécurité ? » demanda-t-il.

Elle haussa les épaules. « Autant que possible. »

Elle se pencha en avant et lui prit les mains.

« C'est énorme, Mikey. Son oncle, les sources qu'il a mentionnées. Personne n'a jamais eu accès à ce genre d'informations. Personne, nulle part. On serait les premiers. Et le groupe auquel il appartient, ce gamin, ils veulent vraiment s'exprimer. Ils veulent donner leur version de l'histoire. Et lui aussi. »

Il le savait, en caressant le dos de sa main, leurs doigts entrelacés, en percevant la pression de ses mains, il n'avait pas le choix. Tout ce qu'il pouvait faire c'était parcourir les contours de ses désirs à elle, de sa douleur à lui, au creux de son dos, car c'était ce qu'il voulait lui aussi. Depuis le tout début, ils s'étaient promis de s'aider l'un l'autre à être heureux, quelles que soient les conséquences.

Il ôta ses pieds des genoux de Caroline et se pencha en avant pour prendre son visage dans ses mains. « Juste une chose, dit-il, en déposant un baiser sur ses lèvres : sois prudente. »

Ses lèvres étaient chaudes et, tandis qu'elle lui rendait son baiser en l'attirant contre elle, il sentit dans sa bouche le goût de l'oignon qu'elle avait grignoté en cuisinant.

« Merci, murmura-t-elle, en enroulant ses bras autour de son cou. Je te dois une fière chandelle, mon petit Mikey. »

# 4

Quand Caroline fut tuée, Michael rapporta si peu de choses à Londres qu'il fit le déménagement lui-même, ses affaires tenant dans le coffre de leur Volvo. Il décida de vendre Coed y Bryn meublé. Tout ce qu'il y avait à l'intérieur portait son empreinte. À peine descendue de l'avion, la famille de Caroline avait défilé dans la maison pour parcourir les différentes pièces, avant de repartir, chacun avec quelque chose de personnel, tout ce qui pouvait leur faire plaisir. Michael aussi avait gardé quelques souvenirs parmi les plus petites choses : des photos, une boîte de vieux tickets et cartes de visite, un dictaphone où était enregistré le message qu'elle lui avait laissé ce soir-là à Hammersmith. Le reste, il l'avait dispersé aux quatre vents. Les acheteurs du cottage gardèrent le mobilier. Il donna ses vêtements, qu'il était incapable de voir autrement qu'en imaginant son corps à l'intérieur, à un dépôt-vente de charité. Il voulait se souvenir de Caroline, mais de son propre chef, pas parce qu'il croiserait autour de lui des objets qui la lui rappelleraient à son insu.

Il arriva tard le soir à South Hill Drive, le fracas de son vieux moteur dérangeant les courbes délicates des maisons de ville et des fenêtres éclairées par les vies de famille automnales. Il n'y avait pas de place en bas de l'appartement de Peter, alors Michael se gara en double file pour décharger ses affaires sur le trottoir. Il se demanda un court instant s'il pouvait les laisser là sans surveillance le temps d'aller se garer plus loin. Après un coup d'œil à la cambrure arborée de la rue, il fut rassuré. Il n'y avait personne en vue, et le lacet que formait la rue revenait sur lui-même. D'après la vue aérienne que Michael avait trouvée sur Internet, l'endroit avait la forme d'une vieille raquette de tennis tendue d'arbres, une drôle d'excroissance comme une bulle verte dans la mosaïque londonienne.

Michael allait chercher ses dernières affaires quand il vit Josh. Il remontait la rue, un imperméable par-dessus son épaule, un cartable dans l'autre main. Il portait un costume noir et une cravate bleue légèrement dénouée. Michael devina qu'il était ivre. Son corps aussi était dénoué, son regard vagabondait.

Michael se baissa pour ramasser deux cartons. Tandis qu'il les disposait l'un au-dessus de l'autre pour s'assurer qu'ils tiennent, il sentit la présence de Josh se rapprocher, puis s'arrêter. Il leva les yeux. Josh fouillait ses poches de manteau à la recherche de son porte-clés. Tout en tournant ses clés une à une, il rendit à Michael son regard, puis jeta un œil aux immeubles.

« Apparemment nous sommes voisins », dit-il en haussant les sourcils. Son accent était celui d'un Américain, sous influence européenne.

Michael se releva, calant les cartons sur ses bras. « Presque », dit-il.

Josh lui renvoya un regard vide, comme s'il venait de le remarquer. Il n'était pas aussi grand que lui, mais il était plus massif. Des cheveux poivre et sel, avec une mèche qui tombait sur des sourcils fournis au-dessus de ses lunettes cerclées de fer.

« Eh bien, dit Michael. Bonne soirée. »

Il repartit vers son appartement.

« Laissez-moi vous donner un coup de main. » On aurait dit que Josh venait d'y penser, et que ça l'avait soudain réveillé.

« Non, vraiment, c'est... »

Mais Josh avait déjà remis ses clés dans sa poche et balancé le sac d'escrime de Michael par-dessus son épaule. Il fit glisser son cartable à son poignet et ramassa le dernier carton resté sur le trottoir.

« C'est une guitare ? demanda-t-il en réajustant le sac sur son dos.

– Non, répondit Michael, le guidant jusqu'à son appartement. C'est du matériel d'escrime.

– D'escrime ? lança Josh dans le dos de Michael qui appuyait sur la minuterie avec son coude pour allumer la lumière du couloir. Jamais essayé, tiens. »

Quelque chose dans la voix de Josh laissait deviner que ça ne risquait pas de lui venir à l'idée.

« J'ai donné la mienne, continua-t-il, tandis qu'ils gravissaient le premier étage. Ma guitare. Je l'ai donnée. Je saurais plus dire pourquoi maintenant. »

Tout le long de l'escalier, jusqu'à l'appartement de Peter, Josh continua à parler, il prédit à Michael qu'il allait beaucoup aimer cette rue, ajoutant que les autres voisins étaient sympas, « enfin, pas chiants, quoi », et que ses deux filles adoraient le parc.

« C'est comme si on avait le plus grand jardin de Londres devant notre porte. Même la reine, elle n'a pas de maison dans le coin, hein ? »

En abordant le troisième étage, la conversation de Josh se tarit et laissa place à une respiration difficile. Michael était soulagé. Au fur et à mesure qu'ils montaient, il avait senti une tension s'installer en lui à l'idée de devoir répondre à la question qu'il voulait à tout prix éviter. Mais cela ne se produisit pas : l'effort fit taire Josh.

Dans l'appartement, Michael posa ses cartons avec les paquets qui jonchaient déjà le sol du séjour. « Ici, c'est parfait », dit-il à Josh qui le suivait.

Josh se débarrassa de ses cartons et fit glisser le sac d'escrime de son épaule. Quand il se releva, il se tenait le bas du dos avec les mains. Il portait une alliance, une Rolex en or et des boutons de manchette en argent. Sa respiration était lourde.

« Je vous offrirais bien un verre, mais… » Michael balaya la pièce d'un geste de la main qui laissait deviner la fin de sa phrase. Les fantômes de tableaux décrochés ponctuaient les murs de carrés et de rectangles plus clairs. Les étagères étaient vides, la cuisine nue. Une odeur de scotch et de vieux thé flottait dans l'air.

Josh agita la main, ignorant la proposition que Michael ne lui faisait pas. Il ôta ses lunettes, les essuya sur sa chemise en s'avançant vers les fenêtres, celles-là mêmes que Michael avait vues dans le premier e-mail que Peter lui avait envoyé ; deux grands rectangles occupant l'essentiel du mur donnant sur le parc.

« Vous savez quoi ? dit Josh en se tournant vers Michael. Cela fait cinq ans que je vis dans cette rue et c'est la première fois que je mets les pieds dans cet immeuble. »

Il tapota la vitre comme s'il voulait toucher la nuit. « Vous voyez ce panorama ?

– Pas encore. Enfin, je veux dire, pas là.

– Vous avez une vue géniale, dit Josh, ignorant la réplique de Michael. Une vue géniale. »

Il se retourna vers la fenêtre et scruta l'obscurité. Un lampadaire brillait, seul, dans le parc, son éclat orangé transperçait l'écran de brouillard, illuminant les feuillages des arbres alentour. « Cinq ans, et je ne m'en lasse toujours pas », dit-il en s'adressant à la fenêtre.

Mais lorsqu'il se retourna vers Michael, il avait bel et bien l'air épuisé, comme si l'ascension des étages avait fait remonter en lui des souvenirs douloureux. Josh hocha la tête, l'air d'approuver ses propres conclusions.

« Eh bien, merci encore », dit Michael.

Josh leva les yeux vers lui, s'efforçant apparemment de cerner son nouveau voisin. L'espace d'un instant, Michael lui rendit son regard, il ne savait pas bien quoi faire d'autre.

« Vous plaisantez, dit finalement Josh, en traversant la pièce et en ramassant son pardessus et son cartable. Josh, dit-il en tendant la main. Joshua Nelson.

– Michael », répondit-il. Ils se serrèrent la main, une poignée de mains brève, très professionnelle. Josh, songea Michael, devait souvent serrer des mains. Plus près de lui, il sentait à présent les odeurs d'alcool et de cigarette qui se mélangeaient dans son haleine. « Content de vous avoir rencontré, dit-il, et j'insiste, merci pour le coup de main.

– Passez si vous voulez », lança Josh en avançant dans le couloir, une manche de son imperméable déjà enfilée. Ma femme, elle organise des soirées, des fêtes, vous voyez ce que je veux dire. Elle adore rencontrer des gens. De nouvelles têtes. Venez.

– Merci, je viendrai. »

Levant la main en signe d'au revoir, Josh passa la porte. « On se voit bientôt, Mike, lança-t-il depuis l'escalier. Bonne installation ! »

Michael referma la porte et revint à son salon plein de cartons et de sacs disséminés sur la moquette. Il regarda vers la fenêtre et vit son reflet, l'ampoule brillant sur le parc brûlait au milieu de sa poitrine. Lentement, il s'avança vers son image. Le rougeoiement de la lampe au sodium se déplaça vers son estomac puis sur son aine. Il se figea tout près de la fenêtre, comme pour jauger l'homme qui le dévisageait. Un homme grand, pull bleu, jean, longs bras ballants et des cheveux blonds qui se clairsemaient.

Ainsi, c'était là leur nouveau point de départ, à cet homme dans la fenêtre et lui, c'était là qu'ils recommençaient. Dans cet appartement avec vue sur le parc, moquette tachée et empreintes de tableaux aux murs. C'était là qu'il lui faudrait faire la paix avec son passé, et avec l'homme de la fenêtre, qui avait laissé les choses se produire ainsi.

Son téléphone sonna et les deux hommes fouillèrent dans leur poche puis regardèrent l'écran. C'était Peter. Il avait déjà appelé Michael deux fois dans la journée. Les deux fois, Michael avait laissé le téléphone sonner dans sa main, et il recommença. Il fit un pas de plus vers la fenêtre et posa le téléphone sur le rebord. Une seule empreinte, là où Josh avait tapoté la vitre, embuait le noir de l'étang en contrebas. Michael posa sa tête contre le verre et laissa la fraîcheur de la nuit refroidir son front.

En dessous de lui, un message fit vibrer son téléphone, qui s'alluma et vibra sur le rebord comme une mouche à l'agonie. Michael le considéra pour finalement s'en désintéresser. Caroline était morte et il s'était retrouvé seul avec la coquille vide de cette réalité entre les mains, privé d'elle et de l'homme qu'elle avait fait de lui.

Caroline n'avait jamais dit à Michael qu'elle avait choisi Peter. Une semaine avant son départ, ils avaient sélectionné ensemble les questions qui permettraient d'établir des « preuves de vie » la concernant. C'était tout.

*Quel était le nom de son chat quand elle habitait Adelaide Road ?*

*Quelle était la couleur du camion de son voisin à Melbourne ?*

*Qu'avait-elle offert aux gens qui l'avaient accueillie la dernière fois qu'elle était allée au Cap ?*

Quelqu'un chez Sightline, sans doute Peter, les aurait posées à ses geôliers. Leurs réponses, s'ils la détenaient bel et bien, devaient prouver qu'elle était toujours en vie.

*Misty*

*Orange*

*De la confiture*

Ils avaient tourné cela en jeu, inventé des questions assis sur un banc derrière les portes vitrées de Coed y Bryn face au « C » de jonquilles en fleur, avec une bouteille de vin et des plats du traiteur indien à leurs pieds. Ensemble, ils s'étaient mis en chasse d'anecdotes de sa vie qu'elle ne lui avait pas encore racontées. Des épisodes de son enfance ou de sa vie d'étudiante à Boston. Les légendes familiales qui ne laissaient pas de la faire rire aux larmes des années plus tard.

C'était la procédure normale, en tout cas c'était ce qu'elle lui avait dit. Aucune raison de s'inquiéter. Michael avait alors eu envie de lui poser la question. Car il savait que là aussi, c'était la procédure normale. Certains de ses amis à New York faisaient le même genre de boulot. Alors, qui ? Lequel de ses collègues avait-elle choisi ? À qui avait-elle décidé de confier la tâche de venir le lui annoncer ? Il n'avait pas demandé et elle n'avait rien dit. Comme par superstition, par crainte de quelque dieu jaloux, ils n'en parlèrent pas, ramassèrent la bouteille et les boîtes vides et laissèrent la soirée se rafraîchir derrière eux pour rentrer se mettre au lit.

Plus tard, lorsqu'il vit Peter arriver au cottage, Michael découvrit le choix de Caroline. C'était la fin de l'après-midi, des nuages gris s'amoncelaient au-dessus des collines, la rivière Severn étincelait au loin telle une pièce de monnaie tombant dans les airs. Michael se trouvait à l'arrière de la maison, il faisait brûler des tas de ronces et de branches. D'abord il prit le bruit des pneus sur les graviers pour le crépitement des branches dans les flammes. Puis il entendit un moteur qu'on coupait et une portière qui claquait. En arrivant devant la maison, il avait toujours ses gants de jardinage sur lui, une poignée d'épines à la main. Peter se tenait debout à côté du porche. En entendant les pas de Michael, il se tourna vers lui. Son regard, cet air enfantin dans ses yeux, stoppa net Michael.

Michael n'avait rencontré Peter qu'en de rares occasions auparavant. À une fête de Noël de Sightline, dans un bar pour trinquer à l'anniversaire de Caroline. Ils avaient dîné ensemble une autre fois, avec lui et sa femme, chez eux, à Bristol. Michael l'aimait bien. Il avait les manières simples et brutes d'un homme qui a décidé d'éviter les conflits. Non pas par peur de manquer d'arguments, mais juste pour s'épargner l'effort. D'après Caroline, Peter aurait pu mener une grande carrière dans la publicité. Mais il avait choisi de rester à un niveau où il pouvait encore participer à la fabrication des programmes. « Où il pouvait encore, avait-il alors expliqué à Michael, avec un sourire résigné, savoir de quoi il parlait. »

Une longue seconde s'écoula tandis qu'ils se dévisageaient en silence devant Coed y Bryn cet après-midi-là, le fossé entre l'ignorance de l'un et la connaissance de l'autre se creusant inexorablement. Puis Peter avait dit son nom – « Michael », et alors il avait su. Caroline avait choisi Peter. Peter était le messager qui portait ses derniers mots, l'homme qui venait à lui et répétait son nom, tandis qu'il tombait à genoux sur la dalle – « Michael » – et dont les mains se posaient doucement sur ses épaules tandis qu'il enfouissait son visage dans ses gants, respirant l'odeur de bois fumé, s'écorchant la peau sur les épines.

# 5

L'entrée des Nelson était baignée de soleil, au-dessus de la porte, la vitre en verre poli renvoyait la lumière de l'après-midi. Michael franchit la distance qui le séparait de l'escalier et croisa sur sa droite une série de photos en noir et blanc accrochées au mur. Un couple qui s'embrassait sur un banc dans Washington Square, un vieillard chinois les yeux tournés vers une lueur hors du cadre, la ligne d'horizon des gratte-ciel de Manhattan, minuscule, entre deux feuilles immenses au premier plan. Sur sa gauche, en face du mur de photos, un escalier grimpait dans les étages.

Samantha était l'auteur de ces clichés. En dessous, elle avait accroché des dessins et peintures de ses filles aux couleurs primaires criardes, qu'elle avait fait encadrer. Sur le premier, un palmier se penchait en arc de cercle sur une plage jaune, le long d'une mer bleue. Le nom de l'artiste était écrit au crayon au-dessus des feuilles vertes dentelées – *Lucy, 4 ans*. À côté, on découvrait une maison de livre d'images, de travers et bordée par une haie gribouillée, surmontée d'un autre gribouillage plus foncé qui représentait la fumée s'échappant de la cheminée – *Rachel, 6 ans*. À chaque pas, Michael dépassait des chevaux, Maman et

Papa, un camion de pompiers rouge, et puis, tout au bout du mur, juste avant la porte du salon, un grand bonhomme bâton, avec un tee-shirt rouge et un pantalon marron, un amas de cheveux jaunes et son nom écrit au-dessus en bleu – *Michael*.

Il s'arrêta quelques instants devant son portrait puis pivota vers l'escalier et tendit l'oreille vers les étages. Rien. Il jeta un œil vers la porte d'entrée pour vérifier qu'elle était bien fermée. Sans doute n'était-ce qu'une erreur. Pourquoi seraient-ils restés enfermés par une si belle journée ? Josh avait probablement emmené les filles faire du cerf-volant à Parliament Hill, ou nager au parc aquatique un peu plus bas. Tout seul avec les deux gamines à gérer, peut-être avait-il tout simplement oublié de verrouiller la porte du jardin ?

Se détournant de l'escalier, Michael se dirigea vers le salon. Il savait que c'était sa dernière chance, s'il n'y trouvait pas le tournevis, il lui faudrait repartir sans. Trois grandes fenêtres éclairaient la pièce, les rideaux laissaient filtrer des arceaux de lumière. Le mobilier était clair, la moquette écrue, les bibliothèques blanches. La pièce servait de vitrine, démonstration d'une vie bien ordonnée et bien présentée. Des objets venant du monde entier, des livres d'art, des guides de voyage. Une peinture à l'huile de la côte du Norfolk. Des guéridons chargés de photos de famille, de photos des filles et du mariage de Josh et Samantha. Au milieu de la pièce, un coffre ancien faisait office de table basse. Debout dans cet ordre lumineux, Michael leva ses mains crasseuses devant ses yeux, paumes ouvertes, tel un chirurgien prêt à opérer.

Lorsque la promesse d'invitation de Josh s'était concrétisée, Michael s'était retrouvé dans cette pièce au milieu d'une petite fête, et c'est là qu'il fit la connaissance de Samantha et des filles, un samedi après-midi ensoleillé de novembre. Après une semaine de vents violents, les dernières feuilles étaient tombées des arbres dans le parc. Le ciel affichait un bleu profond, comme un ultime cadeau avant l'hiver, l'air mordant sous la surface. Michael était allé à un cours d'escrime ce matin-là, l'un de ses premiers. En rentrant par le parc, il avait vu son haleine former des nuages devant lui, ses pieds laisser des empreintes dans l'herbe givrée. Les promeneurs de chiens étaient emmitouflés dans des écharpes, les coureurs portaient des gants. En gagnant l'autre côté de la rue et les bassins de nage, il remarqua que la plupart des nageurs du week-end avaient désormais des bonnets.

C'était Samantha qui lui avait ouvert la porte. Le petit mot plié en deux qu'il avait trouvé quelques jours plus tôt sur son paillasson en bas de son escalier était écrit de sa main également. D'une écriture sûre et fluide. Son nom dessus, et à l'intérieur, un message tout simple : « Nous donnons une petite fête ce samedi. À partir de 14 heures. Venez si vous êtes libre. Samantha et Josh. »

« Oh, bonjour ! Soyez le bienvenu ! dit-elle. Entrez, entrez. »

Elle portait une robe à manches longues rouge, une ceinture en coton gris nouée au-dessus de son petit ventre rond. Michael voyait bien qu'elle ne savait pas du tout qui il était.

« Michael, dit-il. Le voisin.

– Oui, bien sûr ! » Elle avait un sourire tranquille, naturel. « Josh m'a parlé de vous. »

Michael lui tendit la bouteille de sancerre qu'il avait apportée.

« Oh, vous n'auriez pas dû, dit-elle en la prenant. Vraiment, ce n'était pas nécessaire. Merci. »

Une houle de voix montait de la pièce qui se trouvait derrière elle, une cacophonie d'exclamations et de conversations. En guidant Michael à travers cette marée sonore, Samantha appela Josh par-dessus les têtes des invités.

« Josh ? Josh ? Regarde qui est là.

– Qui donc ? »

Michael reconnut sa voix, celle du soir où il avait emménagé. Un mélange d'assurance et d'étonnement. Samantha lui toucha le bras.

« Mon Dieu, je suis désolée, dit-elle, avec un air véritablement inquiet. Je suis incapable de me souvenir d'un prénom. »

Il le lui rappela et elle se tourna vers Josh de nouveau. « Michael, dit-elle en se penchant parmi la foule, appuyée d'une main à la porte du salon. Le voisin. »

Elle se retourna vers lui, lui lançant un nouveau sourire. « Je vais mettre ça au frigo, Josh va s'occuper de vous. »

Il la regarda s'éloigner. Ses cheveux blonds étaient relevés par une pince en forme de fleur rouge. Ses talons, rouges également, résonnaient et tranchaient sur les carreaux de la cuisine.

« Qu'est-ce que je t'offre ? »

Josh posa sa question en même temps que sa main sur le dos de Michael, une pression ferme le guidant vers le salon. Bruissant de gens, de sourires et de verres. Les

74

enfants passaient entre les jambes des adultes, tenant leurs verres de jus d'orange à deux mains, ou bien proposant des bols de cacahuètes et de chips aux amis de leurs parents. Michael suivit Josh jusqu'à une table couverte de bouteilles et de verres, songeant combien l'homme qu'il avait devant lui était différent de celui qui contemplait le parc plongé dans la nuit ; un homme qui en était à son premier verre, pas à son dernier.

Tandis qu'il lui servait un verre de vin, Michael essayait d'entendre ce que Josh lui disait. Mais le bourdonnement de la pièce l'avait contaminé. Anticipant le brouhaha, son attention s'était dispersée. Cela faisait cinq semaines à présent qu'il était rentré à Londres, mais c'était la première fois qu'il se retrouvait ainsi en société. Il ne se remettrait qu'en suivant une nouvelle routine, il s'en était rendu compte, qu'en évitant toute occasion susceptible d'accentuer l'absence de Caroline. Sa mémoire était devenue un champ de mines. Il n'aurait jamais pensé que son corps pouvait réagir si violemment à ses pensées, que son esprit pouvait produire de telles douleurs physiques, de tels torrents de larmes. Il n'était pas du genre à pleurer, mais même maintenant, six mois après la mort de Caroline, une simple évocation, l'esquisse d'une image, cette façon qu'elle avait de nouer ses cheveux avant sa douche, de déposer des noisettes de crème hydratante sur ses joues, suffisaient à lui comprimer la poitrine, lui couper le souffle et embuer ses yeux.

Pour éviter ce genre de réminiscences involontaires, il se tenait à l'écart de leurs amis communs, ou de quiconque les ayant connus, Caroline et lui, en tant que couple. Il déclinait les invitations de ses éditeurs à des soirées de lancement, et n'accepta de voir son agent pour un déjeuner qu'à condition de choisir un restaurant loin du bureau. Tous les cinémas, musées ou théâtres qu'il avait fréquentés avec Caroline étaient bannis. Ainsi, son chagrin avait-il rapetissé Londres, et l'avait rendu, quoique familier, étranger en même temps.

Alors que Josh se servait un autre verre de rouge, une enfant surgit contre sa jambe, une fillette qui tirait sur sa chemise. Ses cheveux blonds s'échappaient de leur élastique. Il y avait des taches de chocolat plein son tee-shirt dont les bords trop larges pendouillaient autour de son ventre.

« Hé, lui dit Josh. Tu es venue dire bonjour ? » Il se baissa pour la prendre dans ses bras.

« Voici Lucy, dit-il, en la calant dans le creux de son bras. Et ça, poursuivit-il en enlevant la main de Lucy de sa bouche, c'est Michael, notre nouveau voisin. »

Lucy fourra sa tête dans l'épaule de son père, attrapa le col de sa chemise et en frotta les plis entre ses doigts.

« Oh, tu fais ta timide ? lui dit Josh, en faisant un clin d'œil à Michael. Je me demande bien combien de temps ça va durer, hein ? »

Josh connaissait bien sa fille. Moins d'une demi-heure plus tard, Lucy vint trouver Michael dans la foule, elle tenait une poupée dans chaque main. Il était assis sur l'accoudoir du canapé et écoutait vaguement une conversation à propos de l'hôpital local.

« Voici Molly, dit Lucy en guise de présentations, brandissant une des deux poupées sous son nez. Et ça…, produisant l'autre poupée au visage barbouillé de crayon bleu, … c'est Dolly.

– Eh bien, bonjour, dit Michael. Ravi de vous rencontrer. Mais qu'est-il arrivé au visage de Dolly ?

– Eh bien, dit Lucy, aussi sérieusement que si Michael lui avait demandé son avis sur la conversation qui continuait derrière lui. Tout a commencé hier, en fait. Molly était très fâchée contre Dolly. »

Avec un naturel qu'il n'avait jamais croisé chez les autres enfants, Lucy se mit à lui expliquer l'origine de la dispute entre les poupées. Pendant qu'elle parlait, elle fronçait les sourcils en les regardant toutes les deux, une blonde, une brune, en désaccord complet. De temps à autre, elle levait les yeux au ciel, surjouant, mais sincère cependant, comme si elle essayait cette mimique pour la première fois.

Michael écoutait, ravi que l'explication durât si longtemps et que ce soit elle qui parle. Il n'avait pas l'intention de se désintéresser de la petite fête, mais en vérité l'histoire de Lucy, le solipsisme propre à son âge le soulageaient. Plus tôt, la main de Josh le guidant de la même pression ferme dans le dos, il l'avait présenté à un groupe d'invités. « Voici Michael, notre nouveau voisin », avait-il dit avant d'aller accueillir des amis qui venaient d'arriver. Michael leur avait serré la main et s'était mêlé à leur conversation assez aisément. Mais en parallèle, son esprit était sans cesse en train d'anticiper, redoutant et parant à l'avance à toute question qui pourrait le forcer à mentionner Caroline ou sa mort.

En fin de compte, il n'aurait pas dû s'inquiéter. Aucun des autres convives n'avait semblé s'offusquer de sa réserve ou manifester le désir de l'interroger davantage. Ben, un collègue de Josh à la banque, était propriétaire d'un cottage dans les Cornouailles, tout près de là où Michael avait grandi. En quelques minutes, il réussit à détourner l'attention sur les recommandations de restaurants, musées ou promenades, de criques abritées en pubs méconnus. La seule femme du groupe, une jeune avocate qui s'était présentée comme « Janera, mais appelez-moi Jan », avait insisté pour lui parler d'une pièce qu'elle venait de voir. Elle y était allée seule et elle avait pleuré. Elle ne se souvenait pas du nom de l'auteur de la pièce mais était allée au lycée avec l'un des comédiens. Il avait plein de cheveux à l'époque, et maintenant il était complètement chauve ; apparemment, ce détail la passionnait plus que la pièce elle-même. Le troisième était un homme plus âgé, portant une veste, et dont Michael n'avait pas entendu le nom. Il avait demandé à Michael si son appartement avait vue sur les bassins du parc. Quand Michael avait confirmé, l'homme, aux joues couperosées, lui raconta qu'un hiver dans les années 1960, il s'y était baigné le jour de Noël. C'était pour impressionner une fille dont il avait oublié le nom aujourd'hui. Sur les bords, la glace avait déjà pris. Elle l'avait attendu, assise sur un banc, emmitouflée dans leurs deux écharpes, hilare.

Michael écoutait, parlait, souriait, acquiesçait, il avait l'impression d'avoir traversé un miroir et d'observer le monde qu'il avait laissé derrière lui, un monde plus simple, plus enfantin, débarrassé du poids de la mort. Bien sûr, il savait que c'était illusoire. Chaque adulte de cette pièce avait déjà perdu la partie. Chacun portait son propre deuil, aussi sombre soit-il, et la peur de leur propre fin les hantait de même dès qu'ils laissaient leurs esprits vagabonder dans l'obscurité. Mais rien de tout cela ne se voyait, et pourquoi faudrait-il que cela se voie ? Les désirs, les attitudes, les voix recouvraient tous ces deuils. Et Michael, à la dérive, avait l'impression d'être le seul témoin voyant au milieu d'une pièce pleine d'aveugles bavardant entre eux.

Lors de leur premier rendez-vous pour *L'homme qui brisa le miroir*, Oliver Blackwood avait déclaré à Michael qu'un homme ne venait vraiment au monde qu'en ayant lui-même des enfants. À l'époque, Michael avait répondu qu'il n'en savait rien, puisqu'il n'en avait pas, mais qu'il trouvait juste ce que les Français disaient : on ne devient vraiment adulte qu'une fois qu'on a perdu ses parents. Il parlait d'expérience. Son père était mort pendant qu'il vivait à New York. Quant à sa mère, elle était alors très malade. Une année après ce rendez-vous, elle était morte à son tour. Michael, fils unique, souffrait terriblement de leur absence. Le mois qui suivit la mort de sa mère, cette réflexion qu'il avait livrée à Oliver lui venait à l'esprit tous les jours.

Michael commençait à peine à fréquenter Caroline, le matin où il avait répondu au téléphone et entendu la voix d'une infirmière lui annoncer que sa mère s'était éteinte dans la nuit. Caroline était sous la douche. Lorsqu'elle était descendue, elle avait trouvé Michael, assis, le combiné à la main, fixant la table. Ils apprenaient encore à se connaître. Cette nuit où elle l'attendrait dans sa salle de bains était encore à des mois de ce moment. Ce qu'ils savaient l'un de l'autre semblait encore superficiel. Et cependant, Caroline l'avait accompagnée dans chaque étape de ce tunnel toujours plus profond qu'était la mort de sa mère, s'occupant de lui pendant l'enterrement, à ses côtés dans la tristesse silencieuse qui s'ensuivit. Elle naviguait en terrain connu. C'était ce qu'elle lui avait dit. Il ne fallait pas qu'il pense qu'il lui ou leur imposait quelque chose de trop lourd trop tôt. Elle connaissait la mort et ses effets sur les vivants, il fallait qu'il la laisse l'aider, ce qu'il fit.

Mais à présent, au lendemain de sa mort à elle, Michael ne pouvait s'empêcher de penser qu'ils s'étaient trompés tous les deux, Caroline et Oliver. S'il avait pu lui parler, si son fantôme était venu lui rendre visite un soir, il lui aurait dit. Qu'on ne connaît jamais vraiment la mort, il n'y a qu'elle qui vous connaisse. Et si, le jour de ce premier rendez-vous avec Oliver, il avait su ce qu'il savait maintenant, il lui aurait dit qu'il existait une autre façon de venir au monde qu'en ayant des enfants ou même en perdant vos parents. Une seconde naissance qui se produisait lorsqu'on vous amputait de l'être aimé. Lorsque, à peine trouvée, la personne qui donnait sens à votre vie, qui vous poussait à vous dépasser, disparaissait et était remplacée par son ombre, telle la mâchoire d'un piège. Pris entre ces crocs, le tissu des jours, des années, s'effilochait, se déchirait lentement. Voilà, aurait-il dit à Oliver, la manière la plus réelle de venir au monde en tant qu'adulte. Une forme de sagesse rare que vous ne partagiez qu'avec les autres prisonniers de la vie, les autres agonisants enfermés dans leurs corps : voir votre avenir vous être arraché et rester en vie malgré tout.

« Alors Dolly a demandé pardon et maintenant elles sont amies. » Lucy signala la fin de son histoire en brandissant les deux poupées dans l'air devant elle, leurs cheveux synthétiques s'agitant frénétiquement.

Michael sourit. « Eh bien, je suis content, dit-il. C'est plus amusant d'être amies que de ne pas être amies, non ? »

Lucy pencha la tête, faisant mine de réfléchir : « Peut-êêêêêtre », dit-elle en faisant traîner sa voix.

Une femme enveloppée dans un châle bleu foncé derrière eux se mit à décortiquer des coquilles de pistache qu'elle recueillait dans sa main en coupe, ouvrant chacune du bout de son ongle de pouce verni. Plus loin, vers la porte, les vieux amis se saluaient et leurs embrassades dérivaient jusqu'à eux comme du bois flottant sur une vague.

« Quel âge as-tu, Lucy ? lui demanda Michael.

– Elle a quatre ans », répondit une autre voix. Michael leva les yeux et vit apparaître une fillette plus grande qui les dévisageait tous les deux, ses cheveux châtains coupés au carré. Elle portait un jean, des baskets et un sweat-shirt arborant le nom d'un boys band sur l'une de ses manches.

« Quatre ans un quart ! protesta Lucy.

– J'ai sept ans, dit sa sœur aînée, comme si elle n'avait rien entendu. Je m'appelle Rachel. »

Elle s'exprimait avec assurance, une enfant élevée dans un monde d'adultes.

« Tu veux venir voir mes dessins ?

– Qu'est-ce que tu en penses, Lucy ? demanda Michael. Ça te dit qu'on aille voir les dessins de Rachel ? »

Lucy frappa le canapé avec la tête de Dolly. « Ils sont nuls, ses dessins !

– Eh bien, dit Michael en essayant de l'amadouer. Peut-être que je devrais m'en rendre compte par moi-même. » Il se leva. « Tu veux venir avec nous ? »

Mais Lucy n'écoutait plus. À la minute où Michael avait accepté l'invitation de sa sœur, il avait perdu tout intérêt à ses yeux. Elle avait glissé au sol et était déjà en grande conversation avec Molly et Dolly.

« Viens, fit Rachel, en lui prenant la main. Ils sont dans la cuisine. »

La question que Michael avait réussi à contourner avec les invités des Nelson fut finalement posée par Josh lui-même. Tandis que, debout au fond du jardin tous les deux, ils contemplaient la vue sur les bassins. Comme promis, Rachel avait emmené Michael voir ses dessins dans la cuisine, ils étaient étalés sur une table basse dans la véranda. Samantha était juste à côté, elle sortait des canapés du four.

« Allez, ça suffit, ne monopolise pas Michael, avait-elle dit, le visage rougi par la chaleur. Il y a peut-être d'autres gens qui aimeraient parler avec lui aussi. »

Il était inutile de s'inquiéter. Rachel ne l'avait retenu que le temps d'un coup d'œil sur ses œuvres, puis elle avait filé, appelée au salon par sa mère qui lui tendait des bols d'olives à offrir aux invités. Michael proposa à Samantha d'aider lui aussi. Avec un sourire, elle lui répondit que tout allait bien. Elle s'adressait à lui comme s'ils se connaissaient depuis des années. Et cependant elle réussissait en même temps à garder sa réserve, cette apparence de familiarité provoquée, se disait Michael, par la générosité avec laquelle elle abordait tous les gens qu'elle rencontrait.

Une fois le dernier plateau de canapés sorti du four, Samantha avait emboîté le pas de sa fille dans le couloir, en direction des voix qui bruissaient de l'autre côté. Michael écouta le claquement de ses talons sur les lattes du parquet s'atténuer à mesure qu'elle s'éloignait. Il songea à la suivre mais se ravisa. Après la bousculade de gens derrière l'autre porte, le calme de la cuisine était apaisant, tout comme la lumière pure et vierge de l'hiver qui inondait la véranda.

Il avait besoin d'un peu de temps pour se rassembler avant de replonger dans la fête. Ou bien pour décider de s'en aller. Mais peut-être était-ce trop tôt. Peut-être aurait-il mieux fait de ne pas venir du tout, au fond.

Un exemplaire du *Herald Tribune* était posé sur une chaise à côté de lui. Michael l'ouvrit et se mit à le feuilleter, ses yeux étaient instinctivement attirés par les reportages de guerre. À longueur de discours, les candidats à la présidentielle évoquaient la montée des tensions, les stratégies de sorties de crise. Un groupe de travailleurs routiers avait été tué par un bombardement de l'ISAF en Afghanistan oriental. Une enquête du FBI avait conclu à la mort de quatorze civils détenus par les Blackwater, « tués sans raison ». Michael était plongé dans sa lecture quand Josh entra dans la pièce. Il se dirigea vers un tiroir de l'îlot central et en sortit un paquet de cigarettes et un briquet.

« Cigarette ? proposa-t-il en les lui montrant.

– Non, merci, répondit Michael.

– Tu te joins à moi quand même ? » Josh fit un signe de tête vers la porte du jardin, en repoussant ses lunettes sur l'arête de son nez.

Dehors, la lumière de l'après-midi faisait ressortir les contours du parc, ses couleurs, une palette d'oranges, de verts et de marrons sous le ciel bleu. Josh alluma sa cigarette tandis qu'ils marchaient ensemble vers le fond du jardin et les bassins.

« Sam n'aime pas ça, dit-il, le souffle raccourci par la fumée. Mais, après tout, j'ai bien le droit d'être en week-end moi aussi, non ? »

Alors qu'ils atteignaient le bout du jardin, il prit une profonde bouffée. En s'appuyant sur la clôture, Michael prit une longue inspiration lui aussi. L'air, au-dessus de l'eau, avait un goût d'acier et de feuilles mortes. Les arbres sur le rivage, si secoués par le vent ce matin-là, étaient à présent nus et immobiles. Un chien nageait dans le bassin, seule sa tête blonde dépassait de l'eau. Sa maîtresse l'appelait depuis l'autre rive.

« Jasper ! Jasper !

– Merde, dit Josh. Jasper ? Pas étonnant qu'il préfère rester dans le bassin. »

Michael regarda le chien faire demi-tour lentement vers la voix de sa maîtresse, la truffe en l'air tandis qu'il pédalait dans les eaux peu profondes. Quand il atteignit la rive, il remonta vers elle en trottinant, ses longs poils alourdis par l'eau, ses pattes noires de boue.

« Tu es marié, Mike ? »

La question semblait sortie de nulle part. Michael restait concentré sur Jasper qui s'était arrêté à quelques pas de sa maîtresse pour s'ébrouer. Après avoir été si mobilisée par les invités de la fête, son attention s'était trouvée distraite par le spectacle de ce chien. Du coup Josh lui avait posé la question, et il n'avait plus qu'à y répondre.

Il se retourna vers lui. Josh désigna l'alliance de Michael du bout de sa cigarette. Michael baissa les yeux dessus à son tour. Il ne lui était jamais venu à l'esprit de l'enlever. Autant qu'il sache, il était toujours marié.

« Je l'étais, dit Michael, tripotant du pouce l'intérieur de son alliance.

– Ah, merde, dit Josh. Divorcé ?

– Non, répliqua Michael, en reportant son regard vers le bassin. Elle est morte.

– Mon Dieu. »

Michael entendit Josh tirer sur sa cigarette une nouvelle fois puis laisser échapper un filet de fumée. « Mon Dieu, dit-il. Je suis désolé. »

Michael n'avait jamais eu besoin de prononcer ces trois mots auparavant. Depuis son retour à Londres il les avait soigneusement évités. Mais à présent, ils lui semblaient sonner faux. Comme si quelqu'un d'autre les avait mis dans sa bouche.

« Je le préfère quand l'eau est gelée, dit Josh en portant la cigarette à ses lèvres d'un grand geste en avant, l'extrémité incandescente fendant l'air. L'année dernière, tout ceci, le bassin entier était gelé. Les filles voulaient aller faire du patin à glace dessus, mais bon, tu imagines... »

Michael savait que Josh meublait. Il avait envie de lui dire que ce n'était pas nécessaire.

« C'est pour ça que je suis venu ici, dit-il. On avait une maison au pays de Galles. Mais quand c'est arrivé... »

Josh acquiesça, comprenant ce qu'il voulait dire, mais aussi, sembla-t-il à Michael, ce qui s'était passé jusqu'ici. Refaisait-il le chemin en arrière, revoyait-il cette soirée de son installation ? Tous les deux debout dans son appartement, au milieu des quelques cartons et sacs éparpillés dans la pièce ?

« Est-ce que c'était un accident ? demanda Josh.

– En quelque sorte, oui, dit Michael, prenant une grande inspiration qu'il relâcha dans un soupir. Mais non, en fait. Elle était au Pakistan. Enfin, à la frontière avec... »

Il s'interrompit, ne sachant plus s'il avait envie de continuer.

« Est-ce qu'elle était dans l'armée ?

– Bon sang, non ! » Michael se laissa aller à un sourire de stupéfaction en imaginant Caroline dans l'armée. « Non, elle était reporter. Au mauvais endroit, au mauvais moment. Peut-être que vous en avez entendu parler. C'était dans tous les journaux.

– Comment s'appelait-elle ?

– Caroline, dit Michael. Caroline Marshall. »

Josh tira sur sa cigarette. « C'est affreux, dit-il en secouant la tête. Je suis navré, Mike. C'est tout simplement affreux. »

Michael hocha la tête. Il avait raison. C'était affreux. C'était le mot juste et ce le serait toujours, quel que soit le temps qui s'écoulerait ou la distance pour gommer son souvenir. Il passa la main sur le portail afin d'en éprouver la réalité sous ses doigts, le grain, l'humidité du bois contre sa peau.

« Je suis désolé, dit-il. Je ne voulais pas parler de ça. Enfin, pas à votre fête. »

Josh tendit la main vers lui et la posa sur son épaule, l'empoignant plus fermement que nécessaire. « Tu plaisantes ? dit-il. Ne sois pas ridicule. Et puis de toute manière, ce n'est pas toi qui en as parlé, c'est moi. »

Une vague bruissant de voix gagna le jardin. Quelques-uns des invités s'étaient installés dans la cuisine.

« Si on peut faire quoi que ce soit, dit Josh. Tu n'as qu'à demander. Je le pense. Vraiment. »

Michael hocha la tête. « Merci. »

La porte du jardin s'ouvrit et le brouhaha augmenta.

« On devrait y retourner, dit Josh en écrasant sa cigarette avant de glisser le mégot dans sa poche. Moi, en tout cas.

– Non, dit Michael, en s'écartant du portail. Je vais bien, j'arrive. »

Tandis qu'ils remontaient vers la maison, Josh posa sa main de nouveau sur le bras de Michael. « Et tu fais quoi dans la vie, Mike ? Pour faire bouillir la marmite ?

– Je suis écrivain, répondit Michael.

– Ah oui ? dit Josh. Tu as déjà publié quelque chose ?

– Un livre. Et beaucoup trop d'articles.

– Mais c'est génial ! répliqua Josh avec un enthousiasme excessif.

– Et toi, tu es chez Lehman Brothers, c'est ça ? demanda Michael.

– Oui, je fais du courtage, surtout. » Comme si c'était le travail de M. Tout-le-Monde. « Bien, viens par ici, il y a quelqu'un que je veux te présenter. C'est un ancien camarade de lycée, Tony. Lui et sa femme viennent de s'installer dans le coin. Il est éditeur. »

Ils avaient presque regagné la porte du jardin quand Samantha apparut en haut des marches. Son visage était crispé. « Joshua ? » lança-t-elle, les mains levées en signe d'exaspération.

« Est-ce que Tony est à l'intérieur, ma chérie ? demanda Josh. Je veux lui présenter Mike. Mike est écrivain, tu le savais ? »

Au cours des années suivantes, Michael songea souvent que c'était à Tony, plus qu'à quiconque, qu'il devait son amitié avec les Nelson. Ou bien que c'était à lui qu'il fallait en vouloir, vu la suite des événements. Si Tony et sa femme, Maddy, n'avaient pas été présents ce jour-là, sans doute Michael serait-il resté aux yeux de Josh et Samantha juste un voisin de plus. Un bonjour de la main en sortant de chez soi le matin, quelques bavardages ici et là, par-dessus la haie entre le parc communal et leur jardin privatif, une vision fugitive d'eux deux descendant d'un taxi le soir et de leurs vêtements, apparaissant et disparaissant à la lueur du réverbère, avant de replonger dans le noir.

Peut-être y aurait-il eu d'autres fêtes comme celles-ci et peut-être aussi que quelqu'un d'autre aurait pu jouer le rôle que Tony joua ce samedi de novembre. Mais Michael en doutait. Certaines histoires débutent en se glissant dans un soupirail. Les innombrables fils de parcours personnels, d'états psychologiques, émotionnels ne se croisent souvent qu'une seule fois, et plus jamais ensuite. En fin de compte, il y a un temps pour tout. C'est ce que Michael pensa dans les années qui suivirent. Parfois pour se consoler, plus souvent avec regret. Il aurait beau s'acharner à tenter de dénouer ces liens, à essayer de situer l'origine des événements, il n'y parviendrait pas. Il y avait toujours un autre fil plus loin, relié aux autres par le plus fragile d'entre eux, mais relié tout de même. Le temps s'était écoulé à travers chacun d'entre eux – lui, Caroline, Samantha, Josh, Lucy, Rachel – et tout ce qu'ils auraient pu faire n'y aurait rien changé. Aucun de leurs choix n'avait été malintentionné. Et, cependant, leur combinaison avait engendré plus d'obscurité que de lumière.

La nature de l'amitié de Michael avec Josh et Samantha constituait un mystère pour les autres habitants de South Hill Drive. De loin, elle semblait à la fois improbable et déséquilibrée. Lui, un jeune veuf célibataire, aliéné par son deuil, un écrivain travaillant chez lui, oisif une bonne partie de la journée. Eux, une famille avec de jeunes enfants, prise dans un quotidien très rythmé, jonglant entre les emplois du temps et les besoins de chacun.

L'apparente différence de mode de vie n'était cependant pas la seule chose qui intriguait les autres habitants de la rue. L'intensité de leur relation, la rapidité avec laquelle ils étaient devenus si intimes après cette soirée éveillaient la curiosité. Durant les sept mois suivants, leur implication dans la vie les uns des autres atteignit des degrés de profondeur qu'aucun n'avait jamais connus qu'après des années et des années. Au bout de quelques semaines, on croisait régulièrement Michael et Josh partant tôt le matin pour un jogging dans le parc, en rentrant de l'école ou de la crèche ; les filles s'habituèrent vite à ce que Michael les rejoigne à l'heure du goûter pour prendre un thé dans la cuisine avec Samantha ou bien même les aider à faire leurs devoirs pendant qu'elle préparait le dîner. Samantha et lui se voyaient souvent dans la journée également, ils se retrouvaient dans des cafés aux abords du parc ou bien à la cantine du Kenwood House. Trois ou quatre fois par semaine, au moment où Josh sortait de la station de métro, à Belsize Park, sur le bureau de Michael, un nouveau message clignotait sur l'écran de son téléphone : « Tu viens prendre un verre ? » Quand Noël arriva, il leur paraissait déjà tout naturel que Michael soit là pour le déjeuner, débarquant par la porte du jardin, les bras chargés de paquets-cadeaux pour les filles et d'une bouteille de champagne pour leurs parents. Ce qui laissait perplexes tous leurs voisins qui suivaient, à travers leurs fenêtres et la rumeur, cette amitié accélérée. En revanche, ils ne se rendaient pas compte que l'origine de leur étonnement en était aussi la raison. C'était précisément la nouveauté, la légèreté qui faisaient que Michael, Samantha et Josh s'étaient jetés à corps perdu dans cette amitié avec l'impression de l'avoir toujours connue.

Quand Michael les avait rencontrés ce premier hiver, le mariage de Samantha et Josh battait déjà de l'aile. Chacun à sa manière, et malgré l'impression qu'ils donnaient d'avoir réalisé tous leurs désirs, était grignoté par la déception. Dernièrement, cette fragilité avait commencé à se voir. Josh, découvrit Michael, quoique toujours aimable en public, était capable de se montrer rancunier et humiliant avec sa femme. Samantha, de son côté, opposait à ses éclats un silence de plus en plus épais, une rancœur ancrée profondément qui se manifestait par le dénigrement systématique de Josh et de son travail. Ils buvaient tous les deux : Samantha, pour se réconforter et se remonter le moral ; Josh, pour retrouver l'optimisme de ses jeunes années et éprouver dans sa chair le souvenir de l'époque où sa vie n'appartenait qu'à lui. La première fois que Michael les entendit se disputer à travers le mur mitoyen de son immeuble et de leur maison, il pensa qu'un cambrioleur s'était introduit chez eux. Puis il reconnut les intonations de Josh dans les cris étouffés et les aigus de Samantha qui ripostait en pleurant.

Pour Samantha comme pour Josh, le fait d'apparaître à ce moment-là de leurs vies faisait de Michael la seule personne qui ne soit pas reliée à leur passé, à ces périodes où leur mariage se délitait… Ce n'était ni un collègue de Josh, ni un copain de lycée de Samantha, ni un parent d'élève de l'école de Rachel ou de la crèche de Lucy. Il était coupé de tout lien avec leurs histoires, et il était leur seul ami commun. Leurs autres amis avaient été les amis de Samantha ou les amis de Josh avant de devenir « leurs » amis. Lorsqu'ils étaient avec lui, souvent, Josh et Samantha avaient l'impression de pouvoir oublier leur passé de couple marié, tout en faisant ressortir le meilleur d'eux-mêmes, et c'était la raison, plus que toute autre qui eût jamais pu lui venir à l'esprit, pour laquelle ils appréciaient à ce point de l'avoir chez eux.

De la même manière, Michael trouvait un certain soulagement à ce que Caroline soit une inconnue pour Josh et Samantha. Josh croyait bien avoir vu l'un de ses reportages une fois dans un hôtel à Berlin, mais il n'en était pas persuadé. Ce qui était sûr, en revanche, c'est que ni l'un ni l'autre ne l'avaient jamais rencontrée en personne. À leurs yeux, sa mort était juste un événement dans la vie de Michael. Une chose avec laquelle il était arrivé à leur porte, comme avec le reste de son passé, alors qu'avec ses amis d'avant, il se sentait lesté d'une perte. Pour Samantha et Josh, Caroline n'existait qu'à travers ce que Michael en racontait. Quand il leur parlait d'elle, il s'entendait raconter sa vie, et non sa mort. Ainsi, pour eux, il n'y avait pas d'« avant » Caroline, il n'y avait que l'écho d'un être, qui résonnait encore chez cet homme assis à leur table, non pas comme une absence mais comme une partie de lui.

Après sa rencontre avec Josh et Samantha, Michael songea qu'au lieu d'éviter les questions des inconnus pendant tout ce temps, il aurait mieux fait de les provoquer. Cette absence de familiarité des Nelson avec Caroline fit monter en lui le goût, non seulement de ce que seraient les années à venir, mais aussi de ce qu'était sa vie avant sa mort, et même – et cette pensée le transperçait de culpabilité – de ce qu'elle était avant de la rencontrer.

« Michael Turner ? Le Michael Turner de *Fraternités* ? »
Tony comprima la main de Michael un peu plus fort
lorsqu'il confirma que oui, il était bien l'auteur de
*Fraternités*.

Quand Michael et Josh avaient réintégré la fête, Michael
lui avait dit qu'il pensait s'éclipser finalement. Mais Josh
avait insisté. Il devait absolument rencontrer Tony. Il était
en train de reprendre la branche numérique d'une maison
londonienne. Il allait l'adorer, Tony était éditeur. Il fallait
qu'il le rencontre. En reposant la main sur l'épaule de
Michael, Josh l'avait raccompagné à l'intérieur, au milieu
des conversations et des verres qui envahissaient le salon.

Tony Epplin était un homme grand, chauve, avec les
joues creuses d'un coureur de fond. Aux présentations de
Josh qui lui décrivit Michael comme leur « voisin écrivain »,
il répondit par une poignée de mains polie mais prudente.
En revanche lorsqu'il prononça le nom de Michael, son
visage s'anima.

« Je suis ravi de vous rencontrer, lança-t-il en libérant
enfin la main de Michael. C'était un livre extraordinaire.
Je l'ai adoré, vraiment.

– Vous vous connaissez ? demanda Josh, planté entre
les deux, les yeux levés vers Tony.

– Oui, dit Tony. Enfin, non. On ne se connaît pas.
Mais le livre de Michael ? Bien sûr que je le connais. Ç'a
été un événement. Tout le monde le connaissait. »

Michael crut entrevoir la nature de leurs rapports d'adolescents dans la réaction de Josh. Souriant, hochant la tête, il se tourna vers Michael et le dévisagea comme s'il le voyait pour la première fois. « Ah bon ? C'est vrai ? Tu aurais dû me le dire ! » Michael perçut ce qui, chez Tony, faisait envie à Josh, peut-être déjà à l'époque du collège, le goût qu'il détenait.

« Hé Maddy ? Maddy ? »

Une femme, aussi grande que Tony, se tourna vers eux. Michael ne l'avait jamais vue auparavant et cependant il avait l'impression de la connaître, il avait rencontré tellement de femmes semblables à Manhattan, un verre à la main dans les soirées sur l'Upper East Side, en robe du soir, des lianes défilant au Met. Elle avait un cou gracile, et des pattes-d'oie au coin des yeux qui semblaient l'apanage de son expérience plus que de son âge.

« Maddy ? Veux-tu bien venir ici un moment ? lui dit Tony. Devine qui est le voisin de Josh ? »

Maddy s'approcha d'eux, repoussant d'un geste délicat le dos des invités sur son chemin. À ses doigts, alignées comme sur un balcon, des rangées de bagues, en or essentiellement, se succédaient, et parfois, penchées par-dessus la balustrade dorée, des éclats d'émeraudes et d'améthystes brillaient. Michael vit le regard de Samantha qui suivait ses pas par-dessus l'épaule d'un invité. Elle semblait aux aguets, prête à intervenir au premier problème.

« Voici ma femme, Maddy, dit Tony. Et voici Michael Turner, poursuivit-il en posant la main sur l'épaule de Michael. Le type qui a écrit *Fraternités*.

– Oh, dit-elle en lui tendant la main. Bien sûr, quel livre merveilleux. » Elle maîtrisait sa voix comme elle maîtrisait sa beauté, avec un naturel et une lenteur étudiés. « N'y

93

avait-il pas un projet d'adaptation cinématographique ? » demanda-t-elle.

Tandis que Tony et Maddy lui expliquaient combien ils avaient aimé certains passages de *Fraternités*, comment Tony avait une fois manqué son arrêt de métro parce qu'il était en pleine lecture, Michael se rendit compte que la curiosité de l'assemblée se resserrait peu à peu sur leur conversation. La voix de Tony était forte et assurée, elle couvrait les autres. L'attention qu'il portait à Michael commença à attirer celle des autres également. Sous le feu des questions de Tony et Maddy, ondulant à la surface de l'assemblée, Michael éprouva une fois de plus l'impact du succès auquel les vies de Raoul et Nico l'avaient mené.

Samantha les rejoignit. Du coin de l'œil, Michael vit Josh se tourner vers elle pour lui glisser quelque chose à l'oreille. Elle passa le bras autour de sa taille, et le serra contre elle, comme si elle le félicitait de sa découverte.

« Comment avez-vous fait leur connaissance ? demanda Tony, avec un geste du menton très professionnel. Est-ce que c'était une commande ? »

Josh les abandonna quelques instants pour aller chercher des verres. En revenant il tendit un nouveau verre de vin à Michael. Michael le remercia, prit une gorgée et se lança dans le récit de son périple ce jour-là jusqu'au parc d'Inwood Hill, il évoqua le flic sur Dykeman et l'histoire des deux frères qui avaient transformé Arden Street en un long couloir scintillant d'éclats de verre et hurlant de sirènes d'alarme. « Je crois que c'est à cause du nom de la rue, répondit Michael quand Tony s'étonna qu'il ait été attiré par cette histoire en particulier. Cela semblait si incongru. Et en même temps, si adapté.

– Pourquoi ? interrogea Maddy par-dessus l'épaule de son mari.

– Je ne sais pas. J'ai toujours associé Arden avec la forêt de *Comme il vous plaira*. Un environnement transgressif, un lieu où enfreindre les règles. » Il ria, se moquant de lui-même. « C'est un peu tiré par les cheveux, je sais, mais...

– Une histoire en appelle une autre ! lança Tony en se tournant vers Maddy. N'est-ce pas ce que je dis toujours ? Une histoire en appelle une autre. C'est comme ça depuis la nuit des temps. »

Maddy ferma les yeux et opina de manière à peine perceptible aux déclarations de son mari. Lorsqu'elle rouvrit les yeux, son regard se braqua sur Michael. Il avait l'impression d'être un adolescent quand elle le dévisageait.

Très vite, Josh et Samantha se mirent à lui poser des questions eux aussi. Ils avaient tous les deux vécu à New York dans leur jeunesse. Josh, dans l'Upper West Side à l'époque où il passait son temps à traverser la rivière pour gagner le New Jersey, et Samantha avait étudié à Parsons, plus au sud. Michael fut surpris de constater qu'elle connaissait la majorité des rues qu'il mentionnait. Comment procédait-il dans ses recherches ? Elle était curieuse. Avait-il jamais été soupçonné d'une quelconque complicité par la police ?

Une autre personne – Janera, la jeune avocate – les interrompit pour expliquer que les journalistes, et du même coup les écrivains, avaient le droit de protéger leurs sources. Michael doutait que ce droit eût pu s'appliquer à leur cas à eux, Nico et Raoul, mais il se garda d'intervenir dans la conversation qui était déjà passée à autre chose. Quand Josh lui demanda sur quoi il travaillait en ce moment, Michael lui parla d'Oliver Blackwood. L'homme plus âgé en costume déclara qu'il était allé à l'université avec Oliver. « C'était, dit-il, un petit crétin d'emmerdeur, déjà à l'époque. »

Peut-être était-ce l'alcool, ou bien le soulagement d'avoir enfin répondu à la question qu'il redoutait tant, toujours est-il qu'il se sentait de plus en plus disert – sur Oliver, la neuroscience, le reste de la production littéraire, les autres auteurs. Pris dans une nuée de voix, la lumière de fin de journée baignant la pièce, il eut l'impression que quelque chose se dénouait en lui. Le glissement fut subtil, à peine un éclat de roche se détachant d'une falaise. Néanmoins c'était une avancée, un lâcher-prise. Il était encore loin de se sentir à l'aise dans cet environnement. À New York, lorsqu'il se retrouvait dans ce genre d'assemblées, l'énergie qu'elles dégageaient lui semblait toujours nourrie d'interrogations. Les gens qui l'entouraient cherchaient tous quelque chose, ils se tenaient à l'affût. L'effervescence de leurs questions l'avait toujours apaisé, tel un baume sur ses propres zones d'ombre. À l'inverse, chez les Nelson ce jour-là, la fête semblait saturée de gens qui détenaient les réponses. Quoi qu'ils aient entrepris de découvrir autrefois, à présent ils le possédaient. Ils avaient fini de chercher, ainsi donc, malgré leur admiration pour lui, Michael se sentait juvénile parmi eux, tout comme il s'était senti adolescent sous le regard de Maddy.

Il continua de traiter leurs demandes, répondant à Tony, Josh, Janera, de manière aussi exhaustive que possible. Il n'avait plus parlé autant depuis des mois. Pendant tout ce temps, son esprit vagabondait, songeant à ce que Caroline aurait pensé de la situation si elle avait été là. Puis, à ce qu'elle aurait dit sur le chemin du retour, en se couchant le soir, ce qu'elle aurait dit des gens qu'ils avaient rencontrés. Les mots qu'elle aurait employés pour les décrire, le jugement qu'elle aurait porté sur eux, l'impression qu'ils lui auraient faite, la prestance impériale de Maddy, l'accueil enthousiaste de Josh.

Chaque fois que Michael songeait ainsi à Caroline, projetant des images du passé dans un avenir impossible, il avait du mal à se la représenter, en revanche il entendait sa voix clairement. Même en ce moment, sous l'épais brouhaha qui enveloppait le salon des Nelson, il l'entendait, ruisseau souterrain passant sous une ville. Son rire. Son accent comme une hirondelle migratrice, lui murmurant tout bas à l'oreille qu'il était temps de s'en aller.

Le matin de son départ pour le Pakistan, Michael ne l'avait pas vue, il l'avait juste entendue. Le taxi était venu la chercher à 4 heures du matin. Il avait l'intention de se lever avec elle, d'aller l'embrasser sur le pas de la porte. Mais Caroline s'était préparée sans le réveiller, il avait su qu'elle s'en allait seulement parce qu'elle l'avait embrassé sur le front en lui chuchotant un simple « À dans deux semaines, mon amour. » L'instant d'après, elle était partie.

La porte qui se refermait sur Coed y Bryn, le taxi qui faisait demi-tour dans l'allée en gravier. Puis, tandis que Michael se retournait lui aussi sous sa couette, le bruit étouffé du moteur dans le petit jour qui disparaissait derrière les haies. C'est ainsi qu'elle l'avait quitté. Avec des mots et des sons. Alors peut-être que c'était pour cela que, tout en écoutant d'une oreille Tony raconter une nouvelle anecdote, Michael parvenait encore très bien à entendre sa voix. Car c'était la dernière chose qu'il avait connue d'elle, et donc la dernière chose qu'il retenait encore.

Mais sa voix avait beau être là avec lui dans cette pièce, Caroline n'y était pas, elle. Pour la première fois depuis sa mort, debout au beau milieu de cette fête, il se sentit seul. Pas parce qu'il était sans elle, uniquement parce qu'il était seul. Comme un homme célibataire, ou un enfant unique. Seul et rescapé. Et c'était cela, se dit Michael en allant se coucher plus tard ce soir-là, qui s'était dénoué en lui. Le souvenir d'elle s'était relâché, sa dépendance s'était atténuée. Debout dans leur salon, au milieu de leurs amis, Michael avait senti un immense élan de gratitude à l'égard des Nelson. Vis-à-vis de Lucy et de ses poupées, de Rachel et de ses dessins, et de leurs parents, Josh et Samantha, pour l'avoir invité chez eux.

# 6

Michael s'approcha d'un bureau dans le coin du salon. Au-dessus d'une pile de livres d'art trônait un presse-papiers, un papillon bleu dans un globe. Une lampe verte de bibliothèque était posée à côté des livres. Pour autant qu'il le sache, Josh avait rangé le tournevis qu'il lui avait prêté dans ce bureau. Michael fit le tour de la pile, regarda derrière la lampe. Aucun signe de l'outil.

Le bureau, tout comme le reste de la pièce, avait davantage un rôle de représentation que d'utilisation. Michael jeta un œil aux autres meubles : les guéridons au bout du canapé, les étagères, la souche au milieu de la pièce. Le tournevis n'était nulle part. Il n'y avait que des sculptures, des photographies, des peintures et des albums de famille. La lumière du soleil traversait les rideaux, capturant dans ses rayons l'air statique. Dehors, le soupir d'un moteur de voiture descendit la rue. Plus loin, quelque part, sur une autre route, un marchand de glaces mit en marche une petite musique sur l'air de *London Bridge is falling down*.

Michael ne voulait pas se mettre à ouvrir les tiroirs, à regarder dans les placards, sous les étagères. Ses mains étaient sales, il aurait laissé des traces. De nouveau il jeta un œil à sa montre. La lame cassée était sa seule épée à poignée droite. Son professeur d'escrime, Istvan, lui avait bien précisé de l'apporter cette semaine. Il retourna au bureau, et glissant son petit doigt dans la poignée du tiroir, l'ouvrit. À l'intérieur il y avait un bloc de papier, un rouleau de scotch et deux vieux chéquiers. Il referma le tiroir délicatement.

Les cours d'escrime étaient une suggestion de la thérapeute spécialisée dans le deuil qu'on l'avait envoyé voir à Chepstow. Au début, Michael avait rechigné à suivre son conseil. L'idée qu'il lui faille transpirer sa peine comme une mauvaise fièvre lui semblait brutale, et presque déloyale. À ce moment-là, il était encore obnubilé par sa rage de confondre les assassins de Caroline, et, au lieu d'essayer de l'alléger, il dépensait toute son énergie à assouvir sa colère. Mais lorsqu'il quitta Coed y Bryn, il se souvint de ce que la thérapeute avait dit et sortit son sac d'escrime du débarras sous l'escalier, en essayant d'oublier la dernière fois qu'il l'avait eu en mains. « Cela peut aider, avait-elle avancé dans son bureau tandis que derrière la bibliothèque elle préparait du café. Il ne s'agit pas juste d'exercice physique, avait-elle poursuivi en posant les deux tasses de café sur la table entre eux. Mais de reprendre une activité du passé. » Elle poussa l'une des deux tasses vers lui. « Quelque chose qui était là avant. »

Il avait trouvé le club sur Internet, un groupe d'escrimeurs, peu nombreux mais motivés, pratiquant l'épée et le fleuret essentiellement, et se rencontrant deux fois par semaine dans une salle de sports d'un complexe scolaire à Highgate. La première fois qu'il avait assisté à une séance, c'était par une nuit venteuse de la fin du mois d'octobre, des monceaux de feuilles mortes envahissaient les caniveaux. D'autres voletaient en tourbillons le long des trottoirs. La salle, contrastant avec le noir au-dehors, était lumineuse, éclairée par des néons qui grésillaient au-dessus de leurs têtes. Son équipement sentait le moisi et ses membres étaient plombés, oublieux des gestes de sa jeunesse. Mais la thérapeute avait raison. L'espace de quelques secondes, peut-être même de quelques minutes, il avait oublié. Pendant ces instants précieux, les endroits de son cerveau et de sa poitrine qui étaient perpétuellement comprimés par la mort de Caroline s'étaient détendus. Pour la première fois depuis que Peter avait prononcé son nom cet après-midi-là, il avait eu l'impression de respirer à pleins poumons. Alors Michael y retourna la semaine suivante, et toutes les autres depuis, caché derrière les mailles de son casque, trouvant dans la perspective et le fracas des combats, dans la douleur de ses cuisses et de ses avant-bras, une forme de soulagement. Une action qui n'était ni dans le passé ni dans le futur, mais purement dans le présent.

Michael avait prêté le tournevis à Josh, deux jours plus tôt. La veille, Josh avait cassé ses lunettes. Ils étaient assis à la cuisine, leur dîner terminé, un plat de lasagnes gisant au milieu de la table, leurs verres à pied cerclés d'une ligne violacée de vin rouge. Les filles avaient fait le tour pour embrasser tout le monde et étaient montées se coucher. Samantha les avait accompagnées, puis elle était redescendue rejoindre Michael et Josh dans la cuisine, où ils étaient à nouveau plongés dans une conversation sur

New York, ville qu'ils partageaient doublement à travers l'expérience et le souvenir.

« Mais où sont-ils tous *passés* ? lança Samantha en déposant un morceau de brie sur un cracker. Je voudrais bien le savoir. »

Josh était penché sur ses lunettes, il essayait de resserrer une vis sur la monture. « Qu'est-ce que tu veux dire par "passés" ? demanda-t-il sans lever la tête. Dans des refuges, des foyers, des chambres ?

– Et comment le sais-tu ? riposta Samantha. Comment peux-tu être sûr qu'ils n'ont pas juste été déplacés dans le New Jersey ou le Bronx ?

– Parce que, dit Josh en levant la tête vers sa femme. Si ça avait été le cas, je suis à peu près sûr que le New Jersey et le Bronx nous l'auraient fait savoir.

– À moins qu'il n'ait acheté leur silence suffisamment cher. »

Josh secoua la tête et se reconcentra sur les branches de ses lunettes. Il s'était changé et avait enfilé une chemise ample, au col effiloché par les soins de Lucy. Son visage trahissait la fatigue.

« Il faut bien admettre, dit Michael en relevant la tête du *Vanity Fair* qu'il feuilletait, que tout s'est passé très vite. Quand je me suis installé là-bas, les gens surnommaient encore le parc Bryant Needle Park[1], vous vous souvenez de ça ? Et puis, en quelques mois à peine, on y tournait des films, montait des marchés de Noël.

– C'est ce que je dis, reprit Samantha en tapant sur la table. Trop vite. Giuliani n'est pas stupide. Il savait très bien

1. Parc seringue. (*Toutes les notes sont de la traductrice.*)

que ce qui comptait c'était de les faire disparaître des rues de Manhattan, et de Brooklyn aussi, éventuellement. Tant qu'on ne les voit plus, c'est comme s'ils n'existaient plus. »

« Merde ! » Josh passa la tête sous la table. Un verre concave était posé à côté de son assiette. « Cette cochonnerie de vis est tombée par terre », dit-il de dessous la table.

Samantha secoua la tête et avala la dernière gorgée de son verre de vin.

« Je l'ai ! » Josh reparut, le visage tout rouge, une vis minuscule collée au bout de son index. Pendant quelques instants, aucun d'entre eux ne pipa mot. Michael retourna à son magazine, Samantha se leva et commença à débarrasser. Une fois le verre calé dans sa monture, Josh s'y reprit à deux fois pour essayer de glisser la vis dans son trou. Les deux fois, la vis atterrit sur la table.

« J'ai un tournevis pour ça, dit Michael après sa deuxième tentative. Avec mon équipement d'escrime. Il est aimanté.

– Tu es démasqué, James Bond, lança Samantha depuis le lave-vaisselle.

– Merci Mike, ce serait super. » Josh recula sa chaise. « Je n'ai pas de temps pour… » il continua sa phrase en sortant de la cuisine.

« Je peux les porter chez… commença Samantha.

– … J'ai dit que je m'en occupais, Sam, la coupa Josh depuis le couloir. Pas la peine d'en faire un plat, je les réparerai demain. »

Le lendemain, Michael frappa à la porte d'entrée de la maison des Nelson. Il savait qu'à cette heure-là, les filles seraient en train de prendre leur petit déjeuner dans la cuisine et qu'en apparaissant à la porte du jardin, il ne ferait que retarder Samantha dans sa course matinale pour les nourrir et les habiller avant de partir. Ce fut Josh qui lui ouvrit la porte. Il sortait de la douche, les cheveux sur ses tempes étaient encore humides. Il avait eu le temps d'enfiler une chemise impeccablement repassée, une cravate rouge et des chaussures cirées. Rasé de frais et pourvu d'une paire de lunettes inhabituelle, il avait l'air d'être le petit frère de l'homme avec qui Michael avait dîné la veille.

« Pour tes lunettes », expliqua Michael en lui tendant le tournevis. Avec sa taille miniature et son manche jaune transparent, on aurait dit un jouet Kinder.

« Ah, merci, Mike », dit Josh en le lui prenant des mains. Il désigna du menton la serviette passée sur son épaule. « Tu vas nager ?

– Peut-être bien, répondit Michael. Maintenant que je suis debout. Autant y aller avant la foule.

– Eh bien, il y en a qui s'embêtent pas, voilà ce que j'en dis. » Josh se dirigea vers le salon. De là où Michael se tenait dans l'entrée, il apercevait le rebord du bureau derrière la porte, et les lunettes de Josh pliées au coin. Josh posa le tournevis à côté de ses lunettes et revint dans l'entrée. Depuis la cuisine, tout au bout du couloir, Samantha salua Michael d'un geste silencieux. Debout devant l'îlot central, elle versait du lait dans deux bols. Michael leva la main en retour, mais le bruit d'une cuillère retombant sur la table lui avait déjà fait tourner la tête.

« Lucy, s'il te plaît… » entendit Michael avant qu'elle ne sorte de son champ de vision.

« Bon, à plus tard, dit-il à Josh.

– Ouais, à bientôt, Mike, répondit Josh en refermant la porte. Ne te tue pas à la nage. »

C'était deux jours plus tôt. Michael n'avait revu ni Samantha ni Josh depuis. Josh avait travaillé tard les deux derniers soirs. Et Samantha, si Michael se souvenait bien, était partie le vendredi matin pour un week-end dans un spa avec sa sœur. D'après ce qu'il avait compris, le voyage avait été décrété, plus que proposé, par Martha. Comme beaucoup de ses amies, Martha pensait que sa sœur avait grand besoin de se reposer. De s'évader quelques jours. Elle et Josh traversaient une phase difficile. Ils n'en avaient jamais parlé en présence de Michael, et Josh évoquait rarement les aléas de son mariage pendant leurs joggings dans le parc. Néanmoins, depuis plusieurs semaines, Michael avait décelé entre eux les failles apparentes d'un trouble plus profond. La dernière fois qu'ils avaient dîné ensemble, le soir où les lunettes de Josh s'étaient cassées, il avait senti dans l'air, et les filles également, un tranchant particulier dans la voix de leur père. Chez Samantha elle-même, il n'y avait aucun changement visible. Elle et Josh s'étaient chamaillés sur la cuisson, mais pas plus que d'habitude, et elle affichait cette même détermination, qu'elle conférait toujours, dans toutes leurs discussions, à ses arguments. C'est quand elle ne parlait pas, quand elle ne faisait qu'observer et écouter, que Samantha lui avait semblé plus fragile que jamais auparavant. Sa peau avait perdu son éclat et les muscles de sa mâchoire étaient tendus. Il suffirait de l'effleurer au mauvais endroit, se rappelait-il avoir pensé, pour que toute son enveloppe craquelle.

En fin de compte, Michael avait surtout discuté avec Samantha à cette fête en novembre. À part les quelques questions qu'elle avait posées, elle était restée relativement silencieuse pendant qu'il évoquait *Fraternités* avec Tony, Maddy et les autres. Vigilante et à l'écoute, mais muette. Quand les premiers invités avaient pris congé, cependant, elle était restée dans le salon, où elle avait salué les gens sans les raccompagner, comme si elle rechignait à laisser Michael, ou à parler à quiconque plus longuement tant qu'elle n'aurait pas pu parler davantage avec lui. Enfin, Tony et Maddy étaient partis, Tony avait aidé sa femme à enfiler un pesant manteau de fourrure, puis ils avaient suivi un autre couple derrière la porte, dans le brouillard hivernal de la rue.

Leur départ avait quelque chose de royal. Samantha les embrassa sur les deux joues, mais avec une raideur diamétralement opposée à l'extravagance de Josh – qui avait pris Tony dans ses bras et serré les épaules de Maddy en lui disant : « C'était fantastique de vous voir, les amis. Vraiment, ça faisait beaucoup trop longtemps. Beaucoup trop longtemps. » Maddy avait acquiescé d'un battement de cils, accueillant son enthousiasme d'un sourire bienveillant.

Quand Josh les reconduisit à la porte, Samantha et Michael se retrouvèrent seuls dans le salon. Samantha posa son verre et alla d'une lampe à l'autre pour les allumer. Elle semblait hagarde, fragile. La voix de Tony leur parvint de derrière la fenêtre. « Si tu le dis, Josh, lança-t-il dans un rire. Mais je le croirai quand je le verrai ! » Samantha tira les rideaux.

« Café ? proposa-t-elle en allumant une lampe à côté d'un fauteuil.

– Oui, accepta Michael, lui-même surpris de ne pas avoir envie de partir. Merci. »

Ils burent leur café assis sur le canapé. « Eh bien, on dirait que Tony vous apprécie vraiment », dit Samantha en glissant ses pieds hors de ses escarpins et sous ses cuisses. Elle coinça un coussin sur son estomac et le serra contre elle, comme un bébé.

« Il apprécie mon livre, dit Michael. Ce qui n'est pas la même chose que d'apprécier son auteur. »

Samantha sourit, d'un air approbateur et fatigué. « Eh bien, quoi qu'il en soit, vous avez de la chance. Tony n'apprécie pas grand monde. » Elle trempa ses lèvres dans son café, puis ajouta : « Il tire une grande fierté de son bon goût. »

Elle prononça le dernier mot comme s'il lui laissait un goût, justement, amer.

« Josh a dit qu'ils se connaissaient depuis le lycée ?

– Oui, Tony était son témoin à notre mariage. »

Elle changea de position, ce qui la rapprocha de Michael. Le vin lui faisait tourner la tête et il se rendit compte qu'elle aussi devait être un peu plus que vaguement gaie.

« Josh a toujours mis Tony sur un piédestal, il le domine », dit-elle. Puis elle éclata de rire brutalement. « Au sens propre comme au sens figuré !

– Et Maddy ? demanda Michael. Vous la connaissez depuis longtemps elle aussi ? »

Samantha leva un sourcil. « Non. Non, Maddy n'est pas là depuis longtemps. C'est sa deuxième femme. Et vous savez quoi ? dit-elle, avec l'air de reconnaître les mérites d'une rivale. Il est son troisième mari.

– Impressionnant », dit Michael, même si cela lui semblait plus inconcevable qu'impressionnant. Depuis que Caroline était morte, il n'avait jamais pu imaginer l'existence d'une deuxième, sans parler d'une troisième femme. Le mariage lui apparaissait comme une source limitée, un minerai rare dont il avait déjà épuisé les ressources en perdant Caroline.

« Ce doit être merveilleux », dit Samantha.

Il leva les yeux et se rendit compte qu'elle le dévisageait. Elle lui souriait d'une manière différente, comme si elle était fière de lui. « De vivre de ce que vous écrivez. De vivre de ce que vous voulez faire. »

De même que le troisième mariage de Maddy pour Michael, manifestement, cette idée était inconcevable pour elle.

« Parfois, répondit-il. Mais la plupart du temps, non. Être son propre patron. Je ne sais pas, je ne crois pas que ce soit toujours une liberté. »

Elle le regarda d'un air déçu, incompris. « Peut-être », dit-elle en se tournant vers les étagères de la bibliothèque. La lampe à côté d'elle éclairait le duvet transparent qui lui recouvrait les joues et la lèvre supérieure. Elle portait des diamants aux oreilles, petits, élégants. Elle avait les pommettes hautes, et Michael songea combien elle avait dû être belle autrefois, d'une beauté inoubliable.

« Ce serait quoi pour vous ? l'interrogea-t-il. Qu'est-ce que vous voudriez faire ?

– Ce que je voudrais faire ? dit-elle en riant. Bon sang, par où commencer ? »

Les parents de Samantha, lui raconta-t-elle ce soir-là, avaient divorcé quand elle avait huit ans. À partir de ce moment-là, l'essentiel de ses vacances hors de son pensionnat du Sussex avait consisté à naviguer de l'un à l'autre.

Sa mère s'était remariée à un médecin new-yorkais, ce qui avait conduit Samantha à passer plusieurs étés et Noëls à Montauk et dans le Vermont, devenus les décors de ses expériences d'adolescente. Une plage balayée par les vents, au pied d'une falaise, un surfeur, les poils de son ventre blanchis par le sel. Une cabane dans les bois, l'atmosphère ouatée des sapins et de la neige. Sa première bière, accompagnée de homard haché, et les derniers wagons de la compagnie Amtrak qui cahotaient de Manhattan vers le bout de la ligne de Long Island.

Entre huit et dix-huit ans, malgré des séjours fréquents sur la côte Est, Samantha avait à peine effleuré Manhattan. La ville était son point d'arrivée et de départ, jamais rien de plus. Une poignée d'après-midi à se promener devant les vitrines de Noël de la Cinquième Avenue, une autre d'après-midi ensoleillées et lourdes au zoo de Central Park. Une vingtaine de journées, mi-étouffantes, mi-glaciales.

« Je suppose que c'est la raison pour laquelle j'ai choisi Parsons, dit-elle en dépliant ses jambes, le coussin toujours serré contre son ventre. Si on y réfléchit, il y avait des tas d'universités plus près de chez moi. Central St Martins, Kensington et Chelsea. Pas Oxbridge, j'imagine. Je ne suis pas sûre qu'ils donnent des cours de photo là-bas, si ? Enfin, ce n'est pas le sujet. J'étais déterminée. C'était New York ou rien. » Elle secoua la tête. « Mon Dieu, mes pauvres parents. Je devais être un cauchemar à élever. »

Ses désirs d'adolescente s'étaient nourris non seulement des aperçus qu'elle avait eus de Manhattan, mais aussi des expériences d'artistes reconnus. Le travail de Nan Goldin, Robert Frank, Gary Winogrand. À travers l'objectif et le cadre de ces photographes, New York lui était apparu comme un kaléidoscope d'événements, un maelström d'humanité et de pierre. Tout au long de sa première année à Parsons, elle s'était appliquée à suivre leur exemple, passant des journées entières dans les émanations chimiques de la chambre noire. Puis un jour, vers la fin du semestre d'été, se reculant pour regarder ses impressions suspendues au fil dans la lumière rouge, Samantha avait constaté qu'elle n'avait rien de nouveau à dire, à voir. Elle avait vingt ans, et c'était la première chose qu'elle découvrait sur elle-même, ailleurs que dans bar ou une chambre à coucher.

« Heureusement, en un sens », dit-elle en défaisant ses cheveux. Sa main glissa dans ses mèches et ses doigts s'attardèrent sur un nœud comme si elle dénouait les fils d'un métier à tisser. « Je veux dire que certaines personnes traversent leur vie entière sans s'en rendre compte. Imaginez, toutes ces années à créer de la merde, sans le savoir.

– Ces photos dans l'entrée, dit Michael. C'est vous qui les avez prises, non ? »

Elle lui jeta un regard suspicieux, comme s'il essayait de la piéger. « Oui.

– Ce n'est pas de la merde. Elles sont bonnes. »

Elle acquiesça lentement, lui accordant ce point. « Elles ne sont pas mauvaises. Mais justement. Je ne les aurais jamais prises si je n'avais pas d'abord compris que tout ce que je faisais par ailleurs manquait d'originalité. Vraiment, c'était le cas, honnêtement. C'était épouvantable. Celles-là sont pas mal, sans doute. Voilà pourquoi elles sont accrochées au mur. Ce sont les seules. »

Au cours de sa dernière année, Samantha devait présenter deux projets de fin d'études. Le premier, elle l'appela *Le Choix*. Durant trois semaines, elle resta assise chez un traiteur entre Lexington et la Troisième Avenue. Elle arrivait tôt et s'installait à une table à côté des vitrines de nourriture froide et sandwichs qui occupaient tout un pan de mur et dont les rayonnages blancs étincelaient sous les spots. Elle sortait un roman de son sac pour lire, et un autre sur lequel elle disposait son appareil photo, puis elle attendait, pendant que la circulation se déversait au-dehors, avec sous le pouce, sous la table, un déclencheur relié à un câble.

En une seule heure de déjeuner passée à cette table, elle prenait parfois entre cinquante et soixante photos, le bruit dans la boutique couvrant le déclic constant de son appareil. Sur la plupart, le cadrage ne convenait pas, les planches-contacts étaient pleines de mentons et de sommets de crânes. Mais de temps en temps, elle arrivait à saisir complètement un visage : traits et couleurs du monde entier, de tous les sentiers de l'existence, de la cave à l'appartement-terrasse. Tous ces visages fixaient les rayonnages éblouissants. Tous arboraient des expressions songeuses, confuses, étonnées même, comme s'ils contemplaient l'arche de Noé et non un frigo.

Pour son deuxième projet, *Mirage*, Samantha quitta la ville pour mieux la voir. Une ou deux fois par semaine, parfois après une longue journée assise à sa table chez le traiteur, elle sautait dans le train A vers l'est, le Queens et Jamaica Bay. Son trépied accroché au sac à dos, elle randonnait à travers les marais salants et passait la soirée, accroupie là, capturant dans son cadre Manhattan et son horizon de gratte-ciel entre les feuilles des arbres et les buissons, tandis que passaient au-dessus de sa tête les avions allant atterrir à JFK et les vols d'oiseaux aquatiques fendant le ciel.

« Là-bas, je suis retombée amoureuse de la ville comme au premier jour », dit-elle, en se poussant sur le côté pour laisser une place à Lucy sur le canapé. La petite se blottit contre elle, calée contre le corps de sa mère, puis elle baissa la tête sur un livre d'images en suçant son pouce. Samantha posa sa main sur le ventre de sa fille et la serra contre elle, comme elle avait serré le coussin.

Les collègues de Josh avaient quitté la fête et Michael était le dernier invité encore présent. Il s'apprêtait à partir quand Josh leur apporta un autre verre, un Baileys pour Samantha et un whisky pour lui. Il était donc resté et Samantha avait continué à parler. Pendant ce temps, Michael entendait Josh qui remplissait le lave-vaisselle dans la cuisine, allumait la radio. D'en haut lui parvenaient les bruits d'un DVD, les voix éclatantes d'un dessin animé Walt Disney.

« Cela semblait… » Samantha fronça les sourcils et secoua la tête de nouveau. « Mon Dieu, ça fait des années que je n'ai pas repensé à tout ça.

– Cela semblait ? dit Michael.

– Manhattan. De là-bas, dans les marais. Cela semblait, oh, je ne sais pas. Vulnérable. Minuscule. Je suppose que c'était ce que je cherchais. Je voulais que cela ressemble à des ruines incas, quelque chose dans ce genre.

– Et c'est ce qui s'est passé.

– Sans doute.

– Et alors ?

– Alors ?

– Je veux dire, pourquoi avez-vous arrêté ? Vous avez arrêté, n'est-ce pas ? »

Samantha éclata de rire. « Je me suis fiancée. Voilà ce qui s'est passé. » Elle baissa les yeux sur Lucy, lui caressa la tête. Lucy ne leva pas la tête de son livre. « Pourquoi tu n'irais pas regarder le film avec Rachel, ma chérie ? proposa Samantha. C'est Nemo. Tu l'adores, non ? »

Sans un mot, Lucy descendit du canapé et alla rejoindre sa sœur. Tandis qu'elle quittait la pièce, Michael la désigna d'un geste. « Eh bien, apparemment, ça s'est plutôt bien fini, non ?

– Oh, dit Samantha. Pas avec Josh. Je l'ai rencontré des années plus tard. Non, je me suis fiancée avec Ryan. » Elle eut un vague reniflement d'hilarité. « Ryan McGinnis. »

Certains soirs, pendant sa dernière année à Parsons, en rentrant chez elle du Queens ou d'une séance en chambre noire, Samantha trouvait un mot sur la table de l'appartement de MacDougal Street où elle vivait en colocation – « Soirée échange ? » écrit de la main de l'une de ses deux colocataires. De temps à autre, Samantha, à son tour, laissait le même mot. C'était devenu une blague entre elles, instaurée quelques semaines après leur emménagement ensemble. Mais entre-temps, la blague s'était presque transformée en mode de vie, en échappatoire. Étudiantes en art, les trois filles avaient tout pour elles, la jeunesse, la beauté et un appartement à Manhattan. Mais elles étaient aussi complètement fauchées, naviguant dans les décors, bien trop luxueux pour elles, des restaurants et des bars branchés.

« Quelle horreur, vraiment, dit Samantha en secouant la tête à ce souvenir. Si Rachel ou Lucy faisait un jour un truc pareil, je serais horrifiée. Mais à l'époque, cela nous semblait un juste retour des choses. Après tout, eux partaient bien en safari dans Manhattan, alors pourquoi on se serait privées de chasser un peu nous aussi ? C'est comme ça qu'on le voyait en tout cas. »

Les hommes qu'elle choisissait étaient souvent à peine plus vieux qu'elles. Jeunes diplômés démarrant au bas de l'échelle de Wall Street. Les trois filles – Samantha et ses colocataires – parcouraient des kilomètres et des kilomètres à pied, dans la ville, chaque semaine. L'une d'entre elles, une dénommée Jade, originaire de l'Ohio, avait été nageuse au niveau fédéral pendant ses années d'école. Elles avaient des corps fermes, de bonnes jambes. Aucun problème à attirer l'attention. « Une robe courte de chez Century 21, une bonne cambrure, des talons hauts. Pathétique, vraiment, mais ça suffisait. Nous n'y voyions qu'un échange de bons procédés, je suppose. » Elle s'interrompit, avala une gorgée de Baileys. « Et je pense qu'eux aussi. »

Les hommes payaient les verres, les additions. Parfois, au cours de cette dernière année, ils payaient la drogue aussi. En échange, Samantha et ses colocataires leur accordaient de l'attention. Faisaient mine d'être attirées. Rien de plus. La plupart de ces nuits d'échange se terminaient par un signal de l'une des filles, un bras en l'air comme pour donner le départ d'une course, et les trois créatures s'engouffraient dans un taxi, les sacs pleins de numéros de téléphone gribouillés et de cartes de visite écornées. De temps en temps, néanmoins, ils étaient quatre, et non trois, à bord du taxi, les échanges de la soirée ayant dépassé le stade du superficiel pour l'une d'elles.

Âgé de trente et un ans, Ryan McGinnis aspirait aux pesanteurs de l'âge mûr avec la même avidité que ses collègues plus âgés rêvant de retrouver leur jeunesse. Après dix ans comme trader en devises pour JPMorgan, il avait pu s'offrir un appartement sur l'Upper East Side et une maison à cinq chambres à Greenwich, dans le Connecticut. Lors de leur première rencontre, ce qui attira Ryan chez Samantha, ce fut son accent et l'arrondi de son cou. Mais aussi sa connaissance des arts et de l'Europe. Trois fois par semaine, il s'entraînait dans une salle de gym avec vue sur Central Park, ingurgitant un mélange de boissons protéinées et de créatine dans les vestiaires. Il se rasait le torse et avait, posée sur son étagère, une série de CD d'apprentissage de l'italien. Il faisait rire Samantha et son regard lui donnait le sentiment d'être précieuse.

Contrairement aux autres hommes que Samantha avait ramenés de ces soirées, Ryan voulait plus. Au bout de quelques semaines à boire des cocktails chic sur des toits-terrasses, face aux verres qu'il posait devant elle comme on avance ses pions aux échecs, sa vie avait changé. Elle savait qu'il était impossible de vivre à New York sans éprouver la force du courant de l'argent déferler dans ses veines, impossible d'échapper à la vague de chaleur qu'il traînait dans son sillage, aux ombres qu'il dessinait en illuminant le reste. Mais, avec Ryan, tout à coup, Samantha était au cœur du poumon financier de la ville. Ainsi, sa vie se divisa étrangement entre les derniers jours de sa vie étudiante – terminer un mémoire, accrocher des tirages, envoyer des CV et des portfolios – et une vie nocturne faite de privilèges. Le Cipriani, le Rainbow Room, des boucles d'oreilles en diamants sur son oreiller le matin au réveil.

L'exposition de fin d'année de Parsons eut lieu dans une galerie de Chelsea. Un espace brut, industriel au premier étage d'un ancien abattoir. Ryan accompagnait Samantha, ondulant à travers la foule comme un poisson pris dans un banc d'une autre espèce. Ils devaient aller dîner après, Samantha éprouvait avec acuité la silhouette anguleuse de son costume tranchant au milieu des sweats et des tee-shirts, et combien elle-même se sentait nue dans son bustier. Elle l'observait. Il regardait les toiles accrochées au mur avec attention, levant les sourcils avec un amusement déconcerté, comme s'il voyait dans chacune une plaisanterie cachée. Quand Samantha le surprit en train de saluer d'un signe de tête le père d'un autre étudiant, tandis qu'elle marchait à ses côtés, elle eut davantage l'impression d'être sa fille que sa maîtresse.

Avant de partir pour leur dîner, Ryan acheta l'un des tirages de la série *Mirage* de Samantha, la ligne d'horizon des gratte-ciel de Manhattan, minuscule au loin, grimpant entre deux feuilles gigantesques de micocoulier au premier plan tandis qu'un ibis prenait son envol depuis la tour sud du World Trade Center. « Pour Greenwich, dit-il quand ils furent dans la rue. Ça fera bien là-bas. » Il lui mit sa veste sur les épaules. « Au-dessus de la cheminée, ou bien dans la cuisine. »

Quand ils se réveillèrent le lendemain matin, Ryan demanda à Samantha de venir là-bas avec le tirage. Il était temps pour lui de quitter la ville, et il voulait qu'elle la quitte avec lui. Sa maison de Greenwich était vide depuis trois ans. Au lit tous les deux dans son appartement, ils entendaient le bourdonnement de la climatisation qui luttait déjà contre la chaleur dehors. Allongée, Samantha voyait le sommet des arbres dans Central Park. « Ça va être génial, dit Ryan, en lui caressant la joue du bout du pouce. Allez, fais-moi confiance. »

Samantha accepta, autant parce qu'elle n'avait pas d'autre projet pour les vacances que par désir de rester avec lui. Son père, après avoir négligé l'enfant de son premier mariage, était maintenant complètement absorbé par les enfants de son second mariage. Quant à sa mère, elle avait rompu avec le médecin et était retournée vivre en Angleterre. Dans l'appartement de MacDougal, elles avaient évoqué entre elles la possibilité de trouver un poste d'assistante, d'envoyer des portfolios à des éditeurs de beaux livres. Mais il n'en était rien sorti de concret pour le moment. Après trois ans d'études, les mois qui s'étendaient devant Samantha n'étaient que vide et inconnu. Ryan offrait de les remplir. Ils s'installèrent à Greenwich le mois suivant. Quelques semaines plus tard, sur un banc le long de Long Island Sound, Ryan lui demanda sa main, et de nouveau Samantha accepta.

Chaque fois qu'elle retournait à Manhattan et revoyait ses amies de Parsons ou ses anciennes colocataires, Samantha se disait qu'elle avait de la chance. Nombre d'entre elles travaillaient à présent comme vendeuses dans des boutiques de vêtements ou serveuses dans des restaurants. Certaines avaient trouvé une place dans une galerie : elles organisaient des expositions privées, restaient assises pendant des heures derrière un comptoir d'accueil dans un espace caverneux. L'une d'entre elles était même strip-teaseuse dans un bar de *lap dance*. La vie après l'université les avait arrachées

117

à leurs certitudes d'étudiantes. Les espoirs qu'elles avaient autrefois caressés semblaient tout à coup inatteignables. En comparaison, Samantha avait très peu de soucis. Pas de loyer à payer. Une relation stable. Et du temps. C'était également cela que Ryan lui avait promis. Du temps pour continuer la photographie, libérée des contraintes d'un service à prendre dans un restaurant ou un bar quelconque, libre de tout ce à quoi les gens étaient occupés pour gagner leur vie.

Mais, une fois sur le chemin du retour, tripotant sa bague de fiançailles dans le train qui la ramenait à Greenwich, Samantha se surprenait souvent à passer de longues minutes les yeux perdus dans le vide derrière la fenêtre. Comment en était-elle arrivée à appeler la destination inscrite sur son billet chez elle ? Ce n'était pas chez elle. Et ce n'était pas non plus chez Ryan. La maison était trop vaste, trop inhabitée. De même que les maisons autour, elle était démesurément grande, comme si elles avaient été conçues pour des êtres plus grands que les humains. Leurs voisins étaient plus vieux, bien élevés et bien installés. Certains avaient des enfants de l'âge de Samantha, ou des petits-enfants qui leur rendaient visite pendant les vacances. Lorsqu'ils étaient invités chez les uns et les autres avec Ryan, tandis que ses talons s'enfonçaient dans les tendres pelouses de leurs jardins, Samantha se retenait d'exploser. Elle avait envie de crier, ou d'arracher ses vêtements, juste pour voir ce qui se passerait si la houle venait soulever les eaux calmes dans lesquelles ils baignaient tous.

Du lundi au vendredi, semaine après semaine, Ryan se levait à 6 h 30, se douchait, s'habillait et s'engouffrait dans sa Porsche Boxter, droit sur la route 95, vers son bureau en ville. Il lui arrivait d'y passer la nuit. Samantha se réveillait alors plus tard, seule dans la maison qui résonnait. Et elle s'attelait à ses projets photographiques.

« J'avais envie d'en pénétrer les entrailles, dit Samantha, en dégageant une de ses jambes de sous ses fesses. Est-ce que vous êtes déjà allé là-bas ? À Greenwich ? »

Michael secoua la tête. « Non.

– C'est beau. Mais... » Elle s'interrompit, fronçant les sourcils. « C'est comme si les lieux étaient scellés sur du vide. On ne peut rien y faire entrer. »

Durant quelques semaines, elle avait essayé de photographier les épouses derrière leurs volants : ces femmes minuscules perdues dans leurs monstrueux 4 × 4 familiaux, leurs ongles vernis agrippés au volant telles les pattes crochues d'oiseaux en cage. Arrêtées aux feux, vérifiant leur rouge à lèvres dans le parking. Mais Ryan mit très vite fin à l'expérience. Un membre du country club lui en avait touché un mot après un match de tennis. Juste une remarque en passant, suffisante néanmoins, le prévenant que sa femme préférait regarder les photos des paparazzis plutôt que de se retrouver dedans. « Pour l'amour de Dieu, Sam », dit Ryan en rentrant à la maison. Il avait encore son short et son tee-shirt sur lui, et un triangle de sueur entre les omoplates comme la carte d'un pays gigantesque. Il se versa un bourbon sec. « Installe une chambre noire, un studio, fais tout ce que tu veux. Mais laisse leurs satanées bonnes femmes tranquilles, OK ? »

« J'aurais dû m'en rendre compte, vraiment, lâcha Samantha, se moquant de la jeune fille qu'elle avait été. Mais j'étais tellement naïve. Une partie de moi du moins.

– Vous rendre compte de quoi ? » interrogea Michael.

La télévision marchait dans la cuisine. Josh regardait un jeu de questions-réponses sur le sport. Le son des buzzers et des applaudissements parvenait au salon par intermittences.

Samantha soupira. « Disons que Ryan n'était pas très doué en matière de choix. » Elle marqua une pause, puis se corrigea. « Ce n'est pas vrai, en fait, il était doué pour les choix. Très doué. C'est juste qu'il ne les voyait jamais comme des choix exclusifs. Par exemple, quand il avait acheté cette maison à Greenwich, il n'avait pas vendu l'appartement de Manhattan. Et puisqu'il n'arrivait pas à choisir entre la Lexus et la Porsche, eh bien il avait tout simplement acheté les deux. »

Elle esquissa un vague sourire, les yeux baissés sur ses pieds. « Et lorsqu'il m'a demandé ma main, il a continué quand même à se taper sa secrétaire. »

Il y avait quelque chose dans la voix de cette femme qui avait poussé Samantha à lui poser la question directement. Quelque chose dans sa manière de répondre. Un air entendu. Ryan était en réunion, mais pouvait-elle prendre un message ? Samantha avait laissé passer un silence, puis avait lancé de but en blanc : « Est-ce que, dit-elle en s'efforçant au maximum de garder son calme, vous couchez avec mon fiancé ? »

À l'autre bout de la ligne, la respiration fut coupée un moment, puis la main effleura le combiné. « Ce n'est pas grave », la rassura Samantha. Elle était assise dans la cuisine de Greenwich. Un des jets d'arrosage de la pelouse éclaboussait la fenêtre de gerbes d'eau. En retombant, la lumière se figeait dans les gouttes comme le feu sur les diamants. Elles devaient avoir à peu près le même âge, se souvenait avoir pensé Samantha, elle et cette fille assise derrière son bureau dans les hauteurs de Manhattan. Elle se demanda de quoi elle avait l'air. Ryan était-il allé chercher quelque chose de différent ? Des yeux noirs, des cheveux noirs ? Ou bien, si elles avaient dû se rencontrer un jour, Samantha aurait-elle reconnu chez l'autre ses propres traits, ses propres nuances ? Un double d'elle-même, là-bas, pas ici. « Vraiment, il n'y a pas de problème. Mais j'ai besoin de savoir, dit-elle. Maintenant. »

Lorsqu'elle répondit, la voix de la fille était douce. « Oui », dit-elle. Puis son timbre se brisa. « Je suis désolée, vraiment. »

Mais Samantha avait déjà raccroché. Trois heures plus tard, une Lincoln vint de la ville pour la conduire jusqu'à l'aéroport, ses bagages dans le coffre et son tirage de la série *Mirage* à l'horizon de gratte-ciel si lointains, si perdus, entre les jambes.

« Ça, au moins, je l'ai réussi, dit Samantha.

– Qu'est-ce que vous voulez dire par "réussi" ? demanda Michael.

– Le départ. On aurait dit un film. J'ai découpé ses costumes, maculé la moquette de boue. » Son récit était dénué d'émotion, elle avait le regard ailleurs. Aucune colère ne subsistait dans sa voix. Elle reprit une gorgée de Baileys. Cette histoire était celle d'une autre femme à présent. D'une autre vie.

« Et après, qu'est-ce que vous avez fait ? »

Elle se retourna vers lui, comme s'il l'avait interrompue.
« Oh, dit-elle. Je suis revenue ici. À Londres. Il a fallu que
je gagne un peu d'argent, alors j'ai commencé à faire de
l'intérim.

– Et la photo ? »

Josh apparut. Il avait l'air agacé. « Chérie ? » Il leva la
main devant Michael. « Désolé Mike, dit-il, avant de se
retourner vers Samantha. Lucy te réclame. »

Samantha haussa les sourcils pour signifier : Voilà
– voilà ce qui s'est passé.

Elle posa son verre sur le guéridon et se leva du canapé.
« D'accord. Dis-lui que j'arrive.

– Je ferais mieux d'y aller », dit Michael, en se levant
du canapé avec elle.

Josh se pencha dans le couloir. « Maman arrive, chérie ! »
cria-t-il dans l'escalier. « Tu sais ce que c'est, dit-il à Michael
tandis que Samantha le frôlait en posant une main sur son
épaule. Il faut bien finir par coucher les enfants. »

Dans le couloir, pendant qu'il se dirigeait vers la porte,
Samantha fit demi-tour et redescendit en bas de l'escalier.
Elle attendit d'être tout près de Michael, puis elle se lança :
« Josh m'a dit pour votre femme. » Elle leva les yeux vers
lui. Sans ses talons, elle n'était pas beaucoup plus grande
que Caroline. Elle lui prit la main. « Je suis profondément
désolée, dit-elle, cherchant des yeux son regard, comme si
elle tentait d'y distinguer des vestiges de sa mort.

– Merci », répondit Michael.

Elle lui adressa encore un sourire, un air entendu et
épuisé, et Michael mesura une fois de plus qu'elle était
loin d'être sobre. Jusqu'où avait-elle eu l'intention d'aller,

se demanda-t-il, dans ses confidences de ce soir ? Elle lui lâcha la main et retourna vers l'escalier, répondant à l'appel de Lucy qui lui parvenait de l'étage : « Maman !

– J'arrive, mon cœur, lança Samantha à sa fille. J'arrive. »

En montant les marches de son propre escalier, Michael ne pouvait s'empêcher d'imaginer la cage d'escalier des Nelson, grimpant en miroir de l'autre côté du mur. Contrairement à la leur, la sienne était commune, partagée avec les autres habitants de l'immeuble. Sur chaque palier, il passait devant deux portes rouges numérotées, et derrière chacune se déployaient le décor et la vie des autres. De l'autre côté du mur nu tout près de lui, l'escalier des Nelson, avec sa rambarde en bois foncé et son tapis rouge, ne menait qu'à leurs propres vies. Les chambres des filles, celle de Samantha et Josh, une salle de jeux, les salles de bains, une chambre d'amis. Et tout en haut, avait expliqué Josh, un bureau.

Ils étaient de la même génération. Samantha avait un an de moins que lui, Josh quelques années de plus. Et cependant, aux yeux de Michael, ils auraient aussi bien pu avoir des décennies de différence d'âge. Tout ce qu'il avait perdu dans le naufrage de la mort de Caroline avait déferlé sans rencontrer d'obstacle sur le rivage de leur trentaine à tous les deux. La maison, les enfants. Leur vie bien ancrée, stable par rapport à la sienne, sans amarres, flottant à l'air libre, dans des pièces louées, trois étages au-dessus du sol.

Arrivé devant sa porte, Michael glissa sa clé dans la serrure et ouvrit. Son appartement était plongé dans l'obscurité, chargé d'une atmosphère qui n'avait pas encore pris son odeur familière. Il alla à la cuisine, sans allumer la lumière. Dans l'appartement du dessous, la télévision était branchée sur une émission de télé-crochet du samedi soir. Sa tête bourdonnait de l'alcool ingurgité tout au long de l'après-midi. Il se servit un verre d'eau au robinet, le but d'une traite, puis s'en servit un autre. Son verre à la main, il marcha jusqu'aux grandes fenêtres qui donnaient sur le parc. Le long des sentiers, les lampadaires s'étaient allumés, éclairant les branches des arbres du dessous. C'était la vue qu'il avait contemplée tous les soirs depuis son installation. Les eaux sombres des bassins, la silhouette d'un cygne glissant le long du rivage. Le chemin de macadam, les sentiers dessinés par les empreintes de pas, les arbres dénudés par le vent. Et au loin, les rues de Londres, se superposant à la verdure du parc. La même vue, et cependant ce soir-là, en la contemplant une fois encore, son verre d'eau à la main, elle lui semblait quelque peu différente, car il savait désormais qu'il la partageait avec les Nelson, juste de l'autre côté du mur.

# 7

Tournant le dos au bureau, Michael jeta un nouveau coup d'œil aux guéridons dans le salon. Aucune trace du tournevis. Il essaya de penser aux autres endroits où Josh aurait pu le ranger. Dans son bureau ? Dans le tiroir de sa table de chevet ? Mais il ne pouvait décemment pas se mettre à fouiller la maison. C'était une chose de se trouver là, c'en était une autre de farfouiller dans les tiroirs d'une table de chevet. Il lui faudrait se passer de son épée à poignée droite, voilà tout. Il pourrait toujours demander à Itsvan de lui en prêter une, même s'il savait à l'avance la réponse qu'il lui ferait.

« C'est une relation intime. » C'était ce qu'Itsvan lui avait expliqué tout en remontant la fermeture Éclair de sa veste au début de leur deuxième cours, son accent hongrois se mêlant à son anglais. « Est-ce que tu utilises les femmes des autres hommes ? demanda-t-il en enfilant son gant. Non. Ou bien, si tu le fais, tu finis par avoir des problèmes, non ? Alors, tu n'utilises pas non plus l'épée d'un autre homme. Tout ce que ça ferait, c'est qu'à la fin elle te blesserait au lieu de blesser ton adversaire. »

De retour dans l'entrée, Michael marqua une pause au pied de l'escalier. Les marches en bois étaient peintes

125

en blanc et recouvertes d'un tapis rouge centré sur le milieu des marches et retenu par des barres argentées. Depuis tous ces mois qu'il fréquentait les Nelson, Michael n'avait jamais monté cet escalier. Tous les dîners, conversations, verres qu'ils avaient partagés étaient restés circonscrits à la cuisine et à la véranda. Ils ne poussaient jusqu'au salon que lorsque d'autres gens se joignaient à eux. Leur rez-de-chaussée était ainsi devenu une extension de sa juridiction à l'intérieur de leur maison.

De nouveau, il entendit une voiture passer dans la rue. Dans son sillage, il reconnut le bruit d'une poussette sur les pavés. Debout dans l'entrée, il écouta le brinquebalement des roues se rapprocher, buter contre la chaussée déformée par les racines d'un sycomore. Puis, tandis que la poussette s'éloignait dans la rue, il se représenta cette racine à l'écorce polie, tel un morceau de cuir tanné par les milliers de chaussures qui l'avaient piétinée. Plus loin encore, le marchand de glaces redémarra, la cloche du camion tintant sur l'air de *Yankee Doodle Dandy*. Plus près, quelque part dans le salon, derrière lui, une mouche s'acharnait contre une vitre.

Michael reporta son regard vers le couloir et la porte du jardin ouverte au fond. Il savait que la porte d'entrée à côté de lui était bien fermée, le pêne de la serrure engagée dans la mortaise. Malgré la chaleur, il n'avait vu aucune fenêtre ouverte. Josh aurait-il réellement quitté la maison sans fermer aussi la porte du jardin ? Et pourquoi pas ? Pourquoi serait-ce forcément une erreur de sa part ? L'esprit de Michael se mit à gloser sur cette hypothèse. Soudain, des dizaines de scénarios possibles lui apparaissaient. Le parc était bondé depuis que la vague de chaleur s'était abattue sur Londres. Vues de l'autre rive du bassin, les maisons de ce côté présentaient un mélange d'attrait et de vulnérabilité. Au cours des dernières décennies, les propriétaires avaient percé de plus en plus de fenêtres dans les murs arrière de leurs maisons, comme si, assoiffées, elles n'arrivaient jamais à ouvrir une bouche assez grande sur les bassins, le parc. Mais vues du parc, ces fenêtres avaient transformé leurs maisons en galeries des glaces, ouvertes sur l'extérieur, particulièrement pendant les longues soirées d'été. Il aurait été très facile, même de loin, d'épier ce qui se passait à l'intérieur.

Un peu plus haut dans la rue, plusieurs chemins se ren-contraient qui serpentaient dans l'ombre entre les bassins et les jardins. À peine quelques semaines après qu'il les eut tous rencontrés, Michael et Samantha avaient emprunté ces chemins pour emmener les filles chercher des marrons. À présent que l'été était bien là, les feuillages envahissaient le sol. Il aurait été facile de s'y planquer des heures durant, en attendant le moment où les propriétaires d'une maison la quitteraient.

Michael sentit un frisson lui courir sur la nuque. Il hésita à appeler de nouveau mais se ravisa, ne voulant pas, s'il y avait des intrus, les avertir de sa présence. Sans doute l'auraient-ils déjà entendu tout à l'heure quand il avait crié les noms de Josh et Samantha mais, depuis, avait-il fait le moindre bruit ? Ne pourraient-ils penser que, n'ayant pas obtenu de réponse, il était parti ? Ou bien attendaient-ils encore qu'il s'en aille ? Que la porte du jardin se referme et qu'ils puissent détaler à leur tour ?

Il leva les yeux vers l'escalier, vers l'endroit où il tournait, et disparaissait derrière le mur. Son pouls battait à ses tempes. Il fallait vérifier les étages. Pour être sûr.

Aussi silencieusement que possible, il avança jusqu'à l'escalier. En montant les premières marches, veillant à poser les pieds sur le tapis pour amortir ses pas, il ne quittait pas des yeux le virage un peu plus haut, guettant une apparition dans l'angle. Et c'est à ce moment-là qu'il fut frappé.

Une impression de déjà-vu, comme un coup de poignard, si instantanée que Michael n'aurait pas su dire d'où elle venait. D'un goût, d'une odeur, d'une sensation, d'un son. Tout ce qu'il savait, avec une clarté douloureuse, c'était qu'elle était là. Caroline. L'espace d'un instant, il se retrouvait au lit avec elle, se réveillant à ses côtés, vivante de nouveau, aussi vivante que lui.

Michael se figea, tenta de se calmer. Il respirait rapidement, son cœur cognait contre ses côtes. Toute pensée relative à un intrus dans la maison l'avait quitté. Il leva les yeux vers le virage dans l'escalier, son esprit s'efforçant de saisir ce qui venait de se passer. Cette sensation avait été si puissante qu'à présent la seule personne qu'il s'attendait à voir descendre, ce n'était pas un cambrioleur, mais bien Caroline, miraculeusement revenue d'entre les morts. Ses pieds d'abord, puis ses genoux, ses cuisses, sa taille, ses mains, ses bras, ses seins, son cou, et enfin son visage, révélés par l'irrésistible progression de sa descente vers lui.

Mais Caroline n'apparut pas. Elle ne vint pas vers lui. Il n'y avait là que le tapis qui disparaissait dans l'angle, la rambarde foncée qui suivait la même courbe et la blan-cheur muette du mur.

Michael tendit l'oreille. Le marchand de glaces, dans la rue d'à côté, avait arrêté sa musique. La mouche, dans le salon, bourdonnait, s'interrompait, bourdonnait de plus belle. Mais, au-delà du virage dans l'escalier, il n'y avait plus aucun bruit. Il secoua la tête, comme pour se sortir d'un rêve. Il ne croyait pas aux fantômes. Tout au long des mois qui s'étaient écoulés depuis la mort de Caroline, jamais il n'avait imaginé qu'elle était encore avec lui. Son absence était la chose la plus tangible qu'il avait jamais connue.

Pourtant elle était là. Juste à l'instant. Il avait senti sa présence, avec une absolue certitude. Et il pouvait encore la sentir. La sensation s'amenuisait, l'écho se dissipait, mais c'était bien là, comme s'il s'éloignait lentement d'un feu de camp pour retrouver la nuit noire et froide. Mais il ne voulait pas s'éloigner. Il ne voulait pas refroidir. Aussi douloureuse fût-elle, il voulait sentir à nouveau cette cha-leur. Rouvrant une plaie presque cicatrisée pour éprouver à nouveau la douleur de sentir sa présence.

Il monta une marche supplémentaire puis s'immobilisa. Il n'avait pas les idées claires. Il s'était introduit dans la maison de ses voisins. Il était en retard. Il fallait qu'il s'en aille. S'il y avait un intrus, alors il s'était forcément fait repérer. Avait-il fait du bruit ? À l'instant, en sentant la présence de Caroline ? Il l'ignorait. Ç'avait été si brutal, comme un coup par-derrière. Ça n'avait plus d'importance. Il fallait qu'il y aille. Qu'il reparte de là où il était venu, par la porte du jardin, et qu'il la referme en sortant.

Impossible. Impossible de faire demi-tour, pas tant que la chaleur de ce qu'il venait d'éprouver était encore dans l'air. Pas sans savoir si cela ne se reproduirait pas. Il devait comprendre d'où cette sensation était venue. Sur le moment il avait eu l'impression de pénétrer une atmosphère, dont la source planait au-dessus de lui. Il devait donc continuer à monter, il ne pouvait pas redescendre. C'était la seule solution. Il devait continuer.

Posant le pied sur la marche suivante, Michael reprit son ascension. En même temps, il guettait les bruits de la maison. Elle était silencieuse, immobile. Comme s'il avançait dans une photographie. Seul.

# 8

Le jour où Caroline fut tuée, le commandant Daniel McCullen se réveilla tôt dans sa chambre à l'étage, au sein de Centennial Hills, une banlieue du nord-ouest de Las Vegas. Ce matin-là, comme tous les matins depuis des semaines, il se réveilla le corps trempé, le cœur palpitant. Le même rêve, encore. Celui du motocycliste. Des enfants jouant au football, de leur joie après le but. Sauf que, comme toujours, c'était pire qu'un rêve puisque c'était un souvenir, plus réel encore chaque fois qu'il ressurgissait.

Il se retourna. Sa femme, Cathy, dormait à ses côtés, une de ses épaules nues dépassait sous la couette. Elle avait le visage détourné de lui et, pendant un moment, il se contenta de la regarder respirer, essayant d'imprimer au va-et-vient superficiel de sa cage thoracique le rythme plus régulier de sa respiration à elle.

Daniel était toujours amoureux de sa femme. Autant qu'il puisse en juger, par rapport à la plupart de ses collègues dans l'Air Force, c'était déjà une réussite en soi. Pour beaucoup, la première victime de leur engagement fut leur mariage. Ces hommes qui avaient gardé la tête sur les épaules sous le feu des armes se décomposaient face à une relation qui avait tourné à l'aigre. Des femmes officiers se portaient volontaires pour repartir en mission, plutôt que d'affronter le retour à la maison et un mari qui ne les reconnaissait plus. Daniel avait toujours été un homme déterminé. Cathy et les filles passaient avant le reste. Telle était la promesse qu'il avait faite à Cathy en l'épousant, et il s'était efforcé de s'y tenir depuis toutes ces années.

Dans le monde où ils s'étaient rencontrés, cela ne semblait pas un vœu si pieux. Mais à l'époque, douze ans auparavant, tout semblait possible. L'après-midi où il l'avait abordée pour la première fois, déambulant d'un pas nonchalant sur la pelouse du campus le jour de la remise des diplômes de son jeune frère, les années à venir évoquaient à Daniel les ciels qu'il découvrait en vol, une fois la barrière de nuages franchie – immenses et rares. Rien que pour lui. L'année précédente seulement, quelques mois à peine après sa propre remise de diplômes, Daniel avait effectué sa première mission de combat en Bosnie. Quelque part sous ses pieds, dans le sillage du moteur de son avion, il avait ôté ses premières vies. Mais, ainsi que ses supérieurs et les journaux le leur disaient, il en avait sauvé bien davantage. Leur force était au service du bien et Daniel était rentré en héros. Et ce fut ainsi qu'il se présenta à Cathy cet après-midi-là sur la pelouse, ainsi qu'il la fit rire et que plus tard, alors qu'il la conduisait jusqu'à la piste de danse, il avait été incapable d'imaginer qu'un jour les certitudes sur lesquelles sa vie reposait deviendraient si fragiles, qu'un jour, le sentiment que ces années – guerres comprises – avaient été créées pour lui, n'aurait plus aucun sens, au point qu'il lui semblerait n'être qu'un jouet entre les mains du monde, et non plus l'inverse.

Après s'être essuyé la main sur le drap, Daniel tendit le bras pour la poser sur l'épaule de Cathy. Sa peau était douce, chaude. Elle ne cilla pas. D'après la lumière qui filtrait à travers les branches du pin tordu devant leur fenêtre, il n'était même pas 6 heures du matin. Daniel songea à la réveiller. Délicatement, par des baisers, en se lovant contre son dos. Peut-être qu'après une bonne nuit de sommeil, les filles encore endormies, ils arriveraient à faire l'amour comme avant. Il savait qu'ils en avaient besoin, qu'ils avaient besoin d'éprouver leurs corps d'instinct, sans réfléchir.

Mais il s'abstint. L'angoisse de sa vision était encore vive, il ne pouvait pas prévoir les effets qui perduraient en lui, susceptibles, tel un écran de télévision tressautant, de se rallumer à tout moment. Il se contenta donc de regarder Cathy dormir et déplaça sa main pour caresser ses cheveux étalés sur l'oreiller.

Malgré leurs récents déboires, se réveiller à ses côtés demeurait pourtant un cadeau du ciel pour Daniel. Cette certitude qu'ils dormiraient dans le même lit le soir suivant, qu'ils n'avaient plus besoin de s'inquiéter des ordres qui pourraient venir d'en haut, plus besoin de surveiller les informations à la télévision afin d'interpréter leur avenir à deux mois près. C'était la raison pour laquelle ils avaient déménagé dans le Nevada. Pour ces réveils, cette certitude. Pour que l'avenir soit un sol sous leurs pieds aussi tangible que le présent. Dès que Daniel avait su de quoi il serait question à Creech, il avait demandé son transfert. Il était parti trois fois depuis leur mariage. Deux fois en Afghanistan, une fois en Irak. Les trois fois, Cathy et les

filles avaient souffert de son absence. Et, de manière différente, lui aussi avait souffert. Durant ces missions, au cours
des conversations de deux minutes et des sessions Skype
tremblotantes, Daniel avait fini par comprendre la valeur
de la famille. À son dernier retour d'Afghanistan, Kayce,
six ans seulement à l'époque, avait enlacé ses jambes en
lui faisant promettre de ne plus jamais partir comme ça.
Daniel lui avait dit qu'il ferait de son mieux. Et, lorsqu'il
lut l'e-mail à propos de Creech et du projet de réactivation
de la 432ᵉ, il s'exécuta.

Ce qui était prévu pour la 432ᵉ à Creech semblait
répondre parfaitement aux exigences de Kayce : c'était
une occasion pour Daniel de tout concilier. Continuer
d'avoir des missions de vol, faire son devoir, en étant présent pour sa famille. En voyant ses filles grandir, non pas
de mois en mois, mais jour après jour, heure après heure.
En se réveillant auprès de Cathy sans craindre que cela
ne leur fût enlevé.

« Fais attention à ce que tu demandes. » C'était une
phrase de sa mère, une recommandation qu'elle lui faisait
quand il était enfant. Quand il voulait jouer dans l'équipe
de football de son frère aîné. Quand il réclamait une moto
de trial plus puissante. Quand il avait été choisi pour intégrer l'équipe de boxe du lycée. Sans doute la lui aurait-elle
répétée, si elle avait été à côté de lui quand il avait rempli
sa demande de transfert vers le 15ᵉ escadron de reconnaissance. Et, tout comme elle avait raison à l'époque, elle
aurait eu raison à présent aussi.

Ils avaient essayé d'en discuter quelques soirs auparavant avec Cathy. Ils buvaient un verre sur la terrasse
pendant que les filles faisaient leurs devoirs, une bouteille

de sonoma fumé blanc transpirant des gouttes glacées dans les derniers rayons de soleil.

« Pas si tu dois avoir des missions de vol en même temps, Dan », lui dit Cathy, en secouant la tête et en regardant ses pieds.

Daniel eut un rire agacé. Il savait qu'elle avait raison, mais il n'était pas prêt à l'admettre. Pas après tout ce qu'ils avaient accompli pour arriver jusqu'ici. Déménager à l'autre bout du pays, changer Kayce d'école. Il ne pouvait pas faire mieux, voilà ce qu'il avait envie de lui dire. Elle devrait le remercier, pas lui en vouloir.

« Allez, dit-il. Est-ce que c'est vraiment aussi grave que ça ? » Il s'efforçait de garder un ton léger. Elle leva les yeux, comme si elle ne le reconnaissait pas.

« Oui, dit-elle. Et ça ne fait qu'empirer. »

Il sentit sa poitrine se comprimer. Prit une gorgée de vin.

« Tu ne dors pas, dit-elle. Et quand tu dors, tu parles dans ton sommeil, tu cries. Et avec les filles…

– C'est arrivé une fois », la coupa Daniel. Il n'avait pas l'intention d'être si cassant. « Une fois », répéta-t-il plus gentiment.

Il y avait une raison pour qu'il crie après les filles de cette manière. Pour qu'il fasse à Kayce ce qu'il lui avait fait. Ses actes avaient une cause, mais il avait été incapable de la révéler à Cathy. Il ne le pourrait jamais.

Il venait de terminer un quart à Creech. Ils avaient lancé une offensive, ils la préparaient depuis des semaines. La cible était définie, le missile connecté, mais d'autres aspects de l'opération avaient mal tourné. Au dernier moment, à six secondes de l'impact, deux gamins à bicyclette avaient tourné au coin de la rue, l'un assis sur le guidon, l'autre pédalant derrière lui.

Maria, son opératrice de détecteurs, était assise à côté de lui. « Merde », avait-elle dit en les voyant apparaître dans son champ de vision.

« Est-ce que ce sont des gamins ? » Sa propre question avait résonné dans les écouteurs de son casque. Ailleurs, dans d'autres pièces sombres en Amérique, à 10 000 kilomètres de l'Afghanistan, d'autres hommes en uniforme et en costume l'avaient entendu résonner également.

« Trop tard », dit Maria.

À six secondes de l'impact, elle pouvait encore dévier le viseur laser de sa trajectoire. Daniel posa son regard sur le compte à rebours dans le coin de son écran qui décomptait : quatre, trois, deux... Lui et Maria regardaient les signaux de contrôle passer au blanc sur leur moniteur.

Lorsque la fumée et la poussière furent retombées, Daniel encercla le Predator pendant que Maria zoomait. Le véhicule cible n'était plus qu'une épave tordue et noircie, léchée par les flammes. Cinq mètres plus loin, la bicyclette des gamins était méconnaissable elle aussi, la roue avant tournait encore. Une jambe blessée, chaussée d'une sandale, coincée dessous.

Daniel avait tapé un message instantané pour le coordinateur du renseignement : « Probabilité victimes enfants ? »

Réponse du tac au tac. « Deux victimes adolescentes probables. Mâles. »

Une heure après avoir reçu cette réponse, Daniel était de retour à la maison, assis sur la terrasse à regarder Kayce et Sarah jouer dans le jardin. Les victimes adolescentes probables du coordinateur faisaient tous les deux la taille de Kayce. Elle avait neuf ans. Alors qu'il observait ses filles, elles commencèrent à se disputer, tirant chacune d'un côté du guidon d'une bicyclette rouge. Daniel n'avait pas eu l'intention de les effrayer. Il n'avait pas eu l'intention de s'effrayer lui-même. Mais c'était beaucoup trop tôt. La roue qui continuait de tourner. Cette sandale.

Cathy se pencha en avant, la lumière se refléta dans son verre de vin. Une étoile pâle éclaira les lattes de la terrasse entre eux. Elle prit une grande inspiration et soupira.

« Est-ce que c'est à cause de Barbara ? lui demanda Daniel.

– Non, répondit-elle en secouant la tête et en se mordant les lèvres. Tu sais très bien que ça n'a rien à voir avec elle. Je te l'ai dit. Nous sommes tombées d'accord sur notre désaccord. C'est tout. »

Barbara était une autre enseignante de l'école de Cathy, une école primaire bien cotée à l'ouest de la ville. Deux mois plus tôt, avec d'autres membres de l'Expérience Désert Nevada, elle avait été arrêtée devant Creech. Daniel avait croisé la manifestation en arrivant pour prendre son service. Un petit groupe défilait tout autour de la clôture avec des banderoles artisanales qui claquaient dans le vent – « PAS EN NOTRE NOM ! NON AUX DRONES ! US AIR FORCE – ASSASSINAT À DISTANCE ! »

Si Daniel avait su que Barbara était parmi eux, il serait sorti de sa voiture et aurait essayé d'aller lui parler. Pas pour lui sonner les cloches, juste pour la remettre dans le droit chemin. Il comprenait les fondements du groupe. À l'origine, ils s'étaient ligués contre les essais nucléaires souterrains qui faisaient craqueler le sol, les failles s'étalant jusque sous les maisons, l'école des enfants. Sans doute aurait-il participé à ces manifestations lui-même. Mais cette fois-ci c'était différent. C'était une guerre d'un autre genre, ce qu'ils inauguraient à Creech ne faisait de mal à personne autour d'eux. Au contraire, ils sauvaient des centaines, des milliers de vies dans un autre endroit. Daniel en était convaincu. Ils avaient des chiffres, des projections pour le prouver. Et tous les mois, ils recevaient des courriers pleins de reconnaissance des troupes au sol, qui les remerciaient pour leur travail.

Quand Daniel arriva à la fin de son service et prit sa voiture pour rentrer chez lui, la manifestation s'était dispersée. Apparemment, ils n'étaient restés là que deux heures avant que la police ne débarque et ne procède à des arrestations. Ils avaient néanmoins réussi à attirer l'attention plus que Daniel ne l'aurait voulu. Il croyait en sa mission à Creech, et il voulait que Cathy y croie elle aussi. Alors penser qu'elle allait au travail chaque jour et qu'elle y côtoyait Barbara et ses discours le mettait mal à l'aise.

Daniel se renfonça dans sa chaise. L'ombre de leur portail se découpait en dents de scie sur la pelouse du jardin devant eux. « Tant mieux, dit-il à Cathy, car Barbara est mal informée. Elle ne comprend pas.

– Ouais, je sais », répondit Cathy d'une voix fatiguée.

Il soupira à son tour, longuement. « Alors, qu'est-ce que tu veux faire ? » Il porta le regard au loin, sur les toits des maisons au-delà de leur jardin, le ciel qui les surplombait, immense, d'un bleu virant à l'indigo. « Que devrions-*nous* faire d'après toi ? »

Cathy haussa les épaules, fixant les reflets étoilés qui flottaient à la surface de son verre. « Je ne sais pas, dit-elle. Je ne sais pas. »

Daniel la dévisagea, essayant de déchiffrer son expression. Entre ses sourcils, la peau souvent plissée avait marqué. Il n'arrivait pas à situer le moment où leurs conversations étaient devenues ce qu'elles étaient aujourd'hui. Crispées, prudentes. Il y avait eu une époque où ils se disaient tout, aussi douloureuse que fût la vérité. Il attendit qu'elle lui rendît son regard mais elle n'en fit rien. Il avait tellement de choses à lui dire. Qu'il l'aimait, tellement. Que le monde était plein d'horreurs. Qu'il avait envie de les protéger, elle et les filles, de ces horreurs. Que sans elle, il en serait incapable. Et qu'il était désolé aussi. Ils étaient venus à Las Vegas pour chasser la guerre de leurs vies. Et à présent, Cathy trouvait la guerre sous son toit tous les jours en rentrant. Pas parce qu'il était en mission, mais parce qu'il n'y était pas justement. Parce que en voulant s'éloigner de la guerre, il l'avait intégrée. Mais Daniel ne dit rien. Cela restait bloqué dans sa gorge. Comme si prononcer ces mots avait pu faire vaciller leurs fondations et s'écrouler tout l'édifice. Tout était pour le mieux. Voilà ce qu'il se disait. S'il remettait tout en question, à quoi cela le mènerait-il ? Que deviendraient-ils ?

« C'est juste… » commença Cathy.

Daniel se pencha vers elle. Alors seulement, elle finit par le regarder. Les larmes faisaient ressortir le bleu de ses iris. Elle lui sourit malgré tout, du même sourire qu'elle arborait quand elle essayait d'expliquer quelque chose aux filles. Un problème d'adulte, quelque chose de compliqué.

Le frottement de la porte de leur chambre contre la moquette fit se retourner Daniel dans le lit.

« Hé, petite, dit-il la voix encore lourde de sommeil. Quoi de neuf ? »

Sarah, la cadette, était debout sur le seuil de la chambre, son livre préféré, *La chenille qui fait des trous*, pendant entre ses doigts.

« Est-ce que c'est le matin maintenant ? » demanda-t-elle. Elle portait un pyjama Disney avec une princesse blonde sur le ventre.

« J'en ai bien l'impression, ma chérie », murmura Daniel. Il se redressa sur son coude, puis s'assit sur le rebord du lit et enfila un tee-shirt.

« On laisse maman dormir, hein ? Qu'est-ce que tu en penses ? » dit-il en avançant vers elle et en la prenant dans ses bras. Pendant qu'il sortait de leur chambre avec elle dans les bras et son livre tapant contre sa hanche, Sarah mit son pouce dans sa bouche et posa sa tête sur l'épaule de son père. Daniel plongea son nez dans ses cheveux. Une odeur de sommeil d'enfant, une odeur de rêves, pas de souvenirs. Et, songea Daniel en entrant dans sa chambre et en la déposant sur le bord de son lit, de quoi justifier tout ce qu'il était en train de faire, et tout ce qu'il avait fait jusqu'ici.

En 2007, Centennial Hills était une des banlieues flambant neuves de Las Vegas. Parfois, dans les premières semaines qui suivirent leur emménagement, en reculant dans l'allée de son parking avec sa Toyota Camry, Daniel était convaincu de pouvoir sentir encore l'odeur de la peinture séchant sur les portails ou celle du goudron dans les rues. L'hôpital local était encore à moitié recouvert d'échafaudages, et les maisons, la leur incluse, étaient bâties sur le même modèle d'hacienda de banlieue encore vierge de toute influence de leurs habitants. Même les arbres du désert et les haies, placés là par les promoteurs pour border les rues et les impasses nues, étaient plus vieux que les maisons qu'ils couvaient de leur ombre. Ainsi le quartier recelait une étrange ancienneté juvénile. Dans son dernier poste, à Langley, en Virginie, une fois la carcasse de supermarchés et stations-service brisée, il demeurait des traces des hommes et des femmes qui s'étaient installés là autrefois et avaient fondé des villes comme Smithfield et Suffolk. Les rues portaient leurs noms, les conseils communaux ceux de leurs ancêtres, et sur les perrons et les seuils des maisons les plus anciennes, on trouvait encore les empreintes de leurs mains dans le bois ou la pierre. À Centennial Hills, les seules empreintes dans la peinture encore fraîche étaient celles des ouvriers mexicains embauchés par les promoteurs pour terminer le boulot. Les noms des rues, d'après Daniel – Rockridge Peak Avenue, Danskin Drive – avaient été choisis par un urbaniste du centre-ville qui ignorait même s'il existait un conseil communal.

Parant à leur immaturité, les rues de Centennial Hills, disposées comme elles l'étaient, aux abords de la ville, surplombaient une vue plus archaïque. C'était cette vue qui avait accueilli Daniel à son arrivée à Creech ce matin-là : la chaîne de montagnes du Charleston, ses pics dentelés qui se découpaient dans une lumière laiteuse jusqu'au sommet du mont Charleston lui-même. Une montagne nue, plissée, tel un dieu implacable qui regardait Las Vegas s'étaler à ses pieds.

Ces dernières semaines, en tournant dans sa rue, derrière son volant, Daniel s'était surpris à gratifier la montagne d'un salut silencieux. Comme si ses pentes escarpées, qui subsisteraient longtemps après que le sable aurait englouti la ville construite sur lui, détenaient quelque fortune ou sagesse dont il faille s'armer. Malgré leur proximité, Daniel ne s'était jamais aventuré sur ces sommets. Son VTT, déballé, était resté dans le garage, inutilisé, de même que ses chaussures de randonnée qui patientaient dans le débarras. Ainsi, lorsqu'il atteignit le bout de la rue ce jour-là et tourna à gauche, faisant passer les montagnes du pare-brise à la fenêtre de la portière du siège passager, la chaîne du Charleston lui était toujours inconnue. Un horizon quotidien mais pas encore un paysage familier, un élément de sa géographie mais pas encore de son territoire. Contrairement à ces autres montagnes, à dix mille kilomètres de là.

Ces montagnes que Daniel connaissait intimement. Il ne les avait jamais arpentées non plus, mais il connaissait les villages nichés dans leurs replis, les ombres projetées par leurs sommets le soir et les habitudes des bergers qui rassemblaient leurs troupeaux sur leurs pentes douces. Vers la fin, il arrivait même à prévoir, à condition d'avoir de bonnes conditions météorologiques, l'heure à laquelle les nuages viendraient recouvrir de leur brume les pics les plus élevés jusqu'aux ravins dans les vallées. Dans les derniers mois, il avait commencé à éprouver un sentiment de propriété à l'égard de ces montagnes. N'étaient-elles pas autant son lieu de travail que celui de ces bergers ? Aux yeux des troupes déployées dans la zone, elles ne représentaient qu'altitude, fatigue et peur. Un territoire

142

hostile. Pour Daniel, c'était un terrain de chasse, et en tant que tel, il se devait non seulement de les connaître, mais d'apprendre d'elles. De les aimer même, afin que, depuis l'obscurité de sa station de contrôle de Creech, il puisse être capable de se déplacer à travers leurs reliefs aussi naturellement que les aigles qui chevauchaient leurs courants ascendants depuis des siècles.

Au moment où il s'engageait dans une intersection, le téléphone de Daniel sonna. Il jeta un œil à l'écran et glissa l'oreillette de son kit mains libres dans son oreille.

« Salut, chérie.

– Kayce a football ce soir, dit Cathy. J'avais oublié. »

Sa voix était tendue. Daniel supposa qu'une fois de plus Sarah devait jouer avec la nourriture de son petit déjeuner.

« OK, dit-il. Ça finit à 17 heures, c'est ça ?

– Est-ce que tu peux ramener Macy chez elle aussi ? Emily vient d'appeler pour dire qu'elle devait travailler tard ce soir. »

Il ralentit en arrivant à un stop. Un camion s'avança à côté de sa voiture, le soleil se reflétant sur le chrome de sa carrosserie. Au-dessus de la route, le ciel était d'un bleu cyan. Une belle journée qui s'annonçait. « Bien sûr. Envoie-moi l'adresse par texto.

– Merci. »

Daniel entendit un gémissement étouffé dans le fond. Le tintement de la chute d'une cuillère. « Elle refuse toujours de manger ? » demanda-t-il. Mais Cathy avait déjà raccroché.

L'opératrice de Daniel, Maria, vivait un peu plus à l'ouest, quinze minutes plus près de Creech. Elle et son mari n'avaient qu'une seule voiture, du coup la plupart du temps, Daniel passait la prendre en chemin. Et quand ils avaient fini leur journée, il la ramenait souvent chez elle. Quand elle grimpa dans la Camry ce matin-là, elle était déjà en train de parler mais pas à Daniel.

« Et ça veut dire quoi ? » lança-t-elle, le téléphone coincé contre l'épaule tandis qu'elle tirait la portière et attrapait sa ceinture. Daniel s'éloigna du trottoir pendant qu'elle s'attachait. « C'est à moi que vous dites ça ? » continua-t-elle, son accent espagnol appuyait sur les mots comme un marteau sur des clous et sur la personne au bout du téléphone, qui que ce soit. « C'est à moi que vous dites ça ? Vraiment ? Laissez-moi vous dire une bonne chose, madame. Ça ne suffit pas. Vous m'entendez ? Je travaille, au cas où vous ne le sauriez pas. Je travaille. Entre 8 heures et 18 heures ? Et vous appelez ça un créneau ? *Dio mio !* C'est pas un créneau, c'est un cratère. Non, non. Hors de question. Qu'est-ce que vous me proposez ? »

Daniel alluma la radio pour essayer de couvrir la conversation de Maria. Tandis que la voiture s'engageait sur la bretelle de sortie pour rejoindre la 95 Ouest, *My heart is broken in three* de Slim Whitman envahissait l'habitacle. Avec la vitesse de l'autoroute, Las Vegas disparut derrière eux, pâté de maisons par pâté de maisons, centres commerciaux, banlieues, rues en cours de construction, jusqu'au désert où ne subsistaient que quelques 4 × 4 partis à l'aventure et des hommes en uniforme qui surveillaient la zone, leurs casques brillant au soleil. Quand Maria finit par raccrocher, elle ne fournit à Daniel qu'un mouvement de tête exaspéré en guise d'explication. Elle se tourna vers sa fenêtre et regarda le désert défiler au-dehors, les cactus et les buissons, le dégradé de bronzes du sable. Lorsqu'ils prenaient leur service plus tôt, en passant par ici, Daniel trouvait toujours le paysage magnifique, ses nuances d'ambre sous le soleil bas, le plus petit caillou déployant une ombre gigantesque. Mais à présent, le soleil était plus haut et le désert renvoyait cette lumière terne et puissante, cette chaleur devenue dangereuse.

Daniel ne posa pas de questions à Maria sur ce coup de téléphone. Il lui était reconnaissant de ne pas l'évoquer davantage et il savait qu'elle éprouvait la même gratitude, car elle aussi avait besoin de ces quelques kilomètres de route sans rien dire. Ce trajet sur l'autoroute 95 Ouest leur permettait de se mettre en condition, d'amorcer la transition quotidienne entre les différents compartiments de leur vie. Plus tard, ce même jour, ils referaient le trajet en sens inverse dans un état d'esprit complètement différent. La voiture et l'autoroute seraient leur chambre de décompression. Ils discuteraient, se demanderaient des nouvelles de leurs familles, se raconteraient des blagues. Mais, pour le moment, l'autoroute 95 était la route de la guerre, exigeant plus de silence que de mots.

Daniel savait que, précisément, les gens comme Barbara voyaient dans ce sas quotidien l'incarnation de la lâcheté américaine, la passerelle menant à une nouvelle ère de guerre dissymétrique. Où des pilotes de combat partaient en guerre sans jamais avoir à se battre, sans jamais prendre d'autre risque qu'une amende pour excès de vitesse ou un accident de voiture. Mais ce n'était pas aussi simple. La guerre, avait appris Daniel, n'était jamais simple.

Pourtant, c'était vrai, certains jours il aurait aimé se retrouver dans le cockpit à dix mille kilomètres du sol, risquant sa vie autant que les patrouilles à terre plutôt que de les regarder travailler. Eh oui, c'était vrai, il aurait aimé voler aussi. Pas uniquement par vaillance – se jetant dans les filets d'un code d'honneur médiéval, remontant aux chevaliers – mais pour l'expérience même. La victoire sur la gravité, la force et la pression des réacteurs d'un F-16, le goût subtil d'un tel pouvoir, des pays entiers filant sous ses ailes. L'odeur du métal de la carlingue, le son de l'avion grimpant à soixante mille pieds. Depuis son tout premier vol, Daniel était tombé amoureux du ciel, de ce trésor, que seuls détiennent ceux qui sont capables de voler aussi haut et aussi vite. Un bleu de porcelaine vernie, les traînées de fumée telles des bandes délicates laissées aux pinceaux sur la surface polie.

C'était du romantisme, il le savait bien, mais il exerçait un attrait si puissant. Et, après tout, c'était ce romantisme qui lui avait donné envie de devenir pilote au départ. Son grand-père avait volé sur des F-86 au-dessus de la rivière Yalu en Corée. Les histoires qu'il racontait de cette époque, les photos en noir et blanc qu'il lui montrait, avaient capturé l'imagination du jeune Daniel. Des récits de combats singuliers contre des pilotes de MiG qu'aucun d'entre eux n'avait jamais rencontrés, dont ils ignoraient l'existence, mais avec lesquels ils partageaient, comme avec des frères, ce ciel. Les reflets d'argent au retour d'une sortie, le vrombissement de leurs moteurs chaque matin. La routine sublime de la traque, seul ou à plusieurs, sous des cieux inconnus et sans nuages.

Et plus le temps passait, plus c'étaient les histoires de son grand-père, autant que sa propre famille, ou les troupes au sol, que Daniel s'efforçait de protéger quand il pilotait un Reaper ou un Predator derrière ses écrans à Creech. L'héritage de son grand-père et celui de n'importe quel autre pilote qui avait un jour pris les airs pour combattre. Car, tout comme il était l'un des premiers pilotes d'aéronef sans personnel, Daniel serait aussi, il en était sûr, l'un des derniers à avoir assuré des missions à bord d'un avion. L'armée commençait déjà à entraîner de jeunes soldats de dix-huit ou de dix-neuf ans qui « partiraient en mission » sans avoir jamais fait l'expérience du combat aérien. Le joystick qu'il avait désormais entre les mains pendant chacun de ses services avait récemment été remodelé pour ressembler davantage à celui de la Playstation de Sony. Daniel n'aimait pas ça, mais il en voyait bien l'intérêt. Sans le savoir, sous les yeux même de leurs parents, frères et sœurs, l'Amérique entraînait ses futurs pilotes dans les chambres et les salons du pays entier. Ils combattraient comme si le monde était un champ de tir, bien au chaud dans un bourdonnement de serveurs et d'ordinateurs, sans jamais rien entendre des bruits du ciel, du couple du moteur, sans jamais éprouver la pression d'une aile, la pureté de l'air raréfié.

Pour Daniel, qui avait ressenti l'inclinaison d'une aile, l'adrénaline de la peur, une partie de son devoir était devenue de restituer l'essence de ces décennies humaines dans les stations de contrôle de Creech. Ce que signifiait se savoir à la fois présage et proie de la mort, percevoir le son de sa propre vitesse et se sentir dans le même temps vulnérable et invincible. Respecter la menace du sol. Se souvenir du vide.

Trente minutes après avoir fait demi-tour dans Centennial Hills, Daniel et Maria patientaient devant les portes de la base aérienne de Creech. Pendant qu'ils attendaient que le garde leur fasse signe d'entrer, Daniel balaya du regard la clôture tout autour. Il fallait bien admettre que Creech n'avait franchement pas l'air d'une base aérienne. Indian Springs, la ville juste à côté, était petite, 1 500 habitants au plus, et cependant ses faubourgs débordaient jusqu'aux abords de l'autoroute le long de la base. Des remorques, des caravanes, une vieille hélice même, éparpillées tout autour, avec vue imprenable sur les cabanes et les hangars de l'autre côté de la clôture. Quand Daniel avait commencé à travailler là, plus d'un an avant que la 432$^e$ ne soit officiellement réactivée, ils avaient eu des problèmes avec des chats qui s'étaient introduits au sein de la base et avaient donné naissance à des portées entières de chatons dans les garages. Le seul bâtiment accolé à Creech était le casino d'Indian Springs, une bâtisse à un étage défraîchie, avec un café, une poignée de machines à sous et un bar, Les As volants. Au-delà, autant qu'il sache, il n'y avait plus que du désert, ponctué de quelques réserves naturelles, jusqu'en Californie et au parc national de Yosemite.

Le garde leur fit signe d'entrer, les regarda à peine passer, puis les salua d'un geste brusque. C'était l'un des plus vieux, stationné là avant même que l'endroit ne fût renommé. Un vétéran de la guerre du Golfe sans doute. Tout en rentrant sa voiture à l'intérieur, Daniel se demandait ce qu'il pouvait bien penser d'eux, qui débarquaient de cette manière. Creech n'avait peut-être pas vraiment l'air d'être une base, mais lui et Maria, avec leurs tee-shirts et leurs shorts, n'avaient pas franchement l'air d'un équipage non plus.

Et pourtant, ils en étaient bien un. Barbara et leurs autres détracteurs l'oubliaient trop souvent. Ils ne risquaient pas leurs vies en vol. Ils n'étaient pas exposés, physiquement, à la guerre. Mais cela ne signifiait pas qu'ils n'étaient pas exposés du tout. Il y avait d'autres pressions, d'autres risques, que Daniel commençait à peine à cerner d'ailleurs, les frontières de son expérience du combat évoluant aussi vite que la technologie qui la modelait.

Pour Daniel, et bien qu'ils n'en aient jamais parlé entre eux, sans doute pour la plupart de ses collègues, la plus grande pression dans le pilotage de drone était une pression de témoin. Ils étaient payés pour observer. C'était leur boulot. Visionner des centaines de milliers d'heures d'enregistrement, qui étaient ensuite passées en revue par des soldats et des analystes en Afghanistan puis à Langley. Si nécessaire, ils étaient aussi censés frapper. Puis recommencer à observer. Ce que Daniel n'avait jamais fait auparavant. En Bosnie, en Irak, en Afghanistan, le temps que ses bombes explosent, que ses missiles touchent leurs cibles, il était déjà à des kilomètres, volant plus vite que le son, dépassant jusqu'aux plus étouffés des échos sourds qu'il avait lui-même causés. À Creech, il n'entendait jamais ces détonations, mais malgré la distance encore plus grande qui le séparait du champ de bataille, il voyait tout. Il les voyait exploser et il voyait leurs effets, sur des gens qu'il avait parfois suivis pendant des semaines. Des gens qu'il connaissait. Comme l'homme sur le vélomoteur.

Daniel avait toujours su que l'homme au vélomoteur devrait mourir. Sa photo était punaisée au mur depuis des mois à Creech, au milieu d'autres portraits. La liste de ses infractions était affichée en dessous de sa photo, elle remontait au tout début de l'invasion en 2003. Daniel avait souhaité sa mort. Plus que cela, il avait souhaité être désigné comme pilote de la mission qui le tuerait. Le nom de l'homme au vélomoteur était Ahmed al-Saeed, ses mains étaient couvertes du sang de soldats américains. S'il en avait l'occasion, Daniel souhaitait être, avec Maria pour le guider de ses caméras et orienter les lasers, le pilote qui les vengerait tous.

Pendant des mois, ils traquèrent Al-Saeed à travers les rues de Bagdad. Il l'avait observé prenant le café sur des chaises en plastique dans la rue, rendant visite à sa grand-mère, se concertant avec un groupe d'insurgés utilisant des bombes artisanales. Au fil des mois, Al-Saeed les avait lui-même menés à d'autres hommes, eux-mêmes suivis par d'autres drones, d'autres pilotes et d'autres opérateurs qui surveillaient eux aussi leurs maisons, leurs voitures, leurs enfants sur d'autres écrans en Amérique. Mais Daniel et Maria étaient restés focalisés sur Al-Saeed serpentant dans les ruelles de la ville sur son vélomoteur, récupérant son fils à la sortie de l'école. Vivant.

Il devint un visage familier. Le collègue qui travaille au bureau d'en face, mais à qui on ne parle jamais. Daniel se mit à anticiper sa routine de la semaine. Les échecs le mercredi, le café après la prière du vendredi. Il avait trente-six ans, deux de moins que Daniel, et comme lui, il avait deux enfants, une fille et un garçon. Puis un jour, l'ordre fut donné. L'heure était venue de le tuer. L'heure était venue pour Ahmed de mourir. Selon une source au sol, il préparait une embuscade contre un convoi américain. Mais avant qu'Ahmed n'ait le temps de frapper ce convoi, Daniel et Maria, paire d'yeux braqués sur lui depuis le ciel, le frapperaient les premiers.

Le jour de la mission, ils le suivaient depuis l'aube. Il avait l'air de bonne humeur. Trois fois, il interrompit ses trajets à travers la ville pour poser pied à terre et aller jouer au football avec des gamins. Ils l'avaient déjà vu de temps à autre, parfois même il faisait brutalement demi-tour pour se joindre à un match qu'il avait à peine aperçu en passant entre deux ruelles. À peu près au même moment, Kayce s'était mise au football aussi. Daniel lui avait récemment acheté sa première paire de crampons. Cette semaine-là, justement, Cathy l'avait autorisée à afficher dans sa chambre des posters de David Beckham. Durant la première partie qu'il avait disputée ce matin-là, Maria avait zoomé et assisté en plan serré à la manière dont il avait volontairement plongé du mauvais côté pour laisser un gamin marquer. Au troisième match, moins d'une heure avant qu'ils ne le tuent, Daniel avait vu un gamin lui grimper sur les épaules pour fêter un but.

Les renseignements étaient exacts. Après ce dernier match, Ahmed reprit son vélomoteur et roula jusqu'à une banlieue excentrée où il devait retrouver deux autres insurgés. L'un des deux hommes était déjà connu de leurs services. L'autre non. Les agents d'Okaloosa en Floride égrenaient leurs confirmations d'activation des armes dans leurs oreilles, et Daniel et Maria continuaient à prendre des notes et commenter la scène : les hommes sortirent deux RPG et trois AK-47 de leur van. Le groupe n'avait pas encore terminé de se mettre en place quand Maria eut fini de verrouiller sa position et que Daniel déclara la zone d'impact libre et tira un Hellfire depuis son Predator.

Peut-être Ahmed avait-il plus d'expérience que les deux autres. Ou bien avait-il juste une meilleure audition, une capacité de réaction plus rapide. Quoi qu'il en soit, à cinq secondes de l'impact, il reconnut le bang sonique du missile et se mit à détaler loin du van, comme s'il savait ce qui était sur le point de se passer.

Lorsque la fumée retomba, les deux autres hommes étaient morts. Ahmed, en revanche, étendu un peu plus loin, était toujours vivant, il se tordait de douleur au sol, en se cramponnant au moignon qui restait de sa jambe gauche. La tête basculée en arrière, le cou plié en deux dans un hurlement. C'était là, s'était répété Daniel tandis que Maria refaisait la mise au point, ce qu'il avait souhaité. Ils avaient sauvé des vies américaines. La mission était un succès.

Se détournant des éléments visuels en temps réel, Daniel avait porté le regard sur l'écran à images thermiques. La même scène apparaissait dans un arc en ciel de températures, comme une abstraction hallucinogène, avec au centre une nappe orange qui se déversait autour. Tandis que Daniel fixait cette tache de chaleur humaine qui grossissait telle une bulle gonflant lentement dans une lampe à lave, il tenait sa source de chaleur à l'œil, Ahmed, qui changeait de couleur tel un caméléon. Passant de l'orange au jaune, puis au vert, jusqu'à ce que s'échappant de ses membres d'abord puis de son cœur enfin, son corps vire au bleu et se confonde finalement avec la couleur du sol, avec la poussière.

« Recherche voiture à double cabine blanche et pick-up bleu.

– Capteur vérifié.

– Stabilisation de l'altitude.

– Capteur vérifié. »

La voix de Maria parvint jusqu'à Daniel, deux fois : la première, étouffée et lointaine alors qu'elle était assise sur le banc de vol à côté de lui, puis de nouveau plus proche, plus intime, dans ses écouteurs. La station de contrôle était plongée dans le noir, uniquement éclairée par les quatorze moniteurs et écrans de contrôle devant eux. Le bourdonnement du serveur se confondait avec le ronronnement de la climatisation qui transformait la chaleur du désert sur leur peau en lointain souvenir. Ils portaient tous les deux leur uniforme de vol, manches retournées jusqu'aux insignes : un hibou noir tenant dans ses serres trois éclairs et surmontant la devise de l'aile, *Victoria per scientiam* – « La victoire par le savoir ». Leurs tasses de café, froides depuis deux heures à présent, étaient posées sur une étagère derrière eux, au-dessus on pouvait lire, sur une bannière, la devise non officielle : SI VOUS NE POUVEZ PAS FAIRE DESCENDRE LE PARADIS, annonçait le bandeau à tous ceux qui franchissaient la porte, *FAITES MONTER L'ENFER*.

Le Predator de Daniel et Maria était en vol depuis plus d'une heure quand l'ordre leur était parvenu. La base de Karachi avait reçu des informations concernant les mouvements de Hafiz Mehsud, numéro trois du groupe taliban Tehrik du Pakistan. Daniel connaissait ce nom et la tête de l'homme qui le portait. Sa photo à lui aussi était punaisée au mur de Creech, à tout juste trois portraits de celui d'Ahmed al-Saeed. Selon une source et d'après des écoutes téléphoniques, un rendez-vous avait été organisé dans un lieu situé dans les montagnes du nord-ouest de Miran Shah. Une équipe au sol avait d'ores et déjà identifié un convoi au départ d'un entrepôt aux abords de la ville, une voiture à double cabine blanche suivie d'un pick-up bleu.

En quelques minutes, les autres membres de l'équipe d'exécution se présentèrent les uns aux autres, soit oralement dans les écouteurs de Daniel, soit par messages instantanés sur son écran. L'observateur de la sécurité de Creech, un coordinateur de renseignements à Langley, deux agents de la base aérienne d'Elgin en Floride. D'autres gens encore assisteraient à la mission, en spectateurs. Peut-être même des employés de la Maison-Blanche. Daniel ne savait jamais combien ils étaient, ni où ils se trouvaient, mais ces autres gens étaient toujours là, même lors des missions de dernière minute comme celle-ci. Observant son vol, l'écoutant, enregistrant ses résultats.

« Pas d'unité au sol ? demanda Daniel.

– Négatif, répondit le coordinateur. Zone frontalière. »

Quelques heures après la fin de la mission Al-Saeed, après avoir regardé le corps d'Ahmed passer de l'orange au bleu dans la poussière, Daniel avait inauguré une routine postfrappe, routine à laquelle il s'en était tenu depuis. Après le débriefing, avec Maria, ils étaient montés dans la voiture, étaient sortis de la base et étaient allés se garer dans le parking du casino juste à côté. Maria alla aux toilettes, pendant ce temps, Daniel commanda des bières à Kim, la barmaid des As volants. Kim, une femme blonde, maternelle, la quarantaine, fit un signe de la tête à Daniel en guise de reconnaissance mais n'interrompit pas sa conversation avec un autre client.

« J'adore les italiennes, disait-elle, quand elle posa les bières devant Daniel. Avec les tomates et la mozzarella ? »

– Caprese », lâcha un type plus âgé à l'autre bout du bar. Il arborait une casquette de baseball portant l'inscription « Vétéran du Vietnam », et il parlait sans lever la tête de son verre. « Ça s'appelle une Caprese.

– C'est ça, dit Kim. Ouais, les Caprese. J'adore ça. »

Au-dessus d'elle, quatre écrans géants étaient suspendus, chacun dans un angle différent pour être visibles de chaque côté du bar. Le même clip vidéo passait en boucle sur les quatre : des animaux qui glissaient sur du verglas, des cascades à vélo qui se terminaient en dégringolade. Il y avait d'autres écrans dans le bar également, des jeux vidéo, avec des fentes sur le côté pour glisser des billets allant de un à cent dollars. À côté du vétéran du Vietnam, une femme tricotait un pull pour bébé, et en face de Daniel, il y avait quatre jeunes gars vissés à leurs portables, qu'il avait déjà croisés à Creech.

En attendant Maria, Daniel passa en revue le bar. Ses murs décorés de photos en noir et blanc de bombardiers des années 1940, leurs nez peints à l'effigie de leurs logos et compagnies – *Le Chat-Potté*, *Vœux-Pieux*, *L'Intrus*. Sous ces clichés, des montages de photos de soirées qui avaient eu lieu dans le bar étaient posés sur les tables de chaque côté de la pièce.

Quand Maria reparut, ils prirent leurs bières et s'installèrent à l'une de ces tables. Le clip vidéo en fond sonore et la photo d'un enterrement de vie de jeune fille déguisé sur leur droite, Maria leva son verre et porta un toast. « À Ahmed. » C'était pour rire au départ, mais lorsque les rebords de leurs verres se touchèrent, aucun d'entre eux ne souriait. Il voyait quelqu'un se vider ainsi de son sang pour la première fois, et quelque chose dans cette tache orange qui se répandait sur l'image avait altéré le goût de la réussite. Pendant un moment, ils parlèrent de choses et d'autres. Le colonel de la base, le tournoi de baseball du fils de Maria qui se rapprochait, les aménagements qu'ils pourraient faire dans leurs maisons respectives. Finalement, ils terminèrent leurs bières et s'en allèrent par le hall crépusculaire entre les machines à sous et les jeux d'argent, vers le parking où les attendait la voiture de Daniel. S'engageant sur l'autoroute, ils roulèrent vers l'est sans un mot, retournant à leurs familles, à leurs maisons.

Sauf que Daniel n'était pas rentré chez lui, pas directement. Après avoir déposé Maria, il avait fait demi-tour et avait repris l'autoroute dans le sens inverse, vers le désert, empruntant une route transversale à quelques kilomètres de la ville. La route s'était vite transformée en piste, la Camry avait tremblé et tressauté sur les cailloux, puis plus rien. Daniel avait envoyé un message à Cathy pour lui dire qu'il avait été convoqué à un briefing impromptu, puis il avait coupé son téléphone et quitté la voiture. Il resta là pendant une heure, assis sur le capot de la Camry à regarder le soleil se coucher derrière la chaîne du mont Charleston. Devant lui, l'horizon s'assombrissait et il essayait de se remplir les yeux de cette image du désert en train de disparaître. Ces buissons bas, ce sable et ces rochers, brunissant dans le soir. Ce ciel immaculé. Il aurait voulu nettoyer ses yeux de la mission Al-Saeed. L'effacer de sa mémoire. Éliminer l'image d'Ahmed portant ce petit sur ses épaules en triomphe, plongeant du mauvais côté exprès, se tordant de douleur, d'un côté puis de l'autre, encore et encore, en hurlant. Mais c'était impossible à l'époque. Et encore impossible aujourd'hui. Il y avait eu de nombreuses autres missions depuis, et de nombreuses autres frappes. Mais Ahmed, l'homme au vélomoteur, avait survécu à chacune d'entre elles, vestige obstiné suintant sous les paupières de Daniel. La victoire par le savoir.

« Creech ? » La voix de l'agent semblait incertaine, une note au-dessous du ton protocolaire habituel.

« Nous avons localisé deux véhicules se dirigeant vers le sud – sud-ouest. Approximativement huit passagers au total.

– Est-ce qu'on peut avoir la transmission ? » demanda Maria.

Au bout de quelques secondes, une image de Global Hawk apparut, un drone de surveillance, observant les observateurs.

« Je suppose que c'est le rendez-vous ? » Le message instantané du coordinateur clignota sur un autre moniteur.

« Des infos sur leur source ? répondit Daniel en tapant sur son clavier d'une main, l'autre main contrôlant le Predator.

– Négatif, répondit le coordinateur. Langley a pris la piste en cours de route en rase campagne.

– Coup double, dit Maria à voix basse dans son siège. Coup double, chéri. »

Trente autres minutes s'écoulèrent et le convoi de Mehsud arriva à une enceinte en haut d'une des vallées orientales entre ombre et lumière. Dix minutes plus tard, le deuxième convoi, celui qui était suivi par le Global Hawk, entra dans leur champ de vision à son tour. Un minivan suivi d'un autre pick-up. Daniel observait les deux véhicules qui donnaient des gaz et calaient dans la montée à pic qui redescendait vers la vallée à l'est. Au bout d'un moment ils s'arrêtèrent tous les deux et une des portes du minivan s'ouvrit. Un homme en sortit, marcha jusqu'au bas-côté de la piste et partit en courant.

Plus haut dans la vallée, à l'intérieur de l'enceinte aux murs de boue, un individu seul, un homme, d'après les observations de Daniel, apparut dans l'une des trois cours communicantes. Il y avait un arbre dans un coin et, l'espace d'un moment, il disparut dans son ombre. Quand il ressortit dans la lumière, il brandissait son arme devant lui, l'armant, encore et encore. Une nuée de petits points noirs se forma autour de lui, allant et venant au hasard. Des poulets, conclut Daniel. Il nourrissait des poulets. Alors que le convoi de Mehsud se rapprochait, l'homme s'interrompit et leva les yeux. Le convoi s'arrêta devant les murs de l'enceinte, deux hommes sortirent du premier véhicule, la voiture à double cabine. Ils étaient tous les deux armés de fusils.

« Confirmation des armes, commandant, dit l'un des agents dans l'oreille de Daniel. Fusils à deux coups.

– Identifications ? demanda Daniel.

– Négatif », répliqua le coordinateur. Il avait un accent de la côte Ouest, on aurait dit un surfeur. « Si Mehsud est là, continua-t-il, il est encore dans l'un de ces véhicules. »

Daniel déplaça le joystick vers la droite et positionna la cible du Predator. Maria ajusta les capteurs, maintenant le focus sur l'enceinte. Leurs écrans étaient silencieux, toujours, mais il y avait des moments où Daniel parvenait à deviner si le silence était présent aussi au sol. Comme maintenant. Il se trompait peut-être, mais la scène lui semblait étrangement paisible. L'arbre, un figuier d'après lui, les deux gardes, fusils baissés, attendant à l'ombre, appuyés contre le mur d'enceinte. Le pick-up et la voiture à double cabine, attendant eux aussi. Tout le monde attendait. Lui, Maria, les agents, le coordinateur, l'observateur. Quelque part ailleurs, le Global Hawk. Et, espéraient-ils tous, à l'arrière d'un de ces véhicules, Hafiz Mehsud attendait lui aussi.

« OK, tout le monde, droit devant. » C'était le coordinateur, qui leur signalait l'arrivée du deuxième convoi. Le minivan montait le premier, puis le pick-up. La porte du van glissa de nouveau, sur l'écran de Daniel, la zone de noir augmenta, une fente, un carré, un rectangle.

« On a deux, trois, quatre, cinq. Cinq, je répète, cinq passagers confirmés. De sexe masculin. »

Le dernier homme qui sortit portait quelque chose, hissé sur son épaule. Le troisième dehors retourna dans le van et en sortit un objet. Lourd, apparemment, et légèrement plus court que l'autre objet que son collègue portait.

« C'est une arme ? demanda Daniel.

– RPG ? supposa le coordinateur à l'autre bout de la ligne.

– Trop court, dit l'un des agents.

– Du mortier, alors, suggéra le coordinateur.

– Est-ce qu'on a la confirmation ? leur demanda Maria.

– Confirmation armes probables, répliqua le coordinateur.

– OK, on y va », dit Maria tandis qu'un autre homme sortait de ce qu'ils espéraient être le pick-up de Shareq. Lui aussi portait un fusil à l'épaule.

« Troisième confirmation d'arme, enregistra l'un des agents.

– Quatrième probable », répliqua le coordinateur.

Un autre homme suivait. Plus lent, plus vieux, courbé sur une canne.

Maria zooma sur ce dernier protagoniste. Il arborait une veste de combat au-dessus de ses vêtements tribaux et transportait ce qui ressemblait à une mallette, qu'il tenait serrée contre lui.

« C'est lui, dit le coordinateur. C'est notre homme. »

Daniel sentit son pouls s'accélérer. Il y avait à présent neuf hommes au sol, hors des véhicules. Ils s'avançaient les uns vers les autres, en rangs serrés.

« Cible en plein cœur », confirma Maria.

Daniel respira pesamment, tentant de maîtriser son adrénaline. Il se remémora la liste des infractions qui se déroulait sous la photo de Hafiz Mehsud au mur. Pas le détail de la liste, juste la longueur. Et voilà qu'à présent, il était là, ce même homme, au milieu de ces deux groupes qui se rencontraient. Dans quelques minutes, ils pénétreraient à l'intérieur de l'enceinte, ou bien certains peut-être se disperseraient. Il passa en revue les alentours sur son écran pour vérifier qu'il n'y en avait pas d'autres. Et c'est à ce moment-là qu'il vit du mouvement dans le minivan, une tache de lumière dans le carré noir de la porte ouverte.

« La porte du minivan, dit-il.

– Capteur vérifié, répliqua Maria, en resserrant l'image sur le van.

– Quel est le problème, commandant ? » demanda le coordinateur. Pour la première fois, sa voix était paniquée, stressée.

« C'était une femme, là-dedans ? demanda Daniel.

– Une femme ? répondit le coordinateur. Impossible. Pas dans une rencontre de ce genre.

– Agents ? » demanda Daniel. La porte ouverte du van remplissait la moitié de son écran désormais, mais il n'y avait rien à voir, que du noir.

« Aucun moyen de le dire, dit l'une des voix de Floride.

– J'ai vu quelque chose... dit l'autre.

– J'ai vu un homme, coupa le coordinateur. Dix passagers possibles.

– Droit devant », dit Maria. Les deux groupes étaient à présent tout proches. Ils discutaient entre eux, les gardes en arme se tenaient à quelques pas de distance. L'homme de la cour s'était rapproché lui aussi, il se tenait devant l'enceinte, d'où il observait la scène.

« Qu'est-ce que vous avez, Creech ? demanda le coordinateur.

– Deux Hellfire confirmés, répliqua Daniel.

– OK, commandant, vous avez le feu vert des Renseignements.

– Autorisation de faire feu ? » demanda Daniel, rentrant dans son protocole d'exécution.

La voix de l'observateur jaillit dans son oreille avant qu'il termine sa question. « Vous pouvez y aller, commandant. Autorisation de faire feu. »

161

Aucun message de Floride, Daniel tira donc le joystick à gauche toute, amenant le Predator en position resserrée autour de sa trajectoire d'attaque. Bientôt, quelque part dans ces collines, on pourrait entendre le bourdonnement étouffé de ses hélices.

« Missiles armés.

– Capteur vérifié.

– Cible couverte.

– Capteur vérifié.

– Cible verrouillée.

– Capteur vérifié.

– Dans trois, deux, un. Missiles déployés. »

Sur le moniteur de Daniel, sur le schéma représentant le Predator, les deux Hellfire quittèrent leurs rampes de lancement. Tandis qu'il observait le cadre de leur destination – l'ombre de l'arbre, les pick-up immobilisés – le grésillement bas de ses écouteurs lui emplit les oreilles et, derrière, le souffle suspendu de six personnes sur la même ligne. Le compteur à sa gauche descendit. L'homme qui nourrissait les poulets s'était rapproché. De nouveau, une tache plus claire apparut derrière la porte du van. « Quatre, trois, deux. » Un foulard. « Un. »

Les écrans visuels renvoyèrent un éclair blanc, aveuglant.

« Impact », dit Maria à côté de lui.

Daniel scruta les écrans dont la définition revenait peu à peu à la normale. Maria zooma. Les véhicules étaient en feu. Les quelques corps gisant brûlaient eux aussi. Le bourdonnement des serveurs, la climatisation de la station de contrôle, une voix de surfeur, tout près, dans son oreille. « Beau boulot, commandant. Bien joué. »

# 9

Au moment où Michael atteignait le virage de l'escalier, une latte du parquet plia sous son poids, le craquement interrompit sa progression. Stoppé dans son élan, le cœur noué dans la poitrine tel un poing serré, il se baissa en avant et porta le regard au-delà.

Rien. Rien que les marches suivantes, puis une moquette du même rouge profond que le tapis qui descendait derrière lui. Ni fantôme. Ni intrus. Ni Caroline. Rien qu'une partie de la maison des Nelson qu'il n'avait jamais vue auparavant.

Il songea à faire demi-tour et redescendre. Mais à présent qu'il était là, qu'il avait monté cet escalier, autant inspecter au moins les pièces de cet étage, non ? Au cas où quelqu'un, qui que ce soit, serait bel et bien entré par la porte du jardin, au cas où s'y loge l'origine, quelle qu'elle soit, de cette soudaine présence de Caroline. Et c'est ainsi que Michael finit par se convaincre de grimper ces dernières marches jusqu'au palier. En réalité, il savait très bien que le seul intrus qu'il cherchait désormais, c'était elle. L'écho de la sensation qu'il avait éprouvée résonnait encore en lui, comme si elle venait de s'évanouir dans l'atmosphère, juste là sur le palier, devant lui, l'entraînant dans un jeu de cache-cache impossible.

C'était, du moins, ce que Michael ressentait profondément. Engagé dans une lutte pour maintenir les événements dans le domaine du rationnel, son esprit était déjà à l'œuvre, assimilant ses sensations aux symptômes du deuil dont il était toujours la proie après tous ces mois. Caroline était morte. Tout ce qui restait d'elle était ses souvenirs, c'étaient donc ses souvenirs, l'avertissait son esprit, qui suscitaient ses émotions. Sa mémoire, réveillée par quelque association visuelle ou sonore, qui lui avait échappé. Michael avait envie de croire à la conviction de cette voix rationnelle en lui. Mais il en était incapable. Cette voix essorée de tout mystère était dépourvue de cette substance si envoûtante qu'est l'espoir.

En posant le pied sur le palier, Michael découvrit autour de lui trois portes en bois, une à chaque extrémité d'un bref couloir au milieu duquel il se trouvait et une troisième en face de lui, légèrement sur sa droite. Cette dernière était fermée, comme celle à sa gauche. Celle à sa droite, en revanche, était ouverte. En s'avançant vers cette porte, Michael aperçut le pied d'un lit dans la chambre qu'elle desservait, le coin d'un tapis, et, en s'approchant encore davantage, un fauteuil noyé sous une tonne de vêtements – un pantalon, des collants, un mélange de chemises et de blouses chiffonnées, comme si leurs propriétaires s'étaient évaporés en pleine étreinte. Une fois à l'intérieur, debout devant le lit, il chercha sous la couette en désordre les contours d'un corps qui y aurait reposé. Mais il n'y avait personne. Il n'y avait jamais eu personne. Des restes, voilà tout ce qu'il subsistait d'elle. Voilà tout ce qu'ils avaient pu enterrer d'elle. Pas Caroline, telle que Michael l'avait connue et aimée, rien que ses restes.

Michael n'avait jamais été un homme violent. Ce tison qu'il avait souvent vu s'embraser chez les autres ne l'avait jamais enflammé. Au fil des années qu'il avait passées avec Nico et Raoul à Inwood, il avait appris à reconnaître les contours de la violence, mais en tant qu'observateur uniquement. La manière dont elle s'insinuait dans une pièce ou s'emparait des traits d'un homme, raidissant les tendons de son cou, gonflant ses joues de sang. Il avait vu aussi avec quelle brutalité elle se déchaînait – le jaillissement staccato d'un poing, l'éclair d'écaille argentée d'une lame. Et plus d'une fois, il avait ressenti le poids de cette menace, la lourdeur d'un revolver posé sur une table, le cliquetis de la balle contre le bronze du chargeur. Mais jamais, même quand il avait été menacé directement, il n'avait éprouvé ce besoin compulsif de faire du mal. Jusqu'à ce qu'ils tuent Caroline.

Le désir s'était soulevé en lui quelques heures après avoir découvert Peter l'attendant devant le porche de Coed y Bryn. C'était le soir, les bois s'étalaient sur la vallée en une bande noire. Le ciel au-dessus s'éclairait de ses premières étoiles. Peter était encore dans la maison, il leur préparait à manger. Il avait dit qu'il valait mieux que Michael ne reste pas seul. Mais pendant quelques minutes, quand Michael était monté se changer, il s'était retrouvé seul.

En rentrant dans leur chambre, il avait vu la chaise du côté du lit de Caroline, où s'entassaient, exactement comme sur ce siège dans la chambre de Samantha et Josh, des monceaux de vêtements dépliés. Tombant à genoux,

Michael avait lentement glissé ses mains sous la pile, comme s'il cherchait des œufs sous une poule endormie. Il les avait pris dans ses bras et il avait plongé le visage dans les robes de Caroline, ses tee-shirts, et ce pull qu'elle portait le soir où ils s'étaient rencontrés, avec le col qui dévoilait son épaule nue.

Il voulait les tuer. Ces hommes sans visage qui avaient assassiné sa femme depuis le ciel. Les organisateurs, les officiers, les espions qui s'étaient pris pour des dieux et avaient joué avec son destin. Il voulait les trouver, les confondre, dévoiler leurs terriers cachés au grand jour. Il voulait qu'ils paient.

Durant les semaines qui suivirent, ces pensées se répandirent en Michael tel un virus, une colère qui masquait sa peine. Tandis que le monde apprenait la nouvelle, que les commentaires s'accumulaient, que le nom de Caroline résonnait, encore et encore, à la radio, à la télévision, Michael traquait la moindre information sur le programme de drones américains. Tard dans la nuit, jusqu'au petit jour, ignorant les conseils qu'on lui donnait de dormir, de se reposer, Michael écumait les blogs, les forums de discussion pour récolter le maximum d'informations. Sur les bases d'où le Predator aurait pu être piloté. Sur les innocents mentionnés comme tués ou omis par les rapports de mission. Sur les missiles qui avaient réduit sa femme en charpie.

Plus Michael en apprenait, plus il découvrait d'injustices. Caroline et son équipe étaient au Pakistan, un pays avec lequel l'Amérique n'était pas en guerre. C'était la raison pour laquelle, d'une part leur véhicule n'avait pas été signalé, et d'autre part Sightline ou leur indicateur n'avait pas contacté les autorités militaires américaines. Le protocole de zone de guerre n'avait donc pas été respecté. La frappe avait beau être une opération secrète, sous la pression, le Pentagone avait publié une déclaration reconnaissant l'incident. C'était, disait la déclaration, un accident tragique. Qui donnerait lieu à une enquête interne. En plus de Caroline, son rédacteur en chef britannique, un cameraman suédois et leur interprète et chauffeur pakistanais avaient été tués. Parmi les victimes, il y avait aussi un garçon de quatorze ans. Les gouvernements britannique, suédois et pakistanais avaient exigé des explications. On leur avait répondu que les procédures seraient examinées ainsi que les chaînes de commandement. Ils obtiendraient des explications. Mais la déclaration du Pentagone mentionnait également le fait que les journalistes s'étaient « infiltrés en civil » dans « une zone à hauts risques ». Sous-entendu, en toute conscience des dangers qu'ils encouraient. Pour finir, cette même déclaration rappelait au passage au monde entier que leur cible, un terroriste de premier plan, avait été atteinte avec succès. Dès lors, comprit Michael, le poids de leur faute s'en trouvait dissous, allégé.

La nuit, quand il n'arrivait pas à dormir, il pensait aux interviews qu'il accorderait lorsqu'il serait capable d'affronter une caméra ou un micro. À la façon dont il diffuserait sa rage. Il s'assurerait que les événements demeurent à jamais dans l'espace public. Il exigerait que les responsables soient renvoyés devant la justice, qu'une lumière éclatante soit faite sur l'affaire et non cette noirceur aveuglante ; la mort de Caroline, ainsi placée dans la lumière, empêcherait de futures morts de se produire.

Il trouverait un moyen, n'importe lequel, de déporter la douleur sur ceux qui l'avaient tuée.

Et puis, aussi subitement qu'elle l'avait emporté, la vague de vengeance se retira en Michael. En une nuit. Un matin, en ouvrant les yeux sur les premières lueurs du jour, il sut que ce n'était pas ce qu'il voulait. Qu'au lieu d'y diffuser quoi que ce soit, il voulait se retirer du monde, hiberner en son deuil. C'est à ce moment-là, comprit-il plus tard, que la mort de Caroline devint vraiment réelle pour lui. Qu'il assimila réellement ce que Peter lui avait dit les mains posées sur ses épaules alors qu'il était devant lui, à genoux sur les graviers. La réalité lui apparut de cette manière terrible et solitaire.

Dans les mois qui suivirent, Michael refusa toute demande d'interview. Il ne fit aucune déclaration, ne donna suite à aucune des poursuites engagées. Les restes de Caroline furent rapatriés dans un avion de la Royal Air Force. Une semaine plus tard, avec sa famille, il les enterra dans une chapelle qu'ils avaient découverte ensemble par la fenêtre de la cuisine à Coed y Bryn. Michael savait que le cercueil était presque vide. Il le regarda descendre dans un trou, jeta une poignée de terre sur le bois et puis s'en détourna. La clameur du monde s'emparerait de sa mort. D'autres que lui en identifieraient les circonstances, les raisons. Car, pour Michael, la seule vérité qu'il y avait à trouver était déjà apparue ce soir-là, à genoux sur le sol de leur chambre, le visage enfoncé dans les vêtements de Caroline, dans son odeur qui disparaissait heure après heure, dans les draps de leur lit encore froissés par son corps dont il ne restait que des morceaux, dont il ne restait rien.

Dans la chambre de Samantha et Josh, au-dessus du fauteuil, il y avait une grande fenêtre où s'encadrait le feuillage du sycomore qui poussait devant leur maison. Leur grand lit, placé en face, était surmonté d'un paysage abstrait : quelques collines, suggérées, le ciel, une rivière peut-être. De chaque côté, les tables de chevet délimitaient le territoire de la chambre. À droite, une pile de romans, magazines féminins, un bol en céramique rempli de boucles d'oreilles. À gauche, un livre sur la guerre de Sécession, un étui à lunettes, et l'embout d'un chargeur de téléphone. Et à même le parquet, des numéros du *Financial Times* et de l'*Herald Tribune*. Le lit était défait, la couette roulée en boule au milieu. Contre le mur, deux oreillers l'un sur l'autre imitaient la courbe d'un dos.

Le regard de Michael se posa sur la pile de vêtements du fauteuil. Durant ces sept derniers mois, il lui avait si souvent semblé percevoir, chez les Nelson, les échos d'une vie passée. En aidant Lucy à construire une voiture en Lego, en regardant Samantha et Josh remplir le lave-vaisselle, ou bien cette fois où il les avait vus prenant chacun une fille dans les bras pour les monter au lit.

Mais ces moments étaient des visions, non des échos, des aperçus de la vie future qui lui avait été arrachée en même temps que Caroline. Des enfants, une famille. Et ce lit, devant lui, était encore une de ces visions. Le lit qu'il partageait avec Caroline était toujours nouveau, rempli de promesses. Et ce que voulait Michael, c'était du temps passé, des années partagées. Une vie entière, pas juste un mariage.

169

Il se détourna du lit. La piste de Caroline, son empreinte mystérieuse, l'avait mené au sommet de cet escalier, mais elle s'arrêtait au seuil de cette chambre. Et de toute façon il ne la voyait plus. Il avait l'impression de s'être aventuré dans les entrailles d'un bateau de croisière et d'avoir atterri dans la salle des machines, au milieu des rouages que les passagers ne sont pas censés voir, des moteurs usés à force de maintenir le navire à flot par tous les temps. Il jeta un œil à la rue calme au-dehors, à la lumière de l'après-midi qui dansait dans les feuilles du sycomore. Cette vision le ramena au jour présent, ordinaire et quotidien, à la ville ralentie par la chaleur. Que se passerait-il si Josh rentrait maintenant et le trouvait dans sa chambre ? Quelle explication lui donnerait-il ? À quoi pensait-il donc en montant cet escalier ? Depuis qu'il avait mis le pied dans la maison, il n'avait pas entendu le moindre bruit. S'il y avait un intrus, aurait-il vraiment pu rester silencieux aussi longtemps ? La porte du jardin ouverte, c'était un oubli, rien de plus. Il fallait qu'il parte maintenant. Qu'il laisse un mot à Josh et Samantha, ferme la porte du jardin, et s'en aille. Enfin.

# 10

Michael avait beau avoir renoncé à tout savoir sur la mort de Caroline dans les mois qui s'ensuivirent, une question, cependant, continuait de le hanter. Qui ? C'était tout ce qu'il voulait encore savoir. Non pas *pourquoi*, mais *qui* ? Qui avait appuyé sur le bouton ? Qui y avait-il derrière les mots pilote, opérateur, superviseur ?

Qui était l'homme ou la femme qui avait tué Caroline ? De quoi avaient-ils l'air ?

À quoi rêvaient-ils ?

Qui aimaient-ils ?

Quels étaient leurs noms ?

Un matin de mars, quatre mois après son emménagement sur South Hill Drive, Michael eut la réponse à ses questions, en ouvrant la lettre du commandant Daniel McCullen.

La lettre avait été envoyée chez son éditeur à New York. Un stagiaire ou peut-être un des employés du service courrier avait glissé l'enveloppe dans une enveloppe plus grande, et l'avait fait suivre en Angleterre, recopiant son adresse d'une écriture ronde et fluide : *Flat 6, 34 South Hill Drive,*

*London NW36JP*. La lettre aussi était écrite à la main. Des caractères assurés, sans heurt, même arrivé à la cinquième ligne, où Michael pensait pourtant qu'elle aurait dû trahir quelque émotion – trembler sur une boucle, s'enfoncer dans la page – alors que le cerveau qui guidait le stylo traçait les mots : « J'ai le regret de vous dire que c'était moi le pilote ce jour-là. »

La première fois que Michael lut ces mots, il était assis sur la première marche de l'escalier de son immeuble. La lettre était arrivée, avec le reste du courrier, au moment où il laçait ses baskets. La fente dans la porte s'était ouverte et le paquet était tombé sur le paillasson. Des appels aux dons, des relevés de banque, le magazine de voyage d'un locataire qui avait déménagé depuis longtemps, et, frappée du cachet de New York, une lettre adressée à M. Michael Turner.

Cela faisait deux mois que Michael et Josh avaient pris l'habitude de se retrouver pour marcher et courir dans le parc deux fois par semaine. Les jours changeaient en fonction des variations dans l'emploi du temps de Josh, elles-mêmes dictées par les variations des marchés boursiers étrangers. Mais quel que soit le jour, ils parvenaient toujours à maintenir leur rythme. Pour Josh, cela faisait partie des résolutions du Nouvel An : perdre du poids et compenser les heures qu'il passait assis sous des néons, à son bureau ou dans le métro. Pour Michael, il s'agissait de se remettre en forme pour l'escrime, d'ouvrir une brèche dans le cours de ses journées à l'appartement, entre son réveil et le moment où il se mettait à travailler, mais aussi de soigner cette sciatique héritée d'une blessure d'écolier et resurgie récemment, des années plus tard, sous la forme de crampes dans la jambe droite au saut du lit. Il ignorait ce qui l'avait réveillée – l'escrime ou bien le retour à une posture studieuse, les heures passées à son bureau à rédiger *L'homme qui brisa le miroir*. Ou bien, se demandait-il parfois, était-ce là encore une autre étape du deuil ? Le plomb qui pesait sur sa poitrine depuis la mort de Caroline avait-il migré dans son corps, décoché tel un boulet de canon jusque dans son mollet ? Quoi qu'il en soit, la décharge électrique qui lui paralysait le bas du dos et les muscles de la fesse droite tous les matins au réveil le faisait boiter du lit à la douche. Après trente minutes de marche intense, enfin sa jambe se détendait et il parvenait de nouveau à plier son pied droit.

Lorsque, assis sur ces marches, Michael lut cette cinquième ligne, il sentit le sang quitter son corps. L'escalier se mit à battre autour de lui, sa vision se brouilla. Il reprit la lettre du début. *Cher Monsieur Turner*, commençait-elle, *j'imagine que ce n'est pas là une lettre que vous souhaitez recevoir, mais j'espère qu'en la lisant, vous comprendrez peut-être pourquoi j'ai éprouvé le besoin et l'obligation morale de vous écrire.*

Michael parcourut la page pour aller jusqu'à la fin. Une signature indéchiffrable, détaillée en caractères d'imprimerie en dessous, *Daniel McCullen*. Ainsi c'était son nom. Le nom de l'homme qui avait tué sa femme, écrit à l'encre par la main même qui tenait les commandes du Predator, qui avait armé, depuis ses manettes digitales et à travers un réseau complexe de fibre optique, satellites, charnières et autres vérins, les deux missiles Hellfire, dont les propulseurs s'étaient enflammés dans un ciel de montagne dégagé au-dessus de sa tête.

Pendant un moment, Michael ne fit rien d'autre que fixer ce nom. *Daniel McCullen*. Puis, quand il revint à lui finalement, il retourna la page et relut la lettre une nouvelle fois. *Cher Monsieur Turner*. Quand il atteint la signature pour la deuxième fois, il plia la lettre, la remit dans son enveloppe, puis la plia et la glissa dans la poche de son short. Alors il se leva, étourdi, et transporta son corps, et cette information qui brûlait sous son crâne, dans ce matin d'hiver citadin.

Lors de sa promenade et de son jogging avec Josh ce jour-là – contournant le bassin des hommes, remontant par l'est du parc, longeant les terrains de Kenwood House et traversant les bois de Parliament Hill pour rentrer – Michael sentait les rebords de la lettre frotter contre sa cuisse, ses mots se distillant peu à peu, comme les effets d'une drogue, dans son corps et son cerveau. Le ciel était couvert, le sol sableux du parc leur collait aux semelles. Des promeneurs solitaires suivaient leurs chiens dans les bois nus. Une femme seule nageait dans le bassin mixte, son bonnet bleu progressait lentement, étincelant à la surface, entre un cygne et une mouette qui flottait dans son sillage, au repos.

Quand ils avaient commencé leur promenade, Josh s'était mis à parler le premier. De Samantha qui voulait reprendre le travail ou bien des études. « Apparemment, l'un ou l'autre, pour elle c'est pareil, avait-il déclaré tandis qu'ils descendaient vers les chemins encaissés. Et c'est exactement ce que je lui reproche. Je veux dire, ça ne me dérange pas qu'elle travaille, bien entendu. C'est sûr que ça rendrait les choses plus difficiles pour les filles, et Dieu sait que ce n'est pas nécessaire, mais enfin… » Il s'interrompit pour reprendre son souffle, pas ses esprits. « Si elle veut absolument compliquer les choses, qu'au moins elle ait un projet précis en tête. Tu vois ce que je veux dire ? »

Michael devinait sans peine qu'ils s'étaient disputés. Sans quoi Josh ne parlerait pas autant de Samantha. D'habitude sa conversation tournait autour de la politique, des dernières nouvelles. Du football parfois, bien qu'il sût que Michael n'avait même pas d'équipe favorite. Mais de temps en temps, il profitait de ces joggings dans le parc pour parler de Sam et des filles. Ce n'était jamais rien de très intime, quoique sans doute davantage que ce qu'il partageait avec ses collègues et ses autres amis.

Quand la crampe au mollet de Michael se calma, ils entamèrent leur jogging le long de la façade de Kenwood House. Presque instantanément, la conversation de Josh laissa place à son souffle lourd désormais familier, son visage rougi par l'effort, le rebord enfantin de sa frange lui retombant sur les sourcils. Ils couraient ainsi, dans un silence uniquement rompu par leurs respirations qui formaient des nuages devant eux, jusqu'à la fin de leur parcours. Quand ils arrivaient au sommet de Parliament Hill, suivant une sorte de rituel tacite, les deux hommes s'asseyaient sur un banc et contemplaient Londres, hérissée de grues, grise, déployée à l'horizon telle une armée de siège.

Michael se pencha en avant, les coudes posés sur ses genoux. Josh récupérait assis à côté de lui, les jambes tendues devant lui et les bras étirés en arrière sur le dossier, comme s'il essayait de faire entrer le plus d'air possible dans ses poumons. Leurs mollets et leurs tibias étaient mouchetés de boue, leurs épaules fumaient. Michael sentait la sueur perler à ses tempes. Il ôta ses gants et tira la lettre de sa poche, la sortit de son enveloppe et la tendit à Josh.

« Qu'est-ce que tu fais avec ça ? Qu'est-ce que c'est ? »
dit Josh en la prenant. Michael se contenta de hocher la
tête en direction de la lettre, l'air de dire : Lis et vois par
toi-même.

Pendant que Josh lisait, Michael contemplait au loin
la ville, l'œil posé sur la ligne d'horizon des immeubles,
tandis que Josh laissait échapper un : « Putain ! » Un avion
traversait le ciel, s'apprêtant à atterrir à Heathrow et laissant derrière lui une traînée de fumée sale sur les nuages
menaçants. Quelque part dans le monde, songea soudain
Michael en regardant l'avion survoler les tours et les terrasses, en ce moment même, Daniel McCullen est allongé
dans son lit. À côté de sa femme peut-être. Il mentionnait dans la lettre qu'il était marié. Apparemment c'était
un élément important de son raisonnement. *En tant que
mari*, écrivait-il, *j'imagine sans peine que je voudrais savoir
comment ma femme a trouvé la mort.* Il désapprouvait,
ajoutait-il, la confidentialité de l'enquête interne menée
par le Pentagone. Et les barrières qu'on lui imposait en la
matière. Et puis il demandait pardon, plusieurs fois. Mais
pas tant, pressentait Michael, en son nom que du point
de vue de la situation. Des évolutions du monde qui les
avaient tous menés là. Il écrivait en victime. Comme si la
mort de Caroline était quelque chose qui lui était arrivé
et non quelque chose qu'il avait provoqué.

« Bon sang, Mike ! lâcha Josh en lui rendant la lettre.
Tu as montré ça à quelqu'un d'autre ?

— Non, répondit Michael en glissant la lettre dans l'enveloppe. C'était dans le courrier de ce matin. Je viens de la
recevoir. » Il baissa les yeux sur le cachet postal. « Elle
vient de San Francisco. »

Josh le dévisagea, avec un regard d'admiration. « C'est dément, dit-il en secouant la tête. Dément. » Il posa la main sur l'épaule de Michael. « Je suis vraiment désolé. Recevoir une lettre pareille, quelle merde ! » Reprenant sa main, il se tourna vers l'horizon. « Putain, quel culot !

– Peut-être, dit Michael.

– Peut-être ? » Josh se tourna vivement vers lui, les mains en l'air. « Comment ça "peut-être" ? Le mec... » Il s'interrompit, incapable de terminer sa phrase. « Tu devrais prévenir les enquêteurs, dit-il avec plus d'autorité.

– Pourquoi ?

– Pourquoi ? Parce qu'il n'a pas le droit de faire ça. » Il semblait réellement bouleversé. « C'est de la manipulation, putain ! Il n'a pas le droit. Il met en danger toute la chaîne. Voilà pourquoi. »

Michael acquiesça. « Ouais. Faudrait que je le fasse. »

Josh reporta son regard sur la ville : Saint-Paul, l'œil de Londres, la pyramide du Canary Wharf fumant à l'est. « Comment peut-il faire une chose pareille ? continua-t-il en soupirant lourdement. C'est tellement ridicule. Enfin, je sais que ce que Caroline faisait était important. Mais la guerre ? L'Afghanistan ? L'Irak ? Putain ! Ils ne font que détourner notre attention. Pendant ce temps-là, la Chine se frotte les mains et profite du spectacle. Ils font ce qu'ils veulent. Je te le dis, moi, c'est la Chine le problème, c'est eux qu'on devrait surveiller. Pas ce coin du monde où chaque pays a le PIB de Birmingham. »

Dans n'importe quel autre contexte, jamais Josh et Michael n'auraient été amis. Leurs conversations ne suivaient pas la même logique, pas le même tempo, ils étaient

à contretemps. Josh tenait souvent ce genre de raisonnement, énonçant des vérités absolues, comme s'il avait
une perception supérieure des enjeux du monde. Il laissait rarement le champ libre à une autre voix, un autre
point de vue. Michael, de nature et de formation, préférait
écouter, sonder, contourner, décrivant ainsi une spirale
qui le conduisait au cœur de la discussion.

Mais les circonstances de leur première rencontre et la
manière dont Michael avait délimité son territoire à un
périmètre restreint autour de son appartement – dans un
rayon d'à peine un kilomètre, comprenant le parc, quelques
rues jusqu'à South End Green et Belsize Park – les avaient
de fait, et presque par accident, rapprochés l'un de l'autre.
Dès les premiers temps, Josh avait adopté une attitude de
grand frère avec Michael. Une semaine après leur fête de
novembre, Josh et Samantha l'avaient invité à dîner avec
Maddy et Tony. Et cela s'était reproduit très vite ensuite,
puisqu'ils avaient tous été invités dans la nouvelle maison
de Maddy et Tony à quelques rues de chez eux.

Durant ces deux dîners, Michael avait eu l'impression
d'être le frère cadet des deux autres hommes, ce n'était
pas tant une question d'âge, bien qu'effectivement il fût
plus jeune qu'eux, que de volume déplacé par sa présence
dans le monde. Son deuil l'avait rendu léger, Josh l'avait
bien perçu. Chaque fois qu'il posait sa main sur lui, et
cela lui arrivait souvent – sur son épaule, son dos, son
bras – on aurait dit qu'il essayait d'insuffler un sentiment
de solidité en lui, de déplacer son centre de gravité à un
degré plus physique.

Tony était plus subtil. Comme éditeur et comme lecteur,
il tenait Michael en haute estime. Et cependant Michael

n'était pas établi, il était seul au monde, cela n'avait pas échappé à Tony, qui, lui aussi, éprouvait le besoin de renforcer cette fragilité. Sans toutefois y mettre l'aisance fraternelle de Josh, non, plutôt en choisissant ses sujets de conversation avec attention en sa présence, en sollicitant son opinion à tout bout de champ, comme un professeur le ferait avec un élève prometteur mais trop timide.

L'intérêt que Tony portait à Michael ne dépassa jamais le cadre de ces soirées. Autant que Michael sache, Tony l'appréciait, était heureux de l'avoir rencontré, mais ne mettait pas beaucoup plus d'empressement à espérer qu'il aille mieux que n'importe quel inconnu lui souhaitant un bon rétablissement. Pour Josh, en revanche, en tant que voisin, Michael était devenu un projet à long terme. Rien que dans le mois écoulé, à deux reprises, Josh avait convié une de ses collègues à dîner chez eux le même soir que Michael. Samantha avait beau insister avec sévérité pour restreindre ses élans, ses intentions étaient plus qu'évidentes. Après le second dîner, Michael avait mis les pieds dans le plat à la fin de la soirée. Ils étaient en train de débarrasser la table de la cuisine, Michael passait les bols et les couverts à Josh qui les rangeait dans le lave-vaisselle.

« Est-ce que tu essaies de me caser ? » lui demanda-t-il en posant une pile d'assiettes sur le comptoir. Emily, une autre brokeuse de Lehman Brothers, avait appelé un taxi, elle venait de partir. Samantha était à l'étage, plongée dans un panier à linge sale. Josh renvoya à Michael une expression de surprise surjouée, immédiatement suivie d'un sourire juvénile. « Il faut bien manger, Mike, dit-il en haussant les épaules. C'est tout ce que je dis. Il faut bien *manger*.

– *Manger ?* interrogea Michael.

– Allez, ça va, répliqua Josh. Emily est super, non ? Elle est drôle, intelligente. Elle a de supernichons », dit-il avec un air expert. Comme d'habitude, à cette heure de la soirée, Josh était ivre.

« Elle est très séduisante, dit Michael. Et elle a l'air adorable. Mais…

– Je sais », le coupa Josh. Son sourire disparut. « Je sais », répéta-t-il en se penchant avec une poignée de couteaux et de fourchettes au-dessus du panier à couverts. Il se redressa et s'appuya au comptoir. « Mais il faudra bien que tu recommences à vivre au bout d'un moment, déclara-t-il comme s'il énonçait l'inévitable. Il faudra bien remonter en selle.

– Mais je *vis*, figure-toi ! » répondit Michael. Il étendit les bras, embrassant d'un geste la pièce, la table du dîner, eux deux. Et c'était vrai. Il n'était pas encore prêt pour une Emily. Caroline était morte moins d'un an auparavant. Néanmoins, après ces deux mois à Londres, il commençait doucement à avoir l'impression de revivre. La mort de Caroline l'avait anesthésié, il était tel un bras engourdi sous son propre poids pendant la nuit. À présent, le sang refluait dans ses terminaisons nerveuses. Comme s'il se réveillait. Récemment, il s'était redécouvert une sorte d'enthousiasme à l'égard de *L'homme qui brisa le miroir*, de son entreprise pour mettre en forme les années passées avec Oliver, insérer ses théories dans la trame de son histoire. Et par ailleurs, les cours d'escrime, en réveillant sa sciatique, avaient aussi réveillé son corps. Sous la douche le matin, il pouvait désormais sentir le goût d'un futur possible, qui ne serait pas seulement un écho de son passé.

Josh en avait pris bonne note et n'avait plus essayé de présenter quelqu'un à Michael depuis ce jour. Mais cette conversation de fin de soirée avait marqué la naissance d'une nuance supplémentaire dans leur amitié. Une forme de complicité vis-à-vis des relations avec les femmes, qui depuis, par deux fois, s'était encore renforcée. La première avait été planifiée, par Josh. La seconde, non.

Le patron de Josh l'avait chargé de divertir une délégation mexicaine d'actionnaires et d'investisseurs d'un fonds d'investissement venus de Guadalajara passer la semaine à Londres. Des hommes cultivés, avait-il dit à Michael, qui seraient enchantés d'avoir la chance de dîner avec un auteur de renom. Voudrait-il lui faire la faveur de se joindre à eux pour la soirée ? Aux frais de la banque.

Quelques jours plus tard, tandis qu'ils dînaient dans un restaurant de Mayfair, Michael constata que Josh ne s'était pas trompé sur ses clients. Nombre d'entre eux, en plus d'être des hommes d'affaires et des investisseurs, étaient aussi des professeurs d'université, les chefs de file d'écoles de pensée mexicaines, à l'aise non seulement en anglais et en espagnol, mais aussi en français, en allemand, et pour l'un d'entre eux, un ingénieur, en chinois.

C'était la première fois que Michael sortait en ville depuis son retour à Londres. Durant le bref trajet qui les menait du restaurant à un club privé, traversant Curzon Street puis remontant Queen Street, il songea combien la capitale lui semblait grandiose, son architecture classique sous les lampadaires, étalant en arrière-plan ses siècles robustes telles des fortifications sur les rues étroites au nord de Green Park. Les Mexicains se promenaient dans ce décor comme chez eux, plus encore à l'intérieur du club. Le pouvoir leur était familier, ils en parlaient tous le langage. Michael buvait avec eux, il les regardait flirter avec les

serveuses, sortir leurs cartes de visite de leur poche intérieure, et ils lui faisaient davantage penser à des gangsters
qu'à des professeurs d'université. Comme si la Faculté lui
apparaissait dans le décor de jeu vidéo *Grand Theft Auto*,
et qu'ils en émergeaient avec le parfum du danger collé aux
habits, des airs de menace plaqués sur leur apparence lisse.

Après le club, Michael avait envie de rentrer chez lui.
Il avait bu plus ce soir-là que depuis des années. Mais
Josh, qui, à mesure que la nuit avançait vers le petit jour,
avait semblé de plus en plus débridé, insista. Le directeur
de la délégation, spécialiste en capital-risque et professeur
de sociologie, un certain Ramon, avait adoré parler avec
Michael de *Fraternités*.

« Tu es une star ! lui avait dit Josh en lui enserrant de
son bras le cou et l'épaule. Il veut que tu ailles là-bas pour
donner une conférence, et tout le tremblement. Allez, t'es
mon invité ce soir. Encore deux petites heures, après, je
te promets, on saute dans un taxi. »

L'étape suivante, à laquelle ils furent conduits par une
des voitures avec chauffeur des Mexicains, était un club de
*lap dance*. On y entrait par une grande porte opaque, qui
s'ouvrait sous un auvent sur une place au sud de Piccadilly.
Cette même place, reconnut Michael tandis qu'ils passaient en file indienne entre les videurs, qui menait à la
Bibliothèque de Londres. Cette découverte, dans un lieu
si familier, augmenta son impression d'être un étranger
dans une ville qu'il pensait pourtant connaître. Ils traver-
sèrent un couloir étroit et débouchèrent dans un salon
à la lumière tamisée où le propriétaire des lieux gratifia
Josh d'une accolade. Les bras de cet homme semblèrent
grandir Josh. Il lui tendit sa carte de crédit professionnelle

et l'homme les fit entrer, les installant sur des banquettes dans un coin tout au fond du club.

Michael n'avait qu'un souvenir brumeux du reste de la nuit, seuls quelques détails survécurent jusqu'au lendemain. Sous des dehors somptueux, le club ressemblait en fait à une seconde classe de ferry traversant la Manche. Avec des taches d'humidité grisâtres autour des bouches d'aération sur les plafonds bas. Des chaises aux accoudoirs décolorés et effilochés. Depuis leur carré, les hommes avaient une vue plongeante sur la scène principale où se succédaient les femmes, chaque nouveau numéro de strip-tease et de danse autour d'une barre chromée était annoncé par les mesures d'une nouvelle chanson. Michael était incapable de décoller les yeux d'elles. La dernière fois qu'il avait été au lit avec Caroline, la dernière fois qu'il avait été si près d'un corps nu, remontait à presque un an. Les femmes qui étaient sur cette scène n'étaient certes pas exactement nues au sens où Caroline l'était cette nuit-là. Leurs corps noueux, musculeux, bronzés au spray, luisaient sous les projecteurs. Alors que la peau de Caroline, hâlée toute l'année, était naturellement mate. De même que ses seins étaient naturels eux aussi, petits mais rebondis comme ceux d'une jeune fille. Là où les seins des femmes sur cette scène étaient raffermis par les implants, bizarrement immobiles sur leurs torses tendus qui descendaient lentement le long de la barre. Chaque fois qu'elles se penchaient, qu'elles écartaient les jambes, le rose de leurs sexes nus apportait soudain une nuance de vérité à leur danse, comme si la biologie venait un instant perturber le fantasme.

Comparés à Michael, les autres hommes dans le carré semblaient ne pas vraiment s'intéresser aux femmes sur la scène, l'étalage leur était trop familier pour exercer encore son plein pouvoir sur eux. De plus, ce qui se jouait à l'intérieur du groupe semblait encore beaucoup plus important que ce qui se jouait autour. Mais ensuite les femmes se mêlèrent au groupe et alors tout changea. Certaines venaient directement en descendant de scène, de là elles avaient pu repérer dans la salle l'imposante présence de leur richesse. Les Mexicains commandaient des bouteilles de champagne pendant que les femmes se présentaient sous des faux noms et des accents exotiques – croate, roumain, nigérian. Le centre de gravité du groupe se déplaça très vite, démultiplié. Chaque homme, capté par l'attention que chaque femme lui portait, redevenait individuel. En quelques minutes à peine, le groupe s'éparpilla, les Mexicains étaient emportés un par un, par une femme, ou deux, ils traversaient un rideau en velours et s'égaillaient dans les chambres privées derrière.

À leur retour, Josh et ses collègues choisirent une femme chacun. Alors qu'il saisissait la main tendue de Bianca, une grande brune serbe dénudée plus qu'habillée d'une robe de cocktail, Josh interpella Michael de l'autre côté de la table.

« Hé, Mike ! Tu veux danser ? »

Michael déclina d'un geste de la main en hochant la tête. Crystal, une petite blonde assise à côté de lui, se pencha pour murmurer à son oreille, son enfance russe transparaissait dans sa voix. « Oh, allez, dit-elle. Il faut que tu t'amuses toi aussi. S'il te plaît. » Tout en parlant elle tapotait le pied de son verre du bout de ses ongles manucurés façon jeu d'échecs.

« Allez, Mike ! lança Josh en se laissant entraîner par Bianca. C'est pour moi ! »

Quand Michael secoua de nouveau la tête avec un sourire, Josh leva les mains à son tour, battant en retraite, haussant les épaules à l'intention de Crystal, l'air de dire : J'aurais essayé, il est indécrottable. Il suivit Bianca derrière les rideaux, non sans pointer le doigt une dernière fois vers Michael, tel un entraîneur rappelant à son jeune poulain qu'il est loin d'être prêt pour la compétition.

Après encore deux autres danses, une avec Crystal et une autre encore avec Bianca, Josh avait tenu parole. Enfilant sa veste, il s'était penché par-dessus l'épaule de Michael et lui avait donné une tape sur le dos. « En avant, soldat, on va te sortir de là. » Il semblait subitement beaucoup plus sobre et Michael se demanda, une nouvelle fois ce soir-là, quelle partie de la soirée avait été un jeu de rôles pour Josh : un spectacle, comme celui des filles sur scène, pour les Mexicains.

Sur le chemin de la sortie, le propriétaire serra des deux mains celle de Josh, le saluant avec enthousiasme. Pendant qu'ils discutaient, Michael se retourna vers le carré où les Mexicains continuaient à boire et à bavarder avec un nouveau groupe de filles. Leur vernis s'était craquelé, ils semblaient éclairés par une nouvelle lumière sous les boules à facettes et les spots, mis à nu, comme des enfants presque. Le pouvoir qu'ils détenaient en entrant dans le club avait changé de mains, désormais c'étaient les filles auxquelles ils payaient des verres, auxquelles ils achetaient quelques minutes de leur temps, qui le possédaient. Michael remarqua l'ingénieur qui parlait chinois, assis à l'écart, la cravate défaite, tournant et retournant son alliance sur son doigt, le regard perdu. Michael l'observa, jusqu'à ce qu'il lâche un soupir et vide la coupe de champagne couverte de traces de rouge à lèvres rose placée devant lui.

« Ne t'inquiète pas pour eux, l'avait rassuré Josh tandis qu'ils récupéraient leurs manteaux au vestiaire. Ce sont de grands garçons. Ils se débrouilleront très bien tout seuls. »

Michael avait revu Josh après cette soirée. C'était dans sa cuisine, deux jours plus tard. Samantha s'occupait du dîner des filles. En mangeant, Lucy supervisait une nouvelle confrontation entre Molly et Dolly, toutes les deux récemment gratifiées d'une coupe de cheveux drastique. Michael était passé pour donner des livres à Samantha – un traité sur la photographie et les épreuves du roman d'un ami. Ils prenaient le thé quand Josh était entré dans la maison, avait lâché son cartable dans le hall puis était venu déposer un baiser sur les têtes de ses deux filles. Il tira une bouteille de rouge du casier à bouteilles et commença à l'ouvrir.

« Alors, qu'est-ce que tu as pensé de ces Mexicains ? demanda-t-il à Michael en se servant un verre. Intéressants, non ?

– Bien plus fringants que mes vieux professeurs, ça c'est sûr, avait répondu Michael.

– Tu m'étonnes, avait continué Josh. Très intéressants. Vraiment. Et durs en affaires, aussi.

– Ça a marché ? demanda Michael à Josh qui s'installait sur une chaise entre ses deux filles. Côté banque, je veux dire ?

– Trop tôt pour le dire, répliqua-t-il en tendant la main vers Lucy pour lui caresser les cheveux. Mais c'est l'avenir. Très bientôt tout se passera là-bas. Le Mexique, le Brésil.

Ils sont en train de renverser la tendance mondiale. Et Dieu sait qu'à ce jeu-là, ils sont meilleurs que nous. »

Samantha avait-elle saisi les sous-entendus dans les commentaires de Josh ou bien avait-elle choisi de les ignorer ? Michael l'ignorait. Quoi qu'il en soit, apparemment Josh prenait plaisir à cette complicité entre Michael et lui sous son toit. Comme si, par un lien des plus ténus, il l'avait fait entrer dans sa vie, au-delà de cette cuisine, de cette maison, et, ainsi, s'était taillé un morceau de Michael rien qu'à lui.

La réaction de Josh, lorsqu'une semaine plus tard, Michael tomba sur lui dans un bar de Belsize Park alors qu'il buvait un verre en tête à tête avec Maddy n'aurait pas pu être plus différente. En soi, ce que Michael avait vu n'avait absolument rien de suspect. Il rentrait du supermarché avec deux ou trois sacs de courses au bout des bras, quand tout à coup il les avait aperçus à travers la vitrine du bar à vins. Si le regard de Josh n'avait pas rencontré le sien directement, il ne les aurait même pas dérangés. Mais puisqu'il les avait vus, Josh lui avait fait signe de les rejoindre à l'intérieur. Ils terminaient justement leurs verres, Michael avait à peine eu le temps de s'asseoir et de demander à Maddy si leur installation avec Tony se passait bien, et elle de lui demander si son projet de livre avançait.

Josh avait semblé sur le qui-vive, regardant sa montre toutes les trente secondes. Quant à Maddy, elle gardait cette distance, cet intérêt poli qu'elle avait manifesté chaque fois que Michael l'avait croisée. Comme si la personne avec qui elle devisait n'était qu'un interlocuteur parmi tant d'autres en attente sur la ligne invisible qui l'étirait de part en part.

Quand Michael ramassa ses sacs de courses pour rentrer, Josh le salua d'un air faussement décontracté. « Bien sûr, j'y serai, lâcha-t-il à propos de leur jogging au parc le lendemain. On se retrouve près des bassins à 8 heures. » Mais le matin suivant, quand ils se retrouvèrent pour ce jogging, on aurait dit que cette rencontre dans le bar n'avait jamais eu lieu. Non que Michael se soit attendu que Josh mette le sujet sur la table, mais il avait interviewé suffisamment de personnes pour savoir quand une omission était plus signifiante encore qu'une évocation.

À la fin de ce jogging, sur leur banc habituel au sommet de Parliament Hill, Michael avait cru un instant que Josh était sur le point de parler de ce verre qu'il avait bu avec Maddy. Il avait pris une inspiration, comme s'il s'apprêtait à donner une explication ou peut-être à demander à Michael de garder ce qu'il avait vu pour lui. Mais il n'en fit rien. Au lieu de cela, il posa son dos contre le banc et embrassa la ville du regard, après toutes ces années passées en son sein à y travailler, il n'arrivait toujours pas en saisir les limites.

Assis sur ce même banc, des mois plus tard, Michael replia la lettre de Daniel dans l'enveloppe et la remit dans la poche de son short. Pendant ce temps, deux femmes passèrent en petites foulées sur le chemin derrière eux. Elles portaient des bonnets, des dossards jaunes fluo et des collants de course moulants. Josh les suivit des yeux quelque temps, elles semblaient lui avoir soufflé sa réplique suivante, il posa les mains sur ses genoux, prit une grande inspiration et se leva. « Je ferais mieux de rentrer, dit-il. Je dois être au bureau à 10 heures. »

Ils descendirent ensemble le chemin qu'avaient emprunté les joggeuses. Sans prononcer un seul mot. Déboulant de milliers de kilomètres de là, la lettre de Daniel les avait tous les deux réduits au silence. En tournant en bas du chemin, ils dépassèrent un taillis de frênes et quelques buissons de mûres avant d'arriver à un sentier qui menait à la rue la plus proche dont le macadam démarrait abruptement à la lisière du parc.

Tandis qu'ils longeaient les maisons avec terrasses, l'agitation ambiante du petit matin les gagna et Josh se remit à parler. Michael l'entendait à peine. La lettre, dans sa poche, frottait contre son cerveau comme elle avait frotté contre sa jambe pendant qu'ils couraient. Un bruit sourd à ses tempes. Il se sentait isolé par ces mots. Sous l'eau, dans un océan immense et de plus en plus noir. Et cependant il éprouvait aussi une connexion étrange avec cette lettre, infiniment intime, et avec l'homme qui l'avait écrite. Comme s'ils avaient déjà partagé la même assiette, ou la même femme.

Ils bifurquèrent dans une allée étroite puis débouchèrent sur South Hill Drive et longèrent la pente douce de leur rue, les jardins et les perrons des maisons du haut de la rue. Michael essaya de reprendre le fil de la conversation de Josh. Pour une raison qui lui échappait, Josh en avait après le bureau de Manhattan de Lehman Brothers. Quelque chose qui avait trait à l'immobilier, aux *subprimes*, à des placements toxiques, des jeunes loups qui avaient voulu prendre des paris et l'avaient « foutu en première ligne, les couilles sur un putain de fil électrique ».

De temps en temps, quand Josh évoquait sa banque en ces termes, Michael avait envie de l'arrêter net, dans la rue, là, et de lui parler du missile qui avait tué Caroline. De lui dire que ce missile était un AGM-114 Hellfire, une arme Fire & Forget[1] fabriquée par Lockheed Martin. Depuis 1999, lui expliquerait-il, le Hellfire est le missile de prédilection des Predator. En 1997, deux ans avant que la première paire de missiles ne soit placée sur les ailes d'un Predator, une société en commandite dirigée par ses employeurs, Lehman Brothers Holdings, avait pris une participation de 50 % dans une nouvelle entreprise du nom de L3 Communications. L3 avait ensuite regroupé dix unités de Lockheed Martin et était devenu le fournisseur de l'équipement en capteurs et en instruments optiques du Predator. Cet équipement, qui avait vraisemblablement filmé Caroline, assise à l'arrière de ce minivan blanc, de six mille mètres de haut. Cet équipement, fourni par L3, qui avait aussi tiré un missile intelligent sur le capot de ce minivan.

Voilà ce que Michael avait envie de dire à Josh. À chaque drone lancé dans les airs, les bénéfices de L3 étaient montés en flèche. Ses salaires et tous ses bonus, de même que tous les salaires et les bonus des banques et des autres sociétés affiliées dans le monde, se nourrissaient des morts tombés loin de chez eux, hors champ. Caroline, dans son job, était elle aussi « foutue en première ligne », assise ainsi au cœur incandescent de l'explosion à 5 000 degrés thermobariques d'un missile Hellfire. Dans une telle chaleur, la chair fond instantanément, les os sont pulvérisés et la personne que vous aimez passe, en moins d'une seconde, de l'être au néant. En dépit de son étiquette Fire & Forget, une fois

---

1. « Tire et oublie » : désigne un missile à vol autonome, dont le guidage après lancement ne requiert plus l'intervention du tireur.

qu'un missile Hellfire avait été tiré, il se trouvait toujours quelqu'un qui n'oublierait jamais.

Mais Michael n'interrompit pas Josh. Il se tut. La lettre de Daniel avait resserré le monde autour de lui, il était à nouveau pris dans ces filets où, tel un homme doué de vision aux rayons X, il distinguait autour de lui le réseau complexe et complet d'actions engagées dans la vrille finale de la mort de Caroline. Sauf qu'il ne souhaitait plus voir. Il ne voulait plus discerner la manière dont les vies se frôlaient, poreuses, dont l'avidité chevauchait la mort par-delà les océans et les continents. Ainsi, plutôt que de confronter Josh à ses réflexions, il continua à l'écouter tout en descendant South Hill Drive, sous les sycomores bourgeonnant au-dessus d'eux. Quand ils furent arrivés à leurs maisons, côte à côte dans la rue, Michael se tourna vers sa porte d'entrée et sortit ses clés attachées à un cordon autour de son cou.

« Alors, qu'est-ce que tu vas faire ? » demanda Josh en gagnant sa porte voisine.

Michael glissa sa clé dans la serrure. « À propos de la lettre ?

– Ouais, dit Josh. Tu devrais le signaler aux enquêteurs. »

Michael baissa les yeux sur ses pieds.

« Tu ne peux pas le laisser s'en sortir comme ça. »

Michael reporta son attention sur lui, mesurant au passage à quel point son voisin était encore un enfant. « Il s'en est déjà sorti, Josh. Ils s'en sont tous déjà sortis. »

Josh acquiesça calmement. « Bien sûr, je sais, dit-il en gratifiant Michael d'un de ses regards de grand frère. Mais là, c'est particulier. Tu es en position d'agir. »

191

Michael ne répondit pas. Il regrettait d'avoir montré la lettre à Josh.

« Alors, tu vas le faire, d'accord ? continua Josh.

– Peut-être, répondit Michael. Je ne sais pas.

– Bon, tiens-moi au courant si je peux t'aider. » Josh jeta un œil à sa montre. « Merde, dit-il en ouvrant sa porte. Il faut que je me dépêche. À plus tard.

– C'est ça, répondit Michael, en entrant dans la cage d'escalier commune de son propre immeuble. À plus tard. »

Mais Michael savait très bien ce qu'il allait faire. Dans le parc déjà, tandis qu'ils couraient dans les bois nus derrière Kenwood, il avait décidé. Il allait répondre. Il allait écrire à Daniel et lui demander plus de détails. Il allait lui demander de revivre cette journée, de lui dire ce qu'il avait vécu. De quoi avait-il rêvé ? Comment se sentait-il au réveil ? Quel temps faisait-il ? Qu'avait-il mangé, bu ? Et juste après, dans les quelques heures qui avaient suivi, quand il ignorait encore qu'il l'avait tuée, et que Michael ignorait encore qu'elle était morte, qu'avait-il fait ? À quelle activité s'était-il adonné dans ce laps de temps, cette césure spatio-temporelle, pendant que Michael jardinait sans savoir que la douleur cheminait vers lui depuis l'autre bout du monde et s'apprêtait à venir le cueillir ? Qu'avait-il fait ? Qu'avait-il pensé ? Pendant qu'à dix mille kilomètres de là, un mur d'enceinte en terre disparaissait dans l'obscurité, sous un panache de fumée s'accrochant encore aux feuilles d'un figuier, au pied duquel une nuée de poulets épars mouchetaient la terre.

# 11

Michael faisait marche arrière vers le palier lorsqu'il la sentit à nouveau – un flottement dans l'air, une intuition fugitive. Il s'arrêta et se tourna vers la porte en face de l'escalier. Un filet de lumière courait tout le long du chambranle, il comprit alors qu'elle n'était pas complètement fermée. Dehors dans la rue, le moteur d'un scooter, pétaradant avec insistance, se rapprocha puis s'éloigna. Quand le bruit se fut évanoui, Michael écouta la maison, mais une fois de plus il n'entendit rien. Rien que sa propre respiration et cette trace fantomatique de Caroline qui refusait de le laisser partir.

Il ouvrit la porte du bout du pied. Elle ne résista pas et révéla une salle de bains. À l'intérieur, une large fenêtre aux stores à moitié baissés surplombait le poirier dans le jardin et les cimes des arbres autour des bassins. Un banc matelassé était intégré dans le rebord de la fenêtre, des magazines féminins s'y empilaient, leurs pages gondolées par l'humidité. En face de lui il y avait des toilettes avec une armoire à pharmacie en bois fixée au-dessus de la chasse d'eau. Sur sa droite, le lavabo exhibait une collection de brosses à dents dans un mug et un tube de dentifrice enroulé sur lui-même. Un miroir renvoyait la lumière de la fenêtre et au-delà, contre le mur du fond, il y avait une baignoire en émail profonde, avec un pommeau de douche abandonné au milieu, le tuyau en métal formant des boucles contre les parois. Dans un coin de la baignoire, les jouets de bain de Lucy étaient rassemblés : une pieuvre violette flottante, une éponge Mon Petit Poney et, échoué sur le côté, un poisson rouge en plastique avec lequel, quelques jours auparavant, pataugeant dans sa piscine gonflable, elle avait arrosé Michael.

Depuis cette première soirée, Lucy et Rachel avaient souvent été le canal qui reliait Michael à leurs parents. Quand Sam les emmenait se promener dans le parc, ou faire des courses à Hampstead, il n'était pas rare qu'elle appelle Michael pour lui proposer de se joindre à elles. De la même façon, quand Josh gardait les filles pour la journée, il s'était mis lui aussi à convier Michael : pour aller faire du cerf-volant à Parliament Hill ou visiter un musée dans le centre de Londres. Tout comme Sam, il avait remarqué combien les filles se tenaient mieux en présence de Michael, l'attention qu'elles se portaient, détournée sur lui et sur l'envie de lui faire plaisir, était moins intense.

Elles intégrèrent très vite Michael dans l'orbite familiale. À sept ans, Rachel commençait à aspirer à une maturité inaccessible. La présence de Michael était une occasion de projeter une version plus âgée d'elle-même sur un autre adulte, qui n'était ni un enseignant ni un membre de sa famille : elle essayait sur lui des expressions, des moues, des dégaines et des poses. Rachel était une fillette sérieuse, elle avait tendance à vouloir prendre Michael à part pour lui parler. Elle s'approchait de lui en silence, les sourcils froncés et l'entraînait dans la véranda ou bien s'installait sur un tabouret près de lui, si près qu'il n'avait pas d'autre choix que de se tourner vers elle et de ne plus parler qu'à elle. Elle se conduisait alors comme si ses préoccupations – ses dessins, ses livres, ses histoires d'école – étaient bien plus importantes que les trivialités de la vie de sa famille ou de ses camarades. Elle ne faisait pas semblant et Michael ne douta jamais de sa sincérité. Elle demeurerait sans doute la même en arrivant à l'adolescence, se disait Michael, jusqu'à ce que les hormones ou un garçon la fassent basculer. Mais tant qu'elle était ainsi, Michael l'imaginait devenir une étudiante sérieuse voire une jeune militante, une femme fougueuse, convaincue, en son for intérieur, que le monde finirait par plier dans son sens.

Contrairement à sa sœur, si désireuse d'échapper au carcan de son âge, Lucy s'épanouissait dans le cadre de ses quatre ans. Elle avait récemment acquis la conscience nouvelle des privilèges que lui offrait son statut d'enfant. À ses yeux, Michael était un spectateur, elle pouvait repousser ses limites, et obtenir un maximum sans craindre le retour de bâton parental. En promenade dans le parc, elle insistait pour qu'il la prenne sur ses épaules ; de là-haut, elle jouissait d'une perspective d'adulte et goûtait au vertige du danger en toute sécurité. Samantha lui demandait de laisser Michael tranquille et Rachel braquait sur elle un regard de désapprobation avisée. Mais Lucy demeurait totalement imperméable aux injonctions de sa mère comme aux appréciations de sa sœur. Elle finissait toujours par avoir gain de cause, et quand enfin elle se retrouvait sur les épaules de Michael, c'était avec une joie débridée qu'elle se cramponnait à lui, une main sur son front, l'autre arrachant les branches basses des arbres qu'ils croisaient.

Quant à Michael, pendant tout le temps qu'il passa avec les filles, il n'arriva jamais à venir à bout d'une tristesse sourde installée au fond de sa gorge. Au bout d'un moment il ne la remarqua même plus, tant elle était associée à l'idée de leur présence. Sauf en certaines occasions, quand Caroline occupait ses pensées, ou qu'un objet, une chanson réveillait un souvenir, alors cela devenait plus net. Dans ces instants-là, Michael se souvenait des conversations qu'ils avaient eues sur le fait d'avoir un enfant. Michael se sentait prêt, davantage que Caroline. De son côté, même si intellectuellement le désir d'enfant était bien là, instinctivement l'idée l'effrayait. Pas l'idée de l'enfant lui-même, mais celle d'être une mauvaise mère. Sa vie avait toujours été indépendante, centrée sur elle-même. Alors elle lui avait demandé du temps. Pour lui permettre de faire grandir en elle la place qu'elle accorderait à un bébé, de réapprendre à concevoir les heures et les minutes de sa vie non pas uniquement comme les siennes, mais comme les leurs. Si Caroline était rentrée du Pakistan, ils auraient commencé à essayer l'été suivant. C'était ce qu'ils espéraient. Un bébé de printemps, venant au monde avec les premières fleurs, au moment même où les arbres coloreraient la vallée de vert.

En face des jouets de Lucy, une collection de flacons et trois bouteilles se disputaient le coin opposé. La plupart étaient des échantillons d'hôtel – shampooings, après-shampooings, gel douche – rapportés des voyages d'affaires de Josh, des vacances en famille ou des week-ends au spa de Samantha et Martha. Debout sur le seuil de la salle de bains, Michael éprouvait une attraction pour ces objets. Son inconscient avait dû reconnaître l'odeur bien avant son cerveau sensitif car ce n'est qu'en approchant de cette baignoire et de ce monceau de flacons qu'il en fut absolument sûr. Une fragrance ambrée, souvenir et parfum à la fois. L'un de ces échantillons recelait un génie subtil caché dans de l'huile de bain, celle-là même que Caroline avait versée dans la baignoire ce soir-là à Hammersmith. Le soir où il l'avait trouvée chez lui, les genoux repliés sur sa poitrine, tandis que les ondulations de sa colonne disparaissaient à la naissance de sa nuque. Elle avait dû rapporter ça d'un hôtel, et la bouteille miniature avait voyagé dans son sac au fil des innombrables pays qu'elle avait traversés pour son travail.

Chaque pas qui le rapprochait de la baignoire le replongeait dans ce souvenir, jusqu'à ce que, sans aucune perturbation visuelle, tout à coup, il ne soit plus seul, Caroline étant là elle aussi, nue dans son bain, les yeux levés vers lui. Lui qui baissait les yeux vers elle, vers ses pupilles marron et or et son visage délicat qui se fendait, sous son regard, d'un sourire plein de promesses.

Il s'efforça de respirer mais ses poumons semblaient comprimés. La pièce était plongée dans la pénombre, disparaissant dans les lueurs, tremblantes sous la vapeur, de quelques bougies. Il tendit les bras pour la toucher, mais aussi pour s'emparer du flacon. Celui parmi tous les autres qui avait ainsi invoqué sa présence. Il fallait qu'il sache lequel contenait son souvenir.

Il se pencha, la main en avant. Et Caroline commença à s'évaporer. Elle disparaissait, le quittait déjà. La regarder partir, c'était une seconde mort. Il s'entendit dire « non », tel un condamné contestant la sentence irrévocable. En vain. Son expression demeura imperturbable, son sourire intact tandis qu'elle le quittait, comme si Michael était le fantôme, et non elle.

Il tomba à genoux, le bras tendu, essayant de rattraper l'ombre de son épaule. Mais la vision n'y résista pas, et au moment même où sa main fendait l'air, la pièce tout entière lui réapparut : la lumière du soleil à la fenêtre, la baignoire en émail, les flacons miniatures et derrière la porte, dans son dos, un bruit.

Dans un premier temps, Michael pensa que le bruit devait faire partie de l'apparition. Mais, alors que toute trace de Caroline s'était envolée, il l'entendit à nouveau. Un mouvement, un frottement sur la moquette. Il se figea, toujours agenouillé à côté de la baignoire, tendant l'oreille. Un choc contre le bois. Une latte du parquet qui cédait sous le poids.

L'air lui remplit les poumons d'un coup et fit jaillir un éclair de lucidité : il était à genoux dans la salle de bains de ses voisins, de la sueur perlant sur sa nuque, entre ses omoplates et au-dessus de ses sourcils. C'était allé si vite. Le temps, dans ce nuage de parfum et de Caroline, s'était évaporé. Avait cessé d'avoir le moindre sens. Mais à présent il savait tout ce que cela signifiait. Il n'était pas seul. Il fallait qu'il s'en aille.

Il appuya les bras sur le rebord de la baignoire et se redressa. Il écouta à nouveau. Rien. Peut-être s'était-il trompé. Peut-être était-ce juste le vent, un courant d'air, une fenêtre ouverte ? Mais il n'y avait pas de vent. Pas un souffle depuis le matin. Quelqu'un s'était-il bel et bien introduit dans la maison avant lui ? Ou bien était-ce Josh, et non un intrus, qui se trouvait encore dans la maison ? Quoi qu'il en soit, il fallait qu'il essaie de s'en aller tant qu'il en était encore temps. Il lui faudrait à peine quelques secondes pour réussir à passer la porte de la salle de bains, descendre et se faufiler dans la cuisine. En un instant, il serait de retour dans son jardin. Puis dans son appartement. Mais il fallait qu'il y aille maintenant, vite et sans un bruit. Autrement il serait trop tard.

En deux enjambées il se retrouva sur le palier. Et c'est là qu'il vit Lucy, debout en haut de l'escalier, qui regardait vers lui.

Elle était en pyjama : pantalon rose et haut rayé rose et blanc avec un bateau qui naviguait sur son ventre. Les cheveux plaqués sur un côté, tels des foins balayés par le vent, la joue portant encore les traces des plis de son oreiller. L'espace d'une seconde, ses yeux semblaient encore lourds de sommeil. Mais à sa vue, ils s'étaient instantanément réveillés, tressautant de panique face à Michael en larmes, les mains pleines de boue, sortant en trombe de la salle de bains où seuls ses parents auraient dû se trouver.

Son corps tout entier tressaillit sous le choc. Elle fit alors un pas en arrière, son pied nu cherchant le sol derrière elle, là où il n'y avait que le vide. Michael plongea dans sa direction mais c'était trop tard. Elle était déjà en train de tomber, de manière si soudaine que ses bras restèrent collés le long de son corps tandis qu'elle basculait en arrière, les yeux rivés sur Michael, qui s'agitait en vain.

C'était un plongeon d'une telle force qu'il le propulsa en avant, affalé sur le palier tandis que le torse, les jambes et les pieds de Lucy glissaient, hors d'atteinte. Il ne vit rien de plus, mais il entendit tout. Le bruit sourd et terrible, le corps de Lucy qui cognait, sa tête heurtant le sol, les à-coups violents et soudains dans la maison silencieuse. Et puis, aussi soudainement, plus rien.

S'agrippant à la moquette en criant son nom, Michael se hissa vers l'avant. En vain. Du haut de l'escalier, il vit Lucy étendue sur le sol en dessous de lui, la tête basculée dans le virage. Elle avait le bras droit coincé derrière le dos et la jambe gauche tordue sous le reste de son corps. Les yeux fermés. Le haut de pyjama rayé s'était retroussé dans la chute, le bateau naviguait désormais dans les plis et son ventre pâle était nu. Depuis sa position dominante, Michael fixa ce morceau de chair rebondie, les plis de son nombril, guettant le souffle qui le ferait monter et descendre. Mais il demeura immobile, tout comme Lucy.

# 12

Durant les trois premiers jours suivant son départ de Las Vegas, Daniel parcourut la côte de Sonoma, dormant dans sa voiture, s'arrêtant dans des cafétérias le long de la route ou des baraques à fruits de mer sur les falaises. Cathy ne lui avait pas demandé de partir. Elle n'avait pas non plus tenté de le retenir. Et même si elle avait essayé, Daniel serait quand même parti. Il ne pouvait pas faire autrement.

Avalant les kilomètres le long de la 95, vers le nord, puis vers l'ouest, laissant derrière lui Creech, puis Reno et Sacramento, Daniel s'était dit que cela différait peu de ses départs en mission, en Bosnie, Irak, Afghanistan. À l'époque, il quittait sa famille pour la protéger, aujourd'hui aussi. Il n'avait pas dormi, sinon pour rêver d'images infrarouges ou en vision nocturne, noir et vert. Il était devenu de plus en plus imprévisible. Il s'était mis à boire pendant la journée. À deux reprises le mois précédent, ses filles l'avaient retrouvé en larmes sur la terrasse à l'arrière de la maison. Les rêves empiraient. Plus fréquents, plus variés également. En plus de l'homme au vélomoteur, il y avait les deux gamins à vélo, un vieux monsieur passant sur le trottoir d'en face, un jeune soldat s'écartant de sa patrouille et sautant sur une mine. Et elle, à présent. À peine un froissement blanc à l'arrière du van, un bruissement de soie comme un coup de pinceau. Juste assez.

Ils le leur avaient dit, à Maria et lui, le lendemain. Quand ils étaient arrivés à Creech pour prendre leur service de nuit, au lieu d'aller directement à la salle de briefing comme d'habitude, ils avaient été convoqués dans un autre secteur de la base. Le bloc où on les amena était situé à l'autre bout de Creech par rapport aux stations de contrôle terrestre. Daniel ne s'y était jamais rendu, et, suivant le garde qui les escortait de l'autre côté du terrain d'aviation, foulant les lignes jaunes qui serpentaient sur les pistes, il sentit que quelque chose n'allait pas. Maria, aussi, semblait inquiète. Ils n'échangèrent pas un mot.

Tandis qu'ils approchaient d'un bloc sans fenêtres, Daniel jeta un œil à l'intérieur d'un des hangars qui se trouvaient sur leur droite. Ouvert des deux côtés, il laissait deviner les contours des têtes bombées de trois Predator posés sur leurs pieds. Daniel avait vu son premier UAV, un Reaper Mark II, dans l'un de ces hangars. C'était son premier jour à Creech, pendant sa formation. Leur instructeur civil, un ancien pilote de combat nommé Riley, debout devant eux, flattait les flancs du Reaper. Daniel avait été surpris par la grandeur de cette machine : plus de huit mètres du bec à la queue. Par son opacité aussi. Ni fenêtre, ni cockpit. Rien qu'une boule grise fichée sous sa tête, abritant un système de visée multispectrale composé de caméras, capteurs, lentilles et lasers. « Voyez-le comme une abeille géante, messieurs, leur avait dit Riley, en leur montrant les rampes de lancement des missiles sous chaque aile. Une abeille géante, avec un dard d'enfer. »

Le commandant du secteur, le colonel Ellis, les attendait à l'intérieur du bloc. Un civil en costume avait pris place à côté de lui. « Je vous présente l'agent Munroe, de la CIA », dit le colonel. L'agent Munroe hocha la tête dans leur direction tandis qu'Ellis donnait congé au garde et indiquait deux chaises à Daniel et Maria. Les deux hommes avaient des dossiers ouverts devant eux. Le colonel manipulait sa liasse de feuilles, soulevant le côté de chaque feuille pour lire.

Les rapports, leur déclara l'agent Munroe, continuaient d'arriver. Mais d'après ce qu'ils savaient déjà, quand la patrouille des renseignements s'était rendue sur place la veille, ils avaient trouvé des preuves de la présence de cadavres étrangers sur les lieux de la frappe. « Nous savons aussi, dit-il avec un vague soupir, qu'une équipe de reportage britannique, ainsi qu'un cameraman suédois, n'ont pas réintégré leur hébergement à Islamabad depuis plus de vingt-quatre heures. » Il parlait lentement, distinctement, on aurait dit un maître d'école fatigué.

Il se pencha sur la table, entre eux deux. « On n'a pas la moindre putain d'idée de comment ils sont arrivés là, ni de comment ils ont réussi à tromper les Pakistanais, ni même de ce qu'ils foutaient là. Et pas la moindre putain d'idée non plus de pourquoi on n'était pas au courant de leur présence, mais comme vous pouvez le voir, commandant McCullen, caporal-chef Rodriguez, manifestement, ça ne sent pas bon, pas bon du tout. »

L'agent Munroe les interrogea sur la mission durant vingt minutes, les conditions de vol, la procédure de mise à mort, les confirmations des armes. Daniel savait bien qu'il avait déjà entendu les bandes audio de la mission, et sans doute aussi visionné les conversations instantanées. Tout le long de leur interrogatoire, le colonel les observait avec une expression de dégoût à peine masquée. Pas à leur égard ni à l'égard de l'agent Munroe, mais vis-à-vis de la procédure elle-même.

Lorsqu'il arriva à la fin de ses questions, l'agent Munroe referma son dossier et leur rappela à tous les deux la confidentialité de la mission. Il se renfonça dans sa chaise. « Maintenant il faut que je vous dise, précisa-t-il d'un ton moins formel. Si c'est ce que je crois, ça finira par sortir de ces murs, à un moment ou à un autre. Nous pouvons faire en sorte de limiter les dégâts, mais pas davantage. » Il les regarda tous les deux, l'un après l'autre. « Alors, si j'ai un conseil à vous donner, lâcha-t-il en glissant le dossier dans son cartable, c'est de vous préparer à quelques turbulences. »

Le colonel, s'exécutant, les gratifia d'un bref hochement de tête. « Ce sera tout pour le moment, dit-il. Merci, commandant, caporal-chef. »

Maria et Daniel se levèrent, saluèrent et se tournèrent vers la porte. Avant qu'ils n'y parviennent, Ellis ajouta : « Félicitations, dit-il dans leur dos. Vous avez fait du bon boulot, hier. »

Ils se tournèrent vers lui. Il s'était levé, ses épaules carrées leur faisaient face. « C'est un malheureux concours de circonstances », dit-il en esquissant un geste en direction de Munroe. Le colonel avait des cheveux gris coupés en brosse courte, une mâchoire puissante sous ses bajoues. « Mais vous avez réussi à arrêter un important terroriste, continua-t-il en les fixant intensément. Vous avez agi au nom des valeurs de l'aviation américaine et vous avez le droit d'en être fiers. Ne l'oubliez pas.

– Oui, monsieur, répondirent-ils en chœur. Merci, monsieur. »

Il n'y avait pas de garde à l'extérieur du bloc, ils marchèrent donc jusqu'aux stations de contrôle terrestre, seuls. La tête de Daniel flottait sur ses épaules. Maria, à côté de lui, était muette. Elle finit par réussir à parler.

« Il n'y avait aucun moyen de savoir, dit-elle.

– Je l'ai vue, répliqua Daniel. Dans le van.

– Tu as vu quelque chose, rectifia Maria. Tu ne sais pas ce que c'était. »

Daniel ne répondit pas. Le soleil couchant projetait une lumière rose sur les sommets nus des collines alentour.

« Les observateurs ont donné les confirmations nécessaires », continua Maria tandis qu'ils approchaient des remorques des stations de contrôle. Sa voix s'était durcie, comme si elle répondait à un accusateur silencieux. « Et l'OB-4 aussi, ajouta-t-elle. Je parie que c'est un des hommes de Munroe. »

Daniel raconta tout à Cathy ce soir-là. Ce n'était pas ce qu'il avait prévu, mais cette fois-ci il savait qu'il n'avait pas le choix. L'agent Munroe avait raison. La nouvelle finirait par sortir et Daniel voulait que Cathy l'apprenne par lui plutôt que par CNN.

« Une femme ? » Son regard s'était immédiatement détourné de lui, elle avait secoué la tête, la bouche ouverte. « Une femme ? » avait-elle demandé encore une fois, comme si elle espérait que cela change sa réponse.

Daniel attendait qu'elle ajoute quelque chose, qu'elle le regarde, mais elle ne fit ni l'un ni l'autre. « Oui », dit-il.

Il voulait en dire davantage. Une femme, un enfant, un homme. Quelle différence cela faisait-il ? Ils étaient innocents et ils étaient morts, c'était horrible. Mais c'était une guerre. Elle savait bien que cela arrivait.

Déjà le regard de Cathy se voilait.

« Ce n'est pas la première fois, s'entendit-il ajouter. Je veux dire, du côté des journalistes, qu'ils se retrouvent au milieu des tirs, qu'ils se font tuer. »

La tête de Cathy retomba lourdement. Pourquoi ne voulait-elle pas le regarder ?

« Mais pas par toi, Daniel, murmura-t-elle. Pas par toi. »

Quand la nouvelle parut, ce fut pire que ce qu'il avait imaginé. Ils réussirent à trouver leurs noms. Son nom à elle. Caroline Marshall. Trente-quatre ans, jeune mariée. Les vidéos de ses reportages furent diffusées à la télévision. Cathy lui dit de ne pas les regarder, mais il le fit quand même, et il savait qu'elle aussi. Elle était allée dans tous les pays où il avait servi : Bosnie, Irak, Afghanistan. Elle était jolie. Les cheveux blond foncé, relevés en queue-de-cheval ou coupés au carré. Des traits délicats, un visage d'oiseau. Pleine d'énergie à l'image, impliquée.

Munroe et son équipe réussirent à tenir le nom de Daniel secret, celui de Maria aussi. « Une frappe d'un drone américain. » C'était tout ce que la dépêche mentionnait. Aucune mention de Creech, d'observateurs, d'un coordinateur des renseignements, d'un opérateur, ou d'un pilote. Comme si le Predator avait agi absolument seul. Comme s'il n'y avait aucune main derrière ses manettes, aucun œil derrière ses caméras.

L'enquête interne débuta la semaine suivante. Un mois à peine plus tard, Daniel fut démobilisé pour raison médicale, sur le diagnostic d'un psychologue de l'Air Force qui déclara qu'il était victime du syndrome de stress posttraumatique et lui fit suivre la procédure habituelle. Lors de son dernier jour à Creech, le colonel Ellis lui présenta un dossier épais de plusieurs pages, qui détaillait chacune des missions auxquelles il avait participé durant son service à Creech. Surveillance, descentes à domicile, *buddy lasing*[1], patrouilles, soutien aux services de renseignements, contrôle des commandes, recherche et destruction, assassinats ciblés. « Vous pouvez être fier, commandant, lui dit Ellis en lui serrant la main. Vous avez fait votre devoir. Et nous vous en remercions. »

Assis sur l'aile de sa Camry garée dans le parking, pendant que la circulation vrombissait sur l'autoroute 95 de l'autre côté de la clôture, Daniel ouvrit le dossier et le feuilleta. Sur la première page, au bas d'une feuille de calcul, un nombre ressortait en gras : **1 263**, le nombre total de combattants ennemis abattus au cours des missions listées dans le dossier. C'était le seul nombre figurant sur la page. Pas d'autre résultat, comme si c'était là, aux yeux de l'Air Force, le seul score qu'on pût lui reconnaître, tout autre critère relevant de sa propre appréciation et d'elle seule.

Le matin suivant, Daniel eut envie de voir la mer. Il avait grandi dans le Midwest. Au milieu des champs de blé et

---

1. Vol en duo, où l'un des deux avions éclaire au laser la cible de l'autre.

des chemins poussiéreux serpentant à travers les collines. La côte n'avait jamais été son décor naturel. Et cependant il se réveilla avec la certitude que seul l'océan pourrait l'apaiser. La mer semblait assez immense pour réprimer les angoisses qui le déchiraient. Assez pure pour lui dessiller les yeux.

Et c'est ainsi qu'il s'en alla. Cathy lui avait dit qu'elle comprenait, mais il en doutait. Depuis un an, à part la maison de Centennial Hills, ils ne partageaient plus grand-chose, s'éloignant chaque jour un peu plus, séparés l'un de l'autre par des réalités si différentes. Elle dirait aux filles qu'il devait travailler loin de la maison pendant quelques semaines. Non, elle ne pensait pas que ce fût judicieux qu'il aille leur dire au revoir. Daniel en était convenu, à contrecœur, et, quelques heures plus tard, il avait jeté son sac à dos à l'arrière de la Camry, fait marche arrière dans leur allée, et quitté sa maison.

Il conduisit douze heures d'affilée, ne s'arrêtant que deux fois pour prendre de l'essence et aller aux toilettes. Contournant San Francisco par le sud, il vit la ville dans son rétroviseur, qui s'illuminait dans le soir. Enfin, la terre ferme cédant la place à l'eau, il s'arrêta sur un parking dans une baie surplombant l'embouchure de la rivière Russe, éteignant ses phares au moment où ils balayaient la brume de mer et des embruns de plus en plus épais. Lorsqu'il coupa le contact, le moteur rendit le silence comme un dernier souffle.

Il sortit de la voiture. Il avait mal aux jambes et au dos. Sa gorge était sèche. Au-dessus de lui, les étoiles s'allumaient et le croissant d'une nouvelle lune se dessinait. Il faisait noir, et cependant il parvenait encore à distinguer les vagues qui venaient se briser sur les rochers sous ses pieds, de longues lèvres blanches battant comme un pouls le long du rivage. Une brise se levait qui lui fouetta le visage, déposant une couche de sel sur sa peau. Il ferma les yeux et laissa le vent soulever sa frange de son front. Il sentait les poils malmenés par le souffle sur ses bras.

Et c'est à ce moment-là, debout devant l'océan Pacifique, dans la nuit, avec la rivière derrière lui, que Daniel décida de ce qu'il devait faire. Il trouverait son mari. Il trouverait l'homme que Caroline Marshall avait épousé, et il lui écrirait. Il lui raconterait ce qui était arrivé. Pas parce que c'était bien, mais parce que c'était inévitable. Parce qu'il savait que c'était la seule façon pour lui de continuer à vivre. Il était fatigué d'être invisible. Dissocié de ses actes. De surveiller sans jamais être vu lui-même. Il voulait être maître de son existence, et il savait que cela signifiait la prendre à bras-le-corps. S'il avait cru possible de retrouver les autres – la femme de l'homme au vélomoteur, les parents du garçon, le fils du vieux monsieur – il les aurait cherchés eux aussi. Et peut-être qu'un jour il essaierait de les retrouver. Mais, pour le moment, il allait commencer par son mari à elle. Telle était la promesse qu'il se fit tandis que les brisants s'écrasaient sous ses pieds. Il connaissait déjà son nom et son métier. Les journaux s'étaient chargés de l'en informer. Il n'aurait pas de mal à le retrouver. Mais pas tout de suite. D'abord, avant de le trouver lui, il fallait qu'il trouve les mots. Cela prendrait du temps. Mais ils viendraient à lui. Tous. Voilà ce que se disait Daniel en regardant l'océan ce soir-là. Car tout finit toujours par venir.

# 13

« Ta distance ! Surveille ta distance, Michael ! C'est ta meilleure défense ! » Istvan glissa un pouce sous le grillage de son masque et le fit remonter sur son front. « Souviens-toi de ça, dit-il. Si tu es trop près, comment veux-tu riposter ? Allez. » Il tapa sur la coquille de Michael avec son sabre. « On recommence. »

D'un geste sur le haut de son masque, Istvan le rabaissa sur son visage et se mit en garde. Il portait un pantalon de survêtement ample, des baskets et un tee-shirt. Une manche d'entraînement en daim marron rembourré protégeait son bras armé. Les coutures de son gant se relâchaient. De part et d'autre des mailles de son masque, deux drapeaux hongrois décolorés étaient restés coincés.

En quelques cliquetis de lames, Istvan était déjà sur Michael, la vitesse de son bras armé contrastait avec la raideur et la lenteur de son corps tandis qu'il reculait pour amorcer une parade en sixte avant de pointer sa lame sur Michael dans une attaque glissée. Il toucha Michael à l'épaule, presque exactement à l'endroit où il l'avait touché juste avant. Istvan se recula, se mit en garde.

« On recommence, dit-il de derrière son masque. Et cette fois, réfléchis ! »

Réfléchir, c'était tout ce que Michael arrivait à faire justement. Dans l'espace confiné de son propre masque, sous les mailles noires, il avait l'impression de réfléchir avec trois cerveaux à la fois, mais aucun qui lui appartînt. Les pensées bourdonnaient, nouées les unes aux autres ; les images et les sons s'entrechoquaient, jaillissaient par flashes, puis disparaissaient, trop vite pour qu'il s'en empare.

Il essayait de se concentrer. Sur sa lame devant lui, sur les attaques que préparait Istvan, sur la clarté du ciel à travers les hautes fenêtres du gymnase. Sur n'importe quoi susceptible de le détourner, ne serait-ce qu'une seconde, de la seule image qui s'imposait à lui en permanence : Lucy, immobile dans le virage de l'escalier, son ventre blanc à l'air, sa jambe coincée sous elle.

Tout le reste était flou. Il n'avait aucune idée du temps qu'il avait passé allongé là-haut, à la regarder depuis le palier. À quel moment exactement il s'était levé puis, enjambant le corps, avait descendu l'escalier et était sorti de la maison. Il se souvenait qu'il avait refermé la porte du jardin en partant, et qu'en ramassant ses chaussures, il avait essuyé la terre qu'elles avaient laissée sur la marche. Mais il était incapable de se revoir dans son propre jardin, puis dans sa propre cage d'escalier. Il y était forcément passé pourtant puisqu'il s'était retrouvé assis sur son canapé, la tête dans les mains, tandis que les lumières et les sons autour lui revenaient. C'était comme remonter à la surface après une plongée en eaux profondes, pour émerger au milieu d'une mer agitée dans la terrible clarté de l'air.

Alors qu'il reprenait conscience de l'écoulement du temps, la même voix, le même instinct qui l'avaient entraîné en haut de cet escalier quelques minutes plus tôt resurgirent également. Mais avec, à présent, une tonalité de désespoir d'un genre nouveau. La voix lui intimait de changer le cours de l'histoire, tant qu'il le pouvait encore. De changer la vérité des événements. Michael secoua la tête pour chasser cette idée. Il voulait, d'un désir violent, n'être jamais entré dans la maison des Nelson ce jour-là. N'avoir jamais monté leur escalier, n'avoir jamais voulu retrouver Caroline. Il voulait n'être jamais entré dans leur chambre, dans leur salle de bains. Il voulait n'avoir jamais été présent ce jour-là.

Il était incapable de se confronter à l'alternative. Il recommençait tout juste à vivre depuis quelques mois. Il avait déjà tellement perdu : Caroline, leur avenir, celui qu'il serait devenu à ses côtés. Et cette apparition d'elle qui s'était évaporée sous ses yeux dans la salle de bains des Nelson avait rendu à ces choses perdues la vivacité des premiers instants. Il ne pouvait pas perdre davantage, cela n'arriverait pas. Voilà ce que son instinct de survie lui dictait, assis sur son canapé, les yeux fixés sur le tapis. S'il se dépêchait, il pouvait encore y arriver. Changer le cours de l'histoire. Lucy était morte. Il savait qu'il ne pourrait rien y changer. Jamais il n'avait voulu l'effrayer, la faire sursauter ainsi. S'il pouvait encore la sauver, il le ferait. Mais c'était trop tard. Alors il se sauverait lui. Il se souvenait s'être dit que tout ne pouvait pas être perdu, qu'il y avait encore quelque chose à sauver. Il avait donc fini par se lever, se laver les mains, ramasser son équipement d'escrime dans le couloir, puis quitter son appartement

212

en enfilant la bandoulière de son sac sur son épaule dans l'escalier.

« C'est mieux ! C'est bien ! » Istvan fit deux pas en arrière. Son corps était lourd mais ses pieds demeuraient légers, il avait des pieds de danseur. Étrangement Michael parvenait à suivre le cours, c'était la mémoire de ses muscles qui guidait son bras, son corps.

« Bon, commença Istvan en levant son épée pour saluer, quand je baisserai ma lame, attaque en *patinando*, *tempo* ou rapide, à toi de voir. Ensuite, contre en octave. »

Michael fléchit les genoux pour se mettre en garde, les yeux rivés sur la protection au bout de la lame d'Istvan. Quand la lame s'abaissa, il fit un petit pas en avant, puis plongea, le bras tendu vers le ventre d'Istvan. Déjouant la parade de son adversaire, il enfonça son épée jusqu'à ce qu'il sente la résistance de la protection au bout, et la lame qui pliait et se courbait.

« C'est bien ! s'exclama Istvan, en reculant à petits pas. Et on recommence ! »

Lorsque Michael avait quitté son immeuble, il n'y avait personne dans la rue. Au bout du chemin qui menait à sa porte d'entrée, il tourna dans la montée après avoir longé la maison des Nelson, leurs fenêtres étaient aussi impassibles que toutes les autres. En haut de la pente, il prit sur sa gauche un sentier étroit. En sortant de l'ombre qui abritait son raccourci, il traversa une route goudronnée qui passait entre deux des bassins et débouchait sur le parc.

Rien n'avait bougé. Une poule d'eau plongeait dans le bassin en quête de nourriture, puis pataugeait jusqu'à un nid touffu où ses petits l'attendaient. Sur sa droite, un peu plus loin, dans l'éclatante lumière du soleil, le bassin de natation mixte lui apparaissait comme un tableau pointilliste, ponctué de costumes de bain et de silhouettes dénudées. Il distinguait une file indienne de filles qui attendaient devant les douches. Les uniformes rouge et jaune des sauveteurs qui surveillaient. Les bouées blanches qui flottaient entre les lignes de nage.

Quand il atteignit le parc, il vit qu'ici aussi, la scène était la même que plus tôt dans la journée. Pique-niques, spécialistes du bronzage. Un garçon de l'âge de Lucy faisait des roues arrière sur sa trottinette, devançant sa mère qui poussait un landau derrière lui. « Joseph ! criait-elle, tandis qu'il attaquait une montée. Joseph ! Moins vite ! »

Michael continua son chemin. Veillant à garder les yeux baissés au sol, afin de ne croiser le regard de personne. Tout en ne pouvant s'empêcher de capturer ces images de la vie du parc autour de lui, si bien remplie et insouciante. Une femme en bikini pendue au téléphone, un homme torse nu, en pantalon, allongé sur un banc, des bourrelets roses lui remontant au-dessus de la ceinture. Un autre, appuyé sur ses coudes dans la pelouse, basculant sa tête dans ses mains, les yeux fermés, pour profiter du soleil.

Comment était-il possible que ce qu'il avait fait n'ait absolument rien changé au cours des choses ? À quelques minutes et quelques mètres à peine, une vie venait de s'éteindre. Deux vies peut-être. Le stock de souvenirs, d'idées, de chagrins, de couleurs et de jouets préférés d'une enfant de quatre ans, venait de se vider. Un profil génétique unique en son genre venait de disparaître. Des traits et des qualités de ses parents, ses grands-parents, ses arrière-grands-parents, tout cela avait péri en une seconde, dans la chute de Lucy. Et dans les quelques secondes suivantes, cette vie perdue avait pesé de tout son poids sur sa vie à lui. En voulant revoir Caroline dans ce monde, il en avait arraché Lucy. Les répercussions douloureuses gagneraient bientôt Samantha, Josh, Rachel – et des centaines d'autres qu'il ne connaissait pas. Des vies seraient bouleversées. Ils n'en savaient rien pour le moment, et pourtant, pour tous ces gens les années à venir étaient déjà ternies, l'empreinte de leur existence déjà assombrie. Et cependant dehors, dans le parc, sous le soleil de l'après-midi, rien n'avait changé. Ce que Michael, et lui seul, savait semblait se jouer du temps et de l'espace, du sens même de ces mots. Comme si en provoquant la mort de Lucy, il avait prouvé que tout n'était qu'illusion.

Mais là, ça n'avait rien d'une illusion. Il en avait conscience tandis qu'il traversait le parc, son sac d'escrime à l'épaule. Cela aurait pu lui sembler irréel, une fois à l'air libre, hors des murs de la maison des Nelson. C'était bien réel. C'était vrai, et Michael savait qu'il avait peu de temps devant lui pour s'extraire de cette vérité.

Prenant un virage en épingle vers le sud du parc en direction d'East Heath Road et des rues qui menaient à Rosslyn Hill, Michael courait d'un espace-temps à un autre, naviguant entre les vérités possibles, rejoignant celle qu'il s'efforçait de créer. Son cours avec Istvan était à 16 heures. D'habitude cela lui prenait une demi-heure en marchant d'un bon pas, pour arriver à l'école de Highgate. Depuis le début, il était toujours allé à son cours à pied, quelle que soit la météo. En partie pour éviter les bouchons, et aussi pour faire passer sa crampe de sciatique et préparer ses muscles aux rigueurs de la séance. De même, le chemin du retour lui permettait de revenir à la normale. Pour arriver à l'heure ce jour-là, en suivant son itinéraire habituel, il aurait fallu qu'il fût au milieu du parc au moment où Lucy était tombée. Aussi simple que cela. Personne ne savait qu'il s'était introduit dans la maison des Nelson. Personne ne l'avait vu entrer ou sortir. S'il parvenait à arriver à l'heure à son cours d'escrime, alors il pourrait effacer les minutes qu'il avait passées là-bas, les barrer de sa journée, comme une phrase qu'il ôterait d'un manuscrit. Une touche, une seule touche maintenue enfoncée quelques secondes, et n'importe quelle histoire était changée pour toujours.

Il regarda sa montre. Il était 15 h 50. Il avait dû rester en haut de l'escalier ou assis sur son canapé plus longtemps qu'il ne croyait. Sa seule chance à présent était de réussir à attraper un bus pour Highgate. Il leva les yeux et vit un bus s'arrêter sur la route devant lui. L'un des bus qui allaient à Highgate avait un arrêt juste là. Mais le samedi, il n'y en avait pas plus de trois ou quatre par heure, au maximum. Il pressa le pas, au-dessus de sa cheville, son mollet droit était pris dans une crampe comme dans de la fonte, mais il accéléra, traînant avec sa jambe, à chaque foulée, un boulet et une chaîne imaginaires.

Il lui restait encore cinquante ou soixante mètres à parcourir quand il vit le bus de Highgate approcher de South End Green. Un bus à étage, avec une seule passagère à bord, plongée dans son journal, assise dans le sens inverse de la marche. Accélérant encore le rythme, Michael vit avec douleur le clignotant gauche du bus se mettre en marche pour marquer l'arrêt. La femme s'était levée de son siège, avait parcouru l'allée jusqu'aux portes du milieu et était descendue. Michael leva le bras, espérant que le chauffeur l'aperçoive dans son rétroviseur. Il distinguait le bruit de son moteur qui se remettait en branle à l'ombre des arbres. Sans quitter des yeux le clignotant droit, il approchait, priant pour qu'il ne se mette pas en route. Il songea à crier, mais il ne devait pas attirer l'attention sur lui.

Le clignotant droit se mit en marche : deux fois, trois fois, le bus manœuvrait en douceur pour s'éloigner du trottoir et le chauffeur s'apprêtait à mettre les gaz pour gravir la colline jusqu'à Spaniard's Road. Michael ralentit, il marchait à présent, il le regardait partir, sentant, à chaque mètre qu'il parcourait, l'empreinte des minutes qu'il avait passées chez les Nelson devenir de plus en plus indélébile.

« Un pas ! Un pas ! Et… » Istvan, esquivant le poignet de Michael, se déroba tout à coup, comme s'il avait trébuché. Mais juste après, Michael sentit sa lame s'enfoncer sur le dessus de son pied. Istvan ne trébuchait jamais. « Allez, Michael ! dit-il en se remettant en garde, avec dans sa voix le ton d'un parent déçu. Tu es lent aujourd'hui. Trop lent. On recommence ! »

Michael se sentait vidé de toute énergie. Comme si on avait retiré un bouchon de son torse et que sa vitalité se déversait hors du trou. L'excitation qui l'avait envahi quand il avait réussi à arriver à l'heure devant l'école lui avait insufflé l'énergie dépensée pendant l'échauffement. Mais à présent, tout en effectuant des parades, des attaques, il ne désirait qu'une chose : dormir, poser sa tête sur un oreiller et se réveiller des semaines plus tard pour se rendre compte que rien ne s'était produit, ou bien qu'il avait tout oublié.

Le taxi était apparu au bas de la colline tel un cadeau. Michael avait continué de marcher vers la route dans le vain espoir qu'un autre bus apparaisse à l'arrêt. Mais alors qu'il montait sur le trottoir, il avait vu le taxi, une voiture noire, lumière orange allumée. Il avait levé le bras, tout en essayant d'avoir l'air calme tandis que son cœur cognait dans sa poitrine.

« Ça va, l'ami ? » lui demanda le chauffeur de taxi à un feu. Michael était conscient du regard posé sur lui dans le rétroviseur depuis qu'il était monté à bord. Il répondit, s'adressant à cette paire d'yeux détachée de son corps : « Oui, ça va, c'est juste cette chaleur.

– Vous êtes sûr ? insista le chauffeur. Parce que vous avez l'air mal en point, pour tout dire. » Il tendit le bras sur le côté et passa une bouteille d'eau par le sas. « Vous voulez pas un peu d'eau ?

– Merci, dit Michael en prenant la bouteille. Je suis peut-être un peu nerveux, ajouta-t-il après avoir avalé une gorgée en pointant du doigt son sac d'escrime. Je passe mon test d'instructeur aujourd'hui. »

Les mots étaient à peine sortis de sa bouche qu'il regrettait de les avoir prononcés. Pour que l'histoire tienne la route, il fallait qu'il arrive à l'heure à son cours, rien d'autre. Et voilà qu'il était déjà en train de broder, de mentir.

« Ah bon ? dit le chauffeur. Eh ben, bonne chance, ça va aller, va, vous en faites pas. »

Michael gratifia le rétroviseur d'un hochement de tête et d'un vague sourire. Il essayait de ralentir son pouls, de calmer sa respiration. « Merci, dit-il encore en lui rendant l'eau. Espérons que vous ayez raison. »

Il demanda au chauffeur de le déposer une centaine de mètres avant l'école. Quand il redémarra, Michael se baissa comme pour refaire ses lacets, attendit qu'il ait tourné au prochain coin, puis ramassa son sac et revint sur ses pas en direction du parc. Coupant à travers les arbres, il rejoignit le chemin qu'il empruntait habituellement pour aller à son cours, une piste tracée par les passages successifs, débouchant, au milieu de la végétation du parc, juste en face de l'entrée latérale de l'école.

Il jeta un œil à sa montre en traversant la route : 15 h 55. À chaque pas qui le rapprochait du gymnase, il sentait s'effacer les minutes passées chez les Nelson. Comme si, en franchissant les portes battantes du couloir, il devait gagner un nouvel espace-temps. Un espace-temps où il ne serait jamais allé chez ses voisins, où il n'aurait pas gravi l'escalier, où il ne serait pas ressorti de la salle de bains, le visage strié de larmes, face à Lucy dans son pyjama, et son pied nu reculant d'un pas dans le vide derrière elle.

« Ta distance ! » cria Istvan. Une seconde plus tard, joignant le geste à la parole, il envoya un coup violent sur la coquille de Michael. L'impact vibra jusque dans son poignet fatigué. Michael sentit une vague de nausée monter du fond de son estomac et le recouvrir au passage de chair de poule. Il fit deux pas en arrière, s'écartant d'Istvan en train de le réprimander. « C'est pour ça que je t'avais dit d'apporter la poignée droite, disait-il à Michael. Pour que tu arrêtes de faire ça. On recommence ! »

Mais Michael ne l'entendait même plus. Sous son masque, au ralenti, Lucy tombait, encore et encore. Tout ce qui était allé trop vite pour qu'il le visualise sur le moment, il le voyait distinctement à présent. Son pied, reculant d'un pas, puis d'un autre, tombant, d'une marche, puis d'une autre, ses orteils frôlant le tapis rouge, à quelques centimètres près. Son corps qui basculait, sa main gauche qui s'ouvrait, comme si elle tentait d'attraper quelque chose. Ses bras restant, eux, parfaitement figés, tandis que ses yeux grands ouverts reculaient aussi et que son autre pied décollait du sol et montait dans les airs, jusqu'à dépasser sa tête. Ses longs cheveux blonds déjà hors de vue, disparus avec ses yeux, et ses bras, et ses pieds, parachutés du haut de l'escalier.

Une fois encore, Istvan revenait à la charge, mais Michael leva la main pour l'arrêter. Il fit un pas de plus en arrière, lâcha son épée et se plia en deux. Il avait envie de vomir. « Michael ? » entendit-il Istvan interroger, comme s'il lui parlait depuis une autre pièce.

L'objectif qu'il s'était fixé d'atteindre l'école à l'heure l'avait éreinté. C'était devenu une obsession. Mais à présent qu'il était là, le flot des événements refluait sur lui. Lucy, venant vers lui avec ses poupées, caressant le col des chemises de son père jusqu'à ce qu'ils soient tout effilochés. L'arrosant avec un poisson rouge dans sa piscine gonflable, grimpant sur ses épaules et se tenant à son front d'une main pendant qu'elle arrachait les branches basses de l'autre. Elle était morte et il l'avait tuée.

Dans sa course, Michael retira son masque de son visage, le laissa tomber au sol alors qu'il poussait les portes des vestiaires. Il arriva au lavabo juste au moment où la bile remontait le long de sa gorge. Agrippé au rebord en émail, agité de haut-le-cœur, il vomit violemment, ses genoux cédèrent sous lui tandis que son corps tentait d'évacuer le souvenir de ce qu'il avait fait.

À la fin, il entendit Istvan à l'extérieur des vestiaires.

« Michael ? Michael ? Tu vas bien ?

– Ça va », répondit-il. Il s'essuya la bouche du dos de son gant. « Quelque chose que j'ai mangé. »

Il parlait la tête penchée, les yeux fermés. Lentement, se redressant sur ses coudes, il tourna le robinet et se regarda dans le miroir au-dessus du lavabo. L'homme qui lui faisait face n'était plus celui qu'il connaissait. Il était pâle, le hâle de la semaine effacé. La sueur lui collait les cheveux aux tempes et au front. Ses yeux étaient injectés de sang, ses joues creuses, sa veste d'escrime blanche éclaboussée de vomi jaune. Il avait l'air épuisé. Mais ce qui surprit davantage encore Michael était qu'il avait l'air innocent. De même que sur le cours de la journée, les événements n'avaient laissé aucune trace sur son visage. Il aurait cru pourtant que la vie de Lucy, sa mort imprimeraient leur marque sur lui, bleu à l'âme se répandant sous sa peau. Quiconque le verrait lui, la verrait elle aussi. Mais il n'y avait rien. Rien qu'un homme, grand, pâle, penché au-dessus d'un lavabo, qui le regardait et lui demandait ce qu'il devait faire à présent.

Le soir était tombé quand Michael retraversa le parc. La nuit commençait déjà à absorber la chaleur de la journée. Les ultimes rayons du soleil accrochaient autour des arbres des nuages de couronnes de glands et de moucherons telle la poussière dans un atelier de menuisier. La plupart des familles avaient déserté le parc, laissé aux mains des ivrognes et des amoureux, à ceux qui étaient venus ou restés pour voir les étoiles et la ville apparaître dans le ciel empourpré.

Il marcha lentement. La vacuité de son corps avait quelque chose de religieux, comme s'il avait été oint. Son esprit aussi semblait plus clair, était-ce là l'effet de tout assassinat ? L'émergence progressive d'orbites de lucidité de plus en plus claires, jusqu'à ce que l'acuité, la profondeur en deviennent insupportables. C'était apparu en l'espace d'une seconde, à présent c'était là pour toujours. Telle était l'équation que Michael n'arrivait pas à résoudre, le calcul qui gravitait dans son esprit tandis qu'il déviait de son itinéraire de retour habituel vers des parties du parc qu'il n'avait jamais vues auparavant.

Il n'y avait personne d'autre dans la maison. Rien que lui, et Lucy endormie à l'étage, dont il ignorait la présence. Ce moment n'avait été partagé que par eux seuls. Et cependant il n'impliquait pas qu'eux. Michael sentait déjà l'hémorragie de ces secondes fendre les contours de leur intimité. Il avait commencé par monter en voisin inquiet, puis en quête de Caroline, d'une chance de la revoir. Si elle n'était pas morte, Lucy non plus ne serait pas morte. Ces secondes au sommet de cet escalier impliquaient Daniel McCullen également. Où qu'il soit en ce moment, tandis que Michael errait dans le parc, il partageait la chute de Lucy lui aussi, c'était l'impact le plus lointain de son tir de Hellfire, le dernier écho de sa mise à mort.

Et même maintenant, alors que Michael faisait une pause dans une clairière, les répliques du séisme continuaient à se propager. Josh ou Samantha l'avait-il déjà découverte ? Ou bien Rachel, montant l'escalier et criant le prénom de sa sœur, puis se demandant ce qu'elle faisait allongée dans le virage, la jambe coincée sous elle ? Michael poursuivit sa route, le long d'un chemin qui plongeait à travers bois. Une fois à couvert sous la frondaison, il s'arrêta de nouveau et s'appuya contre le tronc d'un chêne. Il en fit le tour avec les mains, s'imprégna de sa solidité, de sa grandeur, de son écorce tangible. Pourquoi retournait-il chez lui ? Ne devrait-il pas fuir dans le sens opposé ? Quitter Londres, l'Angleterre ? Quelqu'un l'avait vu, c'était certain. Il était tellement pressé qu'il était passé sans transition du jardinage à la maison des Nelson. Ses mains étaient encore pleines de boue quand il était entré. Il avait forcément laissé des traces. Des empreintes de pas. De doigts. Il serait découvert.

S'écartant du chemin, Michael posa son sac d'escrime par terre et s'effondra contre un tronc d'arbre. Il pressa les poings sur ses orbites et essaya de s'éclaircir les idées. À cause de la boue qu'il avait sur les doigts, il n'avait touché à rien. Vraiment rien ? Impossible d'en être certain. Il y avait eu le moment où il avait essayé de la rattraper, celui où il avait refermé la porte derrière lui. Et quand bien même, s'il avait touché quelque chose, quel était son crime après tout ? Il n'était pas entré par effraction. C'était un habitué de la maison, pouvait-on même parler d'intrusion ? Ses empreintes digitales étaient constamment sur cette poignée de porte. Quant à Lucy. Il ne l'avait pas touchée, elle non plus. Il n'avait fait que la voir, assister à sa chute. Mais serait-elle tombée s'il n'avait pas été là ? Se serait-elle même réveillée seulement ? Peut-être. Il y avait eu ce scooter dans la rue après tout, ce geignement soudain de moteur. Et le marchand de glaces aussi. Et puis où était passé Josh ? Se trouvait-il dans la maison en fin de compte ? Et, si ce n'était pas le cas, alors pourquoi avait-il laissé Lucy toute seule ?

Michael ouvrit les yeux. Il ne pouvait pas partir. Il fallait qu'il y retourne. Qu'il leur raconte ce qui s'était passé, qu'il leur explique. Il fallait qu'il leur explique, qu'il essaie, même si cela semblait impossible, de répondre à leurs questions. Il fallait, à présent qu'il avait les idées claires à nouveau, qu'il rectifie le tir, qu'il efface la panique qui lui avait fait quitter les lieux, prendre la fuite. Il se redressa, balança son sac sur son épaule, les lames brinquebalaient à l'intérieur tandis qu'il continuait sa route vers le sud.

En sortant des bois, Michael se retrouva au beau milieu des lueurs du soir. Les herbes hautes flottaient dans la brise, illuminées par l'éclairage public, on aurait dit le duvet blond d'un bras de femme en été. Parliament Hill, et le banc où il s'était assis tant de fois avec Josh se dressaient devant lui sur la gauche. Les petits groupes de promeneurs diurnes s'étaient rassemblés là-haut pour contempler les derniers rayons de soleil. Un joggeur apparut sur le chemin, dans la montée. Un chien fouillait l'herbe sèche en quête d'une balle. Les ultimes instants du jour avaient fait remonter à la surface un souffle de vie, simple et complexe à la fois, beau. Et qui semblait murmurer, dans le sillage des heures sombres à venir : N'oubliez pas. C'est ce que vous espérez, ce pour quoi vous travaillez, tout ce que vous aimez. C'est ce que nous recevons, et transformons. Ce qu'un jour nous perdrons ou nous sera enlevé, quel que soit l'ordre.

Michael tourna le dos à la colline et continua son chemin à travers les herbes qui caressaient ses jambes et ses mains nues. Le panorama de Parliament Hill, ce n'était pas pour lui ce soir. Pas plus que le voisinage de ces groupes de promeneurs. Sa destination, c'était une maison à deux rues de là. Il le fallait, il s'en rendait compte maintenant.

La maison où sa femme morte lui était apparue, et où, sans intention ni malice, il avait causé la mort de la fille de ses voisins.

Il prit l'itinéraire le plus long possible, resta dans le parc jusqu'à ce qu'il fût absolument impossible de continuer à éviter les trottoirs et les rues qui l'encerclaient. Il avait l'impression instinctive que tant qu'il foulait ce sol sablonneux, qu'il demeurait à côté de cette végétation, de ces arbres, il était en sécurité, comme suspendu. Une arche de platanes le mena plus bas, au milieu des commerces de South End Green. Tandis qu'il approchait les vitrines éclairées, passait devant un serveur dressant des tables à l'extérieur d'un restaurant italien, Michael tentait de se blinder en prévision de ce qui l'attendait sur South Hill Drive. D'une minute à l'autre, songeait-il, il verrait les gyrophares bleus d'une voiture de police ou d'une ambulance balayer la rue devant lui comme un phare avertissant de ce qu'il avait fait.

Mais lorsque Michael tourna au coin, il n'y avait aucune lumière qui clignotait. Juste quelques estivants éparpillés dans le jardin de The Magdalena, un verre ou une cigarette à la main. À l'intérieur, une télévision était branchée sur un match de football. Les serveuses transportaient des tours branlantes de pintes de bière. Attaché à une corde devant l'entrée, un chien lapait l'eau d'un bol en ferraille.

Michael dépassa le pub, tendant l'oreille, guettant des expressions ou des conversations qui évoqueraient les événements survenus dans la rue aujourd'hui. Mais rien. Et rien non plus quand il arriva devant la maison des Nelson, ni voiture de police ni ambulance. Pas de ruban de police délimitant la zone d'investigation. Pas d'officier au visage de marbre planté devant la porte. La maison était plongée dans le noir, et dans le même silence que cet après-midi, quand il s'y était introduit, une maison parmi les autres dans le large virage de la rue, chacune plus implacable et plus immuable que sa voisine.

L'espace d'un moment, tandis qu'il passait devant leur porte, Michael songea que tout cela n'avait peut-être été qu'une vision. Caroline dans la baignoire, Lucy apparaissant puis tombant. Peut-être que son désir que ce ne soit pas arrivé n'était pas un désir après tout, mais la réalité. Parvenu à sa porte, il sentit un élan d'enthousiasme l'envahir à cette idée. Son esprit avait-il pu invoquer Caroline, mais aussi tout ce qu'il avait vu d'autre dans la maison ?

Il grimpa son escalier, ses pas résonnaient à son oreille, qui guettait en même temps le moindre bruit qui pourrait émaner de l'autre cage d'escalier, derrière le mur. Quand il eut atteint le premier étage, une autre pensée l'assaillit. Et si tout s'était bien passé tel qu'il s'en souvenait, mais que personne ne l'avait encore trouvée ? Et si Lucy était encore allongée là, dans cet escalier plongé dans le noir, attendant qu'on vienne la découvrir ? Michael pouvait encore être cette personne. La personne qui la découvrait, qui appelait l'ambulance, la police.

Il entra dans son appartement, abandonna son sac d'escrime dans le couloir, et avança jusque dans le salon. Ainsi qu'il en avait pris l'habitude depuis sa première soirée dans cet appartement, il s'approcha des fenêtres sans allumer les lumières. Il avait besoin de se poser un moment, de réfléchir. D'être sûr de faire le bon choix. Il n'avait plus de certitude sur ce qui était du domaine du réel et ce qui n'était que le produit de son imagination. Et il lui fallait des certitudes avant d'agir. Formant une boucle avec son reflet dans le miroir, Michael posa les mains sur les fenêtres froides devant lui et appuya son front sur la vitre. C'est à ce moment-là qu'il vit Josh.

Depuis les fenêtres de son appartement, Michael n'avait jamais réussi à voir plus loin que le bout du jardin des Nelson. Leur poirier, adulte et haut, lui bouchait la vue sur le reste. Mais par-delà son sommet, même au printemps et en été, il arrivait toujours à distinguer les quelques derniers mètres de pelouse, le portail au fond et le saule derrière, dont les branches caressaient la surface du bassin. C'était un jardin tout en longueur, le soir, la lumière de la véranda ou de la cuisine ne parvenait pas jusqu'en bas de la pente. Mais suffisamment loin cependant pour que, par lune et ciel clairs, Michael aperçoive Josh en bas fumant une cigarette avant d'aller au lit, le bout incandescent rougeoyant à travers les nuages de fumée dans la nuit. Et c'était là qu'il était ce soir encore : debout devant le portail où Michael lui avait parlé de Caroline pour la première fois. Sauf que ce soir-là, Josh ne fumait pas, à la place il se cramponnait au portail des deux mains, agrippé au bois, la tête tombant entre les bras, en pleurs.

Depuis son point de vue dans son appartement, Michael surplombait le large dos de Josh qui tremblait et se soulevait. Il serra l'une de ses mains et se mit à donner des coups de poing dans le bois, sans force, mollement, régulièrement. Finalement, comme si l'effort l'avait vidé de ses dernières volontés, Josh glissa au sol, à genoux, et y resta, le visage enfoui dans les mains, le dos toujours tremblant, parcourue par le champ électrique de la mort de sa fille.

# 14

Quelques minutes seulement après le départ de Michael cet après-midi-là, Josh était rentré chez lui. Il avait regagné South Hill Drive au pas de course, et, la maison de Tony et Maddy avait beau n'être qu'à quelques rues de là, il était tout de même arrivé le tee-shirt trempé de sueur. Il avait refermé la porte d'entrée derrière lui, en maintenant la clenche levée afin que le loquet ne réveille pas Lucy en retombant, puis il était allé directement à la cuisine se servir à boire. Il avait pris un verre dans le placard, l'avait rempli de glaçons au distributeur du réfrigérateur, puis d'eau au robinet. Tout en buvant, une main posée sur le robinet, Josh guettait les bruits de sa fille à l'étage. Elle s'était levée du mauvais pied ce matin-là, elle était grincheuse et un peu fiévreuse. Il avait d'abord pensé que c'était à cause de la chaleur, mais quand elle lui avait demandé si elle pouvait retourner se coucher, il en avait conclu qu'elle était malade. Depuis la naissance, le corps de Lucy s'était toujours réfugié dans le sommeil pour se défendre contre la maladie. Josh lui avait répondu oui et l'avait mise au lit.

Samantha était partie pour le week-end avec sa sœur, et tôt ce matin-là, il avait déposé Rachel chez une copine qui avait une piscine. Ainsi, une fois Lucy couchée, Josh s'était retrouvé seul de manière imprévue. Devant lui, une journée de chaleur, un samedi de juin, et aucune fille à occuper. Il pouvait faire ce qu'il voulait de son temps. Il songea à aller lire le journal dans le jardin, ou à monter dans son bureau et classer les e-mails qui s'accumulaient et qu'il évitait depuis des semaines. Mais c'était une trop belle journée pour l'une ou l'autre de ces options, ces quelques heures de liberté lui semblaient trop belles pour ne pas en profiter. Surtout ce week-end, où non seulement Samantha était partie, mais Tony aussi.

Peut-être avait-il envoyé un texto à Maddy, qu'il avait effacé aussitôt ? Peut-être n'avait-il même pas voulu courir le risque de laisser une trace, peut-être était-il juste allé chez elle pour la prendre par surprise ? Leurs maisons étaient si proches après tout. Quoi qu'il ait finalement décidé, texto, coup de téléphone, impulsion du moment, Josh était parti. Sans doute très peu de temps. Moins d'une heure, certainement, mais il était bel et bien parti. Laissant derrière lui Lucy endormie dans sa chambre à l'étage, sans se rendre compte que le courant d'air, au moment où il ouvrait la porte de l'entrée, avait entrouvert celle du jardin, il avait juste refermé la porte, et il était parti.

Et il se trouvait là, le corps vidé par l'urgence du sexe, submergé par un mélange de frisson puéril et de satisfaction pragmatique. Il avait pris un risque, à présent, il lui fallait rendre à la journée son rythme de croisière et effacer les quelques minutes de son absence. Il termina son verre, ôta son tee-shirt, le mit dans la machine et se dirigea vers la salle de bains pour se doucher.

En premier il vit les cheveux de Lucy, blonds sur le tapis rouge. Pendant quelques secondes, il resta interdit. Mais à chaque marche, l'image se complétait – ses yeux fermés, son haut de pyjama remonté sur son ventre pâle – et Josh comprit que c'était sa fille qu'il avait sous les yeux, inerte devant lui.

Durant un long moment, il la tint contre lui, la berça contre son torse dans l'escalier, tandis que la chaleur s'échappait de son corps. Le rapport du légiste estimerait cette réaction regrettable. Le corps n'aurait pas dû être déplacé. La police aussi interrogea Josh pour savoir pourquoi il avait descendu le corps de Lucy sur le canapé dans le salon au lieu de la laisser là où il l'avait trouvée. Bien que les conclusions du rapport aient établi que la mort avait très probablement été instantanée – d'après la contusion à l'arrière de sa tête d'une part, et son cou brisé d'autre part –, il y demeurait une chance, même infime, que Lucy, si elle n'avait pas été déplacée, eût encore pu être sauvée. Mais Josh savait qu'ils se trompaient. Il avait su, à la seconde où il avait posé la main sur elle, que sa fille était morte. Et c'était la raison pour laquelle il l'avait serrée contre lui de cette manière, si fort contre son torse nu, pour recueillir le peu de chaleur encore en elle, pour sentir ce sang et cette peau que Samantha et lui avaient engendrés, qu'ils avaient connus bébé, se refroidir contre lui.

La police arriva la première, une voiture de patrouille avec deux officiers à l'intérieur. Peu de temps après, l'ambulance que Josh avait appelée se gara à côté de la maison. Un groupe de gamins, torse nu sur leurs vélos, léchant des glaces à l'eau de toutes les couleurs, se forma au bas de la rue. De l'autre côté, une femme accoudée à sa fenêtre du troisième étage se retourna et appela son mari pour qu'il vienne voir. Quelques portes plus bas, un vieux monsieur, ancien professeur de lettres classiques, lisait son journal devant sa maison. Debout, le journal à la main, il fut témoin, avec le groupe de gamins et la femme à sa fenêtre, de la sortie d'un brancard poussé par les ambulanciers et chargé d'un corps caché sous une couverture de survie. Plus tard, alors que le soleil avait quitté son jardin et qu'il était en train de replier sa chaise en bois, il porta de nouveau le regard vers cette maison et vit les photographes de la police transporter leur matériel à l'intérieur.

Au poste, un lieutenant, une jeune femme qui n'avait même pas trente ans, prit la déposition de Josh. Au même moment, au fond du couloir, dans une pièce avec deux ventilateurs poussés au maximum, un officier du service de protection de la famille parcourait les dossiers relatifs au nom de « Lucy » et à l'adresse des Nelson. Au milieu de sa déposition, Josh, encore assommé, s'était mis en colère. Pourquoi l'interrogeaient-ils ? Elle était tombée. C'était un accident. Pensaient-ils vraiment qu'il aurait tué sa propre fille ? Le lieutenant l'avait laissé éructer tout son soûl en le regardant d'un air fatigué. Elle alla dans un coin de la pièce, lui servit une tasse de thé, lui demanda s'il voulait du sucre et s'il souhaitait appeler la mère de Lucy. Ou s'il préférait qu'ils demandent à une conseillère de le faire. Comme il voulait. Tandis qu'elle lui rapportait sa tasse de thé, Josh avait hoché la tête silencieusement, puis il s'était remis à pleurer.

Samantha se préparait pour aller dîner quand elle reçut le coup de téléphone. Elle sortait de la douche, elle avait encore les cheveux enroulés dans une serviette. Martha était déjà en bas, elle l'attendait au bar de l'hôtel. Au début Josh ne voulut pas lui expliquer pourquoi elle devait rentrer. Mais elle insista. Sa voix était fêlée, submergée et profonde. Jamais elle ne l'avait entendu ainsi. Comme il ne parvenait plus à finir la moindre phrase, elle lui posa la question directement. « Rachel ou Lucy, Josh ? Rachel ou Lucy ? » Et c'est là qu'il lui dit. Sans bouger d'un millimètre, Samantha avait eu la sensation de dégringoler. Le téléphone collé à l'oreille, elle s'était mise à pleurer elle aussi en écoutant Josh à l'autre bout du fil qui répétait : « Je suis désolé, je suis désolé. »

Martha la conduisit directement au poste de police, où elles rejoignirent Josh. Une policière avait déjà été envoyée chez les parents de l'amie de Rachel pour leur expliquer. Oui, avait dit la mère de l'amie, la main plaquée contre la bouche, hochant la tête, livide. Oui, bien sûr, Rachel pouvait rester dormir chez elle.

Samantha et Josh rentrèrent chez eux en taxi, se soutenant l'un l'autre pour franchir les quelques mètres qui les séparaient de la porte. Au moment où Michael avait aperçu Josh dans le jardin, ils étaient rentrés depuis plus d'une heure déjà. Samantha était montée se coucher directement, et avait pleuré jusqu'à l'épuisement. Mais Josh n'avait pas réussi à s'endormir, au lieu de cela, il avait arpenté la maison dans tous les sens, essayant de comprendre. Il avait ouvert une bouteille de vin et avalé deux verres coup sur coup, puis il était sorti dans le jardin et là, ignorant le regard de Michael posé sur lui, il avait pleuré face aux eaux noires des bassins, cognant sa main encore et encore contre le portail, jusqu'à s'effondrer à genoux, vaincu.

Cette nuit-là, Michael non plus n'arriva pas à dormir. Il était rentré du parc avec l'intention de tout dire à Samantha et Josh. Mais le spectacle de Josh en larmes l'avait vidé de toute volonté. Il était demeuré à la fenêtre aussi longtemps que Josh devant le portail, et ne s'était écarté qu'en le voyant se relever et remonter vers sa maison.

Michael était allé dans sa salle de bains, il s'était déshabillé et douché, il était resté debout la tête penchée sous l'eau drue jusqu'à ce qu'elle devienne froide. En regardant la boue s'effacer de ses genoux et s'évacuer par la bonde, il songea fugitivement à se supprimer. Il était submergé. La vision de Caroline, la chute de Lucy, les larmes de Josh. Il voulait s'enfuir, s'échapper. Cependant, une partie de lui, plus profonde, enfouie sous les couches de pensée, reconnut dans cette pulsion une réaction chimique, passagère, qu'il fallait laisser agir jusqu'au bout pour qu'elle disparaisse. Et elle disparut. Enveloppé dans sa serviette, il sentit l'urgence de se calmer, puis il alla dans sa chambre et commença à réfléchir à l'étape suivante.

Il était sûr d'une chose à présent. Il ne pouvait pas avouer. Il ne pouvait pas dire à Samantha et Josh qu'il s'était introduit dans leur maison. Allongé sur son lit pendant le reste de la nuit, les yeux grands ouverts dans le noir, Michael n'avait pas cessé de se le répéter. Maintenant qu'il avait scellé son destin sur ce palier une première fois, puis une seconde, en prenant la fuite, il n'y avait plus rien à gagner à ajouter davantage de colère ou de chagrin à la situation. Lucy n'était plus là. Il l'avait vue mourir. Mais il ne l'avait pas tuée. Il avait vu, mais il n'avait pas voulu. L'avouer à ses parents ne la ramènerait pas à la vie. Ça ne ferait que l'éloigner, lui, de la leur, pile au moment où il pouvait peut-être leur être le plus utile, en tant qu'ami et voisin.

Michael savait très bien que son raisonnement était perverti, en plus de reposer entièrement sur le fait de n'être pas confondu, de n'avoir laissé aucune trace qui puisse être identifiée dans la maison. Et dans l'hypothèse où il échapperait à tout soupçon, il se sentait tellement perdu qu'il ne savait plus s'il parviendrait à reprendre le fil de son raisonnement plus tard, sans même parler du lendemain matin. Pourtant il savait que c'était la vérité la plus simple. Il fallait qu'il soit pragmatique, qu'il pense, maintenant que Lucy était morte, à la manière de faire le plus de bien possible.

Allongé sur son lit, les lumières de l'aurore caressant le mur près de lui, Michael tournait et retournait inlassablement des raisonnements dans sa tête, jusqu'à ce qu'il soit convaincu que c'était le seul moyen d'avancer. À présent, tous ses efforts, tous ses actes devraient aller dans le sens de la guérison et non de la faute. C'était là l'argument, résolut-il alors que le soleil montait dans le ciel et que les premiers nageurs arrivaient aux bassins derrière sa fenêtre, auquel il devait s'accrocher à tout prix pour qu'il devienne son objectif ultime. Et bien sûr, c'était là aussi son expiation, sa pénitence. Il porterait seul l'histoire de la mort de Lucy, et ferait en même temps tout ce qu'il pourrait pour aider ses parents à affronter le deuil, comme eux l'avaient fait pour lui.

Alors que Michael se promettait d'agir, il éprouva avec une douleur aiguë la présence pesante de la maison des Nelson, juste de l'autre côté du mur. Son poids semblait soudain presque négligeable et cependant douloureusement tangible. Tout le long de cette journée, tandis qu'il se forçait à sortir du lit, à s'habiller, à manger, il sentait la maison comprimer les murs de ses petites pièces. Comme la pensée de Lucy morte lui comprimait le crâne. Il semblait impensable que sa vitalité se fût éteinte en un instant. Que tout ce qu'elle était, tout ce qu'elle avait été – ses souvenirs, les vies imaginaires de ses poupées, ses jouets et ses couleurs préférés – puisse être réduit, dans cette seconde où elle avait heurté l'escalier, à ce qu'Oliver décrivait comme un organe spongieux, alourdi par la mort, sous les os de son crâne.

Mais le plus terrible était qu'il fût responsable de cette réduction, de ce passage ridicule de corps à cadavre. C'était, au-delà de la peine, l'aspect le plus cruel de sa mort pour Michael : cette conscience malade de ce qu'elle savait et qu'il porterait en lui pour le restant de ses jours. Il était celui qui avait fait tomber Lucy. Celui qui l'avait tuée.

Il eut beau passer la journée entière dans son appartement, Michael fut incapable de s'empêcher de coller son nez à la fenêtre toutes les deux minutes. Mais il eut beau y revenir encore et encore, il ne revit plus Josh dans le jardin, et pas davantage Samantha. Il garda son téléphone dans sa poche. Guetta les bruits venant de leur maison, en vain. Pourtant il savait qu'ils étaient là, la porte à côté, tous les deux, terrassés par la perte qu'il leur avait infligée, se réveillant dans le décor d'une vie étrangère, tel un couple de jeunes mariés sans enfants.

Vers le milieu de la matinée, tandis qu'il remplissait sa bouilloire, Michael vit une voiture s'avancer dans la rue. Une femme en sortit, fit le tour et ouvrit la portière côté passager. Rachel, son sac à dos bleu sur l'épaule, posa le pied sur le trottoir. La femme, petite et bronzée sous son carré chic, la prit par la main et la mena jusqu'à la porte. Quelques minutes plus tard, elle réapparut, remonta dans sa voiture et repartit.

Michael avait envie de leur parler. Il songea à appeler, envoyer un texto. Mais c'était impossible tant que lui-même n'en avait pas été informé d'une manière ou d'une autre. Telles étaient les règles qu'il s'était fixées. Puisqu'il avait effacé ces instants passés dans leur maison, il devait à présent agir et réagir comme si sa vérité était la seule vérité qui vaille. Comme s'il avait bel et bien traversé le parc pour aller à son cours d'escrime et puis était revenu. Il s'était couché, et maintenant c'était dimanche. Une journée tranquille, des nuages hauts dans le ciel chargeant l'air de la ville d'une chaleur humide. Une journée où les familles se retrouvaient dans l'intimité, jusqu'aux premières heures de la soirée, quand, habituellement, Josh ou Samantha l'appelait pour lui proposer de partager leur dîner.

Il se sentait incapable de travailler et il ne voulait pas quitter son appartement, mais il fallait qu'il fasse quelque chose. Alors il s'installa devant son bureau et mima des poses de travail : mettre de l'ordre dans ses notes, imprimer le dernier chapitre qu'il avait écrit. Il évoquait sa première rencontre avec Oliver Blackwood, sauf qu'il s'en était consciencieusement effacé. Tamisant le contenu de leur conversation à travers les mailles de sa mémoire, ainsi que ses observations d'alors – la Mercedes SLK gris métallisé d'Oliver, sa cravate éclatante – il avait rendu compte de l'action à la troisième personne.

C'était aux funérailles d'un ami : un romancier mort d'une soudaine hémorragie cérébrale. Oliver était le chirurgien qui l'avait opéré. Il n'avait pas réussi à le sauver, mais, avait-il dit à Michael lors de cette première conversation à la veillée funèbre, lorsqu'il avait appris quelques jours plus tard la profession de son patient, il n'avait plus eu aucun regret. « Il aurait perdu l'usage du langage, avait lâché Oliver avec une franchise toute médicale. Plus aucune capacité linguistique. Un homme de mots, de lettres, de sens, dépouillé de tout cela. » Passant devant Michael, il avait attrapé au vol un canapé sur un plateau, du saumon sur une tranche de pain. « Non, avait-il ajouté la bouche pleine. C'est mieux comme ça quoi qu'on en pense. Parfois c'est le moment, voilà tout. »

Bien qu'il l'ait enlevée du chapitre qu'il avait sous les yeux, Michael se souvenait très bien de la réponse qu'il avait faite à Oliver ce jour-là. Assis à son bureau, écrasé par le poids de la maison des Nelson à côté de lui, elle lui revint de ce passé si lointain : « Oui », prononça-t-il à voix haute, comme si donner voix aux mots pouvait en renforcer le sens. « Parfois c'est le moment. »

Michael fixait du regard un stylo sur son bureau quand la sonnerie de l'interphone retentit. Son esprit, dérivant à travers les visions de Lucy, s'était égaré. La nausée reflua en lui. Il avait passé toute la matinée à faire les cent pas dans son appartement comme s'il s'apprêtait à monter sur la scène d'un auditorium, avec ce nœud à l'estomac caractéristique. Du coup, la sonnerie de l'interphone ne déclencha aucune réaction chez lui, sinon la distraction et la confusion. Mais il sonna à nouveau, plus longuement, insistant. Michael alla dans le couloir, décrocha le combiné et appuya sur le bouton pour parler :

« Oui ? » Sa voix était rauque et sèche.

« Monsieur Turner ? demanda une voix de femme.

– Oui, répondit Michael.

– Lieutenant Slater, police criminelle. J'aurais voulu monter vous poser quelques questions si possible. »

Michael scruta la grille en plastique du microphone, en maintenant son doigt enfoncé sur le bouton. « Il y a un problème ?

– Juste une enquête de routine, répondit-elle. Mais je préférerais vous en parler de vive voix si vous êtes d'accord ?

– Oui, bien sûr, dit Michael. C'est au quatrième, le dernier étage. » Il appuya sur le bouton d'ouverture de la porte et entendit le verrou se débloquer, puis le bruit des pas de l'agent Slater qui pénétrait dans l'immeuble. Elle était seule.

Il réentendit ses pas quelques secondes avant qu'elle n'atteigne son appartement. Des pas légers, résonnant dans l'escalier en béton. Il ouvrit la porte sans attendre qu'elle frappe et l'accueillit d'un hochement de tête.

« Merci monsieur Turner », dit-elle en le précédant dans son appartement.

Elle était petite et menue, le même genre de gabarit que Caroline. Habillée en civil : jean, chemise, une veste bleu marine sous le bras. Elle s'essuya le front du dos de la main, la montée lui avait donné chaud.

« Vous voulez un thé ? » demanda Michael en refermant la porte.

Elle lui sourit, avec un naturel désarmant. « Non merci, ça va. En revanche j'aimerais beaucoup un verre d'eau. »

Elle le suivit dans la cuisine, puis au salon. Pendant qu'il faisait couler l'eau du robinet et passait les doigts sous le jet pour vérifier qu'elle était froide, elle parcourut la pièce dans la longueur, avant d'atterrir là où Michael avait passé une partie de la soirée de la veille à observer Josh. « Jolie vue », dit-elle en regardant le parc, puis le jardin des Nelson.

Michael ne pouvait patienter plus longtemps. Il avait déjà été surpris par sa capacité à se couler sans effort dans le flot qui, hier encore, guidait ses journées. Mais il craignait d'en être incapable sous le feu de questions directes. Il fallait qu'il sache si elle savait.

« Puis-je vous demander, dit-il en lui apportant son verre d'eau, de quoi il s'agit ? »

Elle prit le verre avec un nouveau sourire. Elle avait des cheveux châtains courts, une coupe à la garçonne. Elle ne devait pas avoir plus de vingt-huit, vingt-neuf ans. Michael remarqua une cicatrice de brûlure sur son cou. « Juste quelques questions de routine. » Elle avala une gorgée d'eau. « Si on s'asseyait ? » proposa-t-elle en lui désignant le canapé.

Tandis que Michael prenait place, elle sortit un bloc-notes et un stylo de sa veste, puis s'assit à côté de lui. « Pouvez-vous me confirmer votre nom ? » demanda-t-elle, le stylo au-dessus de la page.

Michael eut un rire, une sorte d'expulsion d'air précipitée. « Je vous demande pardon, mais je voudrais d'abord savoir de quoi il s'agit. »

Elle leva les yeux de son bloc, le stylo toujours en suspens. Elle laissa passer un moment de silence, comme si elle soupesait sa culpabilité. Puis elle sourit à nouveau. C'était, considéra Michael, une forme de préambule à la conversation. Un réflexe professionnel sans doute.

« Normalement, c'est plutôt moi qui pose les questions, dit-elle, puis elle marqua une pause afin de retrouver sa voix officielle. Nous menons, poursuivit-elle en reposant son stylo sur la page, une enquête de voisinage, en lien avec un incident survenu dans la maison de votre voisin, hier.

– Un incident ?

– Oui, répondit-elle, ramassant son stylo et retournant à son bloc-notes. Chez les Nelson. Un décès. »

Avec le recul des années, Michael finirait par voir à quel point sa réaction à ce moment-là, quoique entièrement liée à sa connaissance des événements, imitait pourtant à la perfection celle d'un voisin entendant la nouvelle pour la première fois. C'était le fait d'entendre ces mots dans la bouche de quelqu'un d'autre. De savoir, avec certitude, que la chute de Lucy s'était bel et bien produite, que sa réalité était à présent connue du reste du monde. C'était le destin, déjà à l'œuvre.

Involontairement, il eut le souffle coupé, comme s'il venait de poser la main sur une plaque chauffante. L'agent Slater le regarda.

« Qui ? demanda-t-il.

– La plus jeune des deux filles, Lucy. »

Michael porta la main à sa bouche. « Oh mon Dieu ! » dit-il en se détournant. Ses mots, ses sentiments, tout était réel. Il ne comprenait pas comment, mais il avait vraiment l'impression qu'on lui apprenait la nouvelle.

« Comment ? » demanda-t-il en se retournant vers elle.

Elle croisa son regard. Il s'attendait presque à l'entendre lui répondre « À vous de me le dire, monsieur Turner », ou à la voir sortir ses empreintes digitales de derrière son bloc-notes. Mais non. Elle se passa la langue sur les lèvres et il vit qu'elle était nerveuse. Était-elle censée lui en révéler autant ? Peut-être que, malgré son assurance, elle n'était qu'une novice ? Son âge le laissait supposer en tout cas.

« Une chute, dit-elle. Très probablement un accident, mais… » Elle laissa sa phrase suspendue, sourit à nouveau, d'un sourire bref et tendu. « Enfin, vous voyez. Nous devons nous en assurer. Donc, (elle reprit son stylo), pouvez-vous me confirmer votre nom ?

– Michael, répondit-il d'une voix faible. Michael James Turner.

– Et votre date de naissance ? »

C'était un interrogatoire standard. Slater était peut-être une novice, mais elle remplissait son rôle, débitant les questions sans temps mort. Depuis combien de temps habitait-il dans la rue ? Quel était son métier ? Depuis combien de temps connaissait-il les Nelson ? Michael répondait sans détour. Aucune de ces questions ne le contraignait à dévier de la vérité. Jusqu'à ce que, sur le même ton inoffensif que toutes les autres, elle lui pose cette question : « Et que faisiez-vous entre 15 et 17 heures hier après-midi ? »

Michael attaqua avec la stricte vérité. « J'avais un cours d'escrime, lui dit-il. À 16 heures. À Highgate, au centre de loisirs. »

Elle prit en note. Son silence le déstabilisa. Le bruit du stylo sur le papier. « Celui qui est à côté de l'école », ajouta-t-il.

Elle leva les yeux de la page. « Oui », dit-elle, comme pour lui demander de s'en tenir aux faits. Elle baissa les yeux. « Et à quelle heure êtes-vous parti à votre cours ? »

Michael marqua une pause. Il fallait qu'il ait l'air d'y réfléchir, pas de donner une réponse toute prête. Qu'il y pense d'abord, avant de le dire. « Euh, dit-il, sans doute aux alentours de 15 h 15 – 15 h 20, au plus tard. »

De nouveau, elle releva la tête pour croiser son regard. « Pour aller à Highgate ?

– Oh, pardon, reprit Michael. À pied. J'aurais dû le préciser. Je vais toujours à mes cours d'escrime à pied.

– D'accord, convint Slater, prenant note une nouvelle fois. Quelqu'un peut-il attester de votre présence au centre de loisirs ? »

Et ce fut tout. En moins de dix mots, Michael avait énoncé le déroulé de sa journée alternative. Et le lieutenant Slater en avait pris note. C'était une déclaration. C'était réel. Et pouvait être mis en doute, à l'épreuve. Étrangement calme, Michael poursuivit, mentionna le nom d'Istvan, chercha son numéro de téléphone pour le lui donner. Si elle interrogeait Istvan, lui raconterait-il que Michael avait été malade ? Et s'il le faisait, en devinerait-elle la raison ? Il n'avait pas le choix. C'était un risque incontournable. Après tout, Istvan était son alibi.

Y avait-il, lui demanda Slater, quelqu'un d'autre susceptible de l'avoir vu à son cours ? Un réceptionniste ? Un jardinier ? Non, Michael ne le pensait pas, en tout cas pas à sa connaissance. Elle acquiesça. Comme elle l'interrogeait, il lui parla de son retour chez lui, à travers le parc. C'était une magnifique soirée, il s'était arrêté un moment pour se reposer dans les bois. Il avait pris son temps. Avait-il remarqué quoi que ce soit à propos de la maison des Nelson au moment de son départ ? Ou bien en rentrant ? Non, dit Michael. Non, rien qui lui revienne.

Plus il parlait, moins Michael avait l'impression de dissimuler ses actes à Slater, il avait plutôt le sentiment de servir une cause, qui lui échappait. Il savait qu'il était en mesure d'aider Samantha et Josh. Que c'était son devoir. Il le regrettait, mais il était récemment devenu expert dans le genre de perte qu'ils venaient de subir. C'était le moins qu'il puisse faire : compromettre les poursuites contre lui pour rester dans leurs vies.

Slater continua d'égrener ses questions, Non, il n'avait pas vu l'ambulance. Et non, il n'avait rien entendu venant de chez ses voisins une fois rentré chez lui. Avait-il vu Josh ? Pas depuis... il s'interrompit pour réfléchir. Jeudi soir. Ce devait être jeudi soir. Oui, ils avaient dîné ensemble. « Non », se corrigea-t-il. Elle cessa d'écrire. « Désolé, c'était le lendemain matin.

– La dernière fois que vous l'avez vu ? demanda-t-elle.

– Oui », dit Michael. Étrangement il avait bel et bien oublié. « Je suis passé pour lui prêter un tournevis. Pour ses lunettes.

– Un tournevis ? Il n'en avait pas ?

– Pas un de cette taille, non. C'est celui que j'utilise pour l'escrime, ajouta-t-il avec un regard vers son sac dans le couloir.

– C'était à quelle heure ?

– Tôt, avant 8 heures. Samantha... dit-il, se remémorant Lucy qui tapait sa cuillère contre la table. Elle n'avait pas encore emmené Rachel à l'école. Donc il devait être tôt, oui. »

Slater prit congé, remettant son bloc-notes et son stylo dans la poche de sa veste et lui tendant sa carte : « Si jamais un détail vous revient.

– Oui, bien sûr », dit Michael, en la posant sur le comptoir de la cuisine.

Il la raccompagna jusqu'à la porte. « Comment vont-ils ? Samantha et Josh », précisa-t-il en ouvrant, quoique ce ne fût pas nécessaire.

Elle fronça les sourcils, puis soupira, les yeux tournés vers la cage d'escalier. Non, songea Michael, elle n'avait pas beaucoup d'expérience. « Ils sont dévastés », dit-elle, le regard toujours au loin, le front plissé comme si c'était la seule réponse possible. Elle se retourna vers lui. « Ils sont sous le choc. »

Tendant la main, elle serra la sienne. « Merci pour votre aide, monsieur Turner. Désolée d'avoir perturbé le cours de votre journée.

– Non, je vous remercie, s'entendit dire Michael, de m'avoir mis au courant. »

Elle acquiesça, avec une lueur interrogative dans le regard. Sur laquelle elle ne s'arrêta pas. « Je vous en prie, dit-elle en s'approchant de l'escalier. Passez une bonne journée, monsieur Turner. »

Et ainsi, elle s'en alla, ses petits pieds claquèrent sur chaque marche, emportant avec eux cette fausse journée dans son bloc-notes hors de chez lui, dans le vrai monde.

## 15

Trois jours après la visite de l'agent Slater, Michael se retrouva assis sur leur banc habituel de Parliament Hill, avec Josh. Il était tôt, et c'était la première fois que Michael revoyait Josh depuis la scène douloureuse près du portail. Samantha l'avait appelé la veille. Quand le téléphone avait sonné, il était debout devant l'évier en train de faire la vaisselle. L'appareil vibra sur le plan de travail, et Michael resta longtemps à fixer son nom sur l'écran avant de décrocher.

« Samantha. » Il aurait voulu que son nom puisse contenir tout ce qu'il avait envie de lui dire.

« Merci pour ton mot. » Sa voix était éteinte, un murmure. Elle marqua une pause. Quand elle reprit la parole, sa voix se brisa sur son nom à lui. « Oh, Michael. »

Elle pleura pendant quelques minutes. Michael écouta, puis il lui demanda si elle voulait qu'il passe la voir. Non, dit-elle, pas encore. En revanche, s'il voulait bien, pourrait-il aller courir au parc ? Avec Josh ?

« Il en a besoin, dit-elle. Il a besoin de sortir, de parler.

– C'est encore très tôt.

– Je sais, mais vraiment, il a besoin de sortir. » Elle s'interrompit. « Et j'ai besoin qu'il sorte. Même pas longtemps.

– Oui, bien sûr.

– Je pense qu'il te parlera à toi, continua-t-elle. Parce que. Enfin...

– Oui, répéta-t-il. Je sais. »

Après que Samantha eut raccroché, Michael resta un moment figé là où il se tenait pour parler au téléphone, les yeux posés sur la rue sous ses fenêtres. Puis il se dirigea vers son bureau, choisit un quatuor à cordes de Beethoven sur son iPod, s'assit devant sa table et laissa les longues notes diffractées se déverser dans la pièce et en lui.

En entendant sa voix, il avait eu une envie folle de tout lui dire. Sur le mur devant son bureau était accrochée une carte postale représentant une urne grecque sous laquelle on pouvait lire des vers de Keats : « La beauté est la vérité, et la vérité est la beauté. » Il s'était réduit à la laideur : à un seul et unique mensonge souillant les années qui s'étendaient devant lui. Il serait un éternel imposteur. Dans l'écriture, il trichait pour être plus lucide, plus proche de la vérité, dans la vie réelle, il tricherait pour oublier, pour mieux mentir. Il allait devenir une incarnation de sa propre technique : effaçant son passage dans la maison des Nelson comme il s'était toujours effacé des pages de ses livres.

Mais il était déterminé. Et la musique, progressant vers le prochain mouvement, semblait confirmer le bien-fondé de sa décision. De son sacrifice. Alors il résista et ne dit rien. Ne rappela pas Samantha. Et fit plutôt ce qu'elle lui avait demandé en se levant tôt ce matin-là, en enfilant un short, un tee-shirt et des baskets, et en allant chercher Josh à côté.

Michael le trouva devant sa porte, il l'attendait déjà. Manifestement il n'avait pas fermé l'œil de la nuit. La peau sous ses yeux était noircie par la fatigue. De même que Michael avait accueilli l'appel de Samantha en prononçant son nom, il approcha Josh en énonçant le sien : « Josh. »

Il ne répondit pas, se contenta de hocher la tête et commença à marcher le long de la rue, en direction du parc, comme s'ils avaient une tâche à accomplir à laquelle il valait mieux s'atteler au plus vite. Au virage du bas de la rue, ils abandonnèrent le macadam pour l'herbe et s'engagèrent sur leur itinéraire habituel, marchant en silence sous l'arche des platanes, traversant les terrains fatigués par le passage des fêtes foraines pour déboucher sur le sentier ombragé à la lisière du parc. Au moment où ils franchissaient le South Meadow, Michael sentit son mollet se détendre doucement, les muscles se dénouant comme une rose éclôt. Josh marchait à côté de lui, obstinément fermé. Michael ne voulait pas être celui qui commence à parler. Il savait d'expérience, de ces premiers jours après la mort de Caroline, quand Peter venait si souvent au cottage – pour prendre des nouvelles, lui préparer des repas – qu'aux yeux de Josh, à présent, le silence était la dernière part de lui-même qui lui appartenait encore, qu'il pouvait encore comprendre.

Arrivés à la porte de Highgate, ils descendirent à travers bois vers l'enceinte de Kenwood, puis remontèrent sur le chemin de gravier qui passait de l'autre côté de la façade. Derrière les fenêtres fermées, on entendait les employés préparer la journée à venir. Ouvrant les échoppes, rangeant les réserves. Quelque part dans les jardins, un taille-haie fonctionnait. Dans la dernière fenêtre, Michael entrevit leur reflet à tous les deux – Josh marchant la tête baissée, comme s'il suivait une ligne invisible qui se déroulait sous ses pieds, Michael, à côté de lui, grand, dont la foulée amputée irradiait jusque dans son épaule avec un drôle de soubresaut à chaque pas. Parvenus à l'extrémité de la bâtisse, ils suivirent un ruisseau qui serpentait entre les strates de sable fin et de terre puis franchirent un pont par-dessus le bassin des Bois, vers les bosquets de la partie sud. Ils commencèrent alors à courir sans avoir échangé un mot, accélérant le rythme exactement là où ils l'avaient toujours fait, au début du terrain de Duel, en foulant l'ovale de gazon écossais pour rejoindre le chemin qui redescendait vers Hampstead Gate. Leur parcours était le même, imperturbable. Tout, dans leur jogging, était identique, tel que par le passé. Sauf l'air qu'ils échangeaient, pollué par la mort de Lucy qu'ils taisaient, dont chacun d'entre eux possédait une part de vérité.

Dans la montée qui menait à Parliament Hill, ils ralentirent un peu, puis marchèrent sur les derniers mètres jusqu'aux quelques bancs parsemés au sommet, saluant Londres d'en haut. Michael prit place sur leur banc habituel, puis il sentit le bois plier sous le poids de Josh qui s'asseyait à côté de lui.

La vague de chaleur était passée. Haut dans le ciel, des armadas de cumulus mouchetaient la mosaïque de la ville de taches d'ombre. Une brise fraîche, venant du nord dans leur dos, avançait, chargée de pluie. Un vol d'étourneaux s'éleva puis fondit sur le terrain de sports, plus bas, tel un drap qu'on secoue sur un lit.

Michael jeta un regard en biais à Josh. À part la fatigue, il était inchangé. Même si ses yeux, nota-t-il, avaient perdu leur capacité à se projeter loin, comme s'ils ne pouvaient plus supporter de contempler la promesse d'un horizon.

« Je suis désolé », dit Michael, il le pensait, au sens large du terme, plus qu'il ne l'avait jamais pensé auparavant.

Josh ne le regarda pas. « Comment tu as su ?

– La policière. Elle est venue à l'appartement. »

Josh était déjà en train de secouer la tête, il se mordait la lèvre inférieure. Une veine, tel un ver de terre, apparut tout à coup sur son front.

« Cette salope, dit-il, qui m'a traité comme un putain de criminel. Un suspect ! »

Josh tourna son visage vers lui, la colère brillait dans ses yeux. Michael en perçut la profondeur, sous son cœur, sous son ventre. « Enfin, tu t'imagines, après que Caroline… si quelqu'un était venu te voir en te montrant du doigt et… » Il s'interrompit. « Je suis désolé, dit-il, en détournant à nouveau le regard. C'est juste…

– Je sais, dit Michael. Ne t'en fais pas. Vraiment. »

Josh se recula contre le dossier. « Au moins, c'en est fini à présent. Le commandant en chef, ou quel que soit son nom. Son patron. Il a dit que l'affaire était classée sans suites. » Il laissa échapper un soupir d'incrédulité. « Sans suites ! Tu m'étonnes qu'il n'y ait aucune suite, putain !

– Je suis certain que c'était juste la procédure, hasarda Michael. Le truc normal.

– Ouais ? répondit Josh plus calmement. Si c'est ça, ils devraient se pencher sérieusement sur leurs putains de procédures. »

Affaire classée sans suites. Michael se recourba sur lui-même, les coudes posés sur ses genoux, digérant l'information. Il avait vécu ces deux derniers jours dans la certitude qu'il la reverrait. Le lieutenant Slater. Chaque matin, il avait guetté la sonnerie de l'interphone et le bruit de ses pas montant l'escalier. Le moment où il la verrait ressortir son bloc-notes et son stylo. Il était certain que sa fausse journée, ayant été mise à l'épreuve de la réalité, aurait été confondue, et ses minutes effacées, ressuscitées.

« Le légiste doit rendre son avis aujourd'hui, dit Josh, à côté de lui. Ils ont fait l'autopsie… » Sa voix se brisa sur le mot, les images qu'il convoquait. Son corps si petit. Il commença à pleurer en silence.

Michael tendit le bras et posa la main sur son dos. C'était la première fois que l'équilibre des forces entre eux était inversé. Il sentit les muscles sous les omoplates de Josh se soulever sous sa paume, l'aspect physique de sa douleur.

« Bon sang, Mike ! » lâcha Josh quand il fut de nouveau capable de parler. « Crois-moi. Quand tu as des enfants. Personne ne te prévient… Enfin, si, mais… » Il se frotta le visage avec ses mains, puis il les regarda devant lui, comme si son chagrin allait laisser une tache sur ses doigts. « L'amour, dit-il. C'est, c'est… » Lorsque enfin il trouva le mot juste, il sortit dans un murmure : « … cruel. »

Michael ôta sa main. La sensation de la fragilité de Josh, sa proximité, c'était trop. « Comment va Sam ? »

Josh reprit sa respiration, se reprit lui-même. « Pas bien », dit-il, les sourcils froncés sur la constellation de mégots de cigarettes dispersés à leurs pieds.

« Elle s'en veut à cause de la barrière. La barrière pour enfants. » Il soupira et recommença à secouer la tête. « On l'avait enlevée. Je ne comprends pas. Elle n'avait jamais eu de problème. Elle faisait attention, comme on le lui avait appris. » Il haussa les épaules. « Je… Je ne l'avais pas entendue. Rien. À part quand elle… » Il s'interrompit à nouveau, incapable de dire ce qui avait tué sa fille.

Michael porta le regard vers la ville, le dôme de Saint-Paul dominé par les grues, les rayons du soleil transperçant ses tours de verre. Lui non plus ne comprenait pas. Josh était présent ? C'était ce qu'il était en train de dire ? Était-il au courant ? Michael avala sa salive, essaya de parler d'une voix normale. « Tu étais en bas ? » demanda-t-il.

Pendant un moment, Josh ne dit rien. Quand il redirigea son regard vers Michael, son expression était sur la défensive. « Bien sûr que j'étais en bas. » De nouveau, la veine saillait sur son front. « Où voulais-tu que je sois ?

– Je ne sais pas, tu aurais pu être dans le jardin, dit Michael. Quand cela s'est produit. Alors tu n'aurais pas pu… »

Josh détourna les yeux. « Non, lâcha-t-il, comme fatigué de devoir toujours donner la même réponse. Je n'étais pas dans le jardin. »

Une femme qui promenait deux carlins s'arrêta sur un banc à leur gauche. Elle fouilla dans son sac et en sortit un paquet de cigarettes, elle en prit une qu'elle alluma, le briquet niché dans son poing. Les carlins, à ses pieds, étaient essoufflés par la montée.

Ni l'un ni l'autre ne parla durant quelques minutes. Josh fixait le sol à nouveau. Michael était assis à côté de lui, essayant d'assimiler ce qu'il venait d'apprendre. Josh avait donc dû dire à Slater qu'il était dans la maison. Sam avait dû confirmer. Sans le savoir, ils avaient tous les deux œuvré pour rendre crédible la version de chacun. Josh dans la maison, Michael hors de la maison. Mais alors où était Josh ? Il ne le saurait jamais et ne pourrait jamais le lui demander.

Michael sentit une bouffée de colère désespérée l'envahir. Si seulement Josh n'avait pas quitté la maison – mais il l'avait fait, ça n'avait plus d'importance. Tout ce qui comptait, et tout ce qui compterait à présent, pour les mois et les années à venir, ce serait ce que Michael réussirait à faire pour les aider à guérir de cette blessure qu'ils avaient tous les deux causée. C'était là tout ce dont il disposait pour contrebalancer ce qui s'était produit. Il lui faudrait multiplier les gestes, à l'infini. Il n'y avait plus rien d'autre à faire.

« S'il y a quoi que ce soit, finit par dire Michael, que je puisse faire. Pour aider. »

Josh ne sembla pas l'entendre et Michael s'apprêtait à répéter quand il finit par répondre. « C'est parce que je l'ai déplacée », dit Josh, à lui-même plus qu'à Michael. Il hochait la tête comme s'il avait finalement trouvé la pièce manquante du puzzle. « C'est pour ça qu'ils m'ont interrogé. »

Surgie de nulle part, la vision de Lucy tombant s'imposa devant les yeux de Michael. Au ralenti : son pied nu cherchant le sol, ses cheveux blonds, sa main qui s'ouvre. Cette vision le hanterait pour toujours. Désormais il le savait. Elle ne le quitterait jamais, tout comme la vue de sa fille allongée dans le virage de l'escalier ne quitterait jamais Josh.

« Mais qu'est-ce que j'aurais pu faire d'autre ? dit Josh. Enfin, merde ! c'est ma fille…

– Certainement, reprit Michael d'une voix basse, qu'ils suivaient juste la procédure. Honnêtement, Josh. C'est sûrement la règle, c'est tout. »

Josh hocha la tête, mais avec moins de conviction cette fois. Soudain, il se mit debout. « Il faut que je rentre », dit-il.

Michael se redressa à son tour. La femme aux carlins les regarda, soufflant la fumée par le coin de sa bouche.

« Tout seul, Mike », dit Josh en levant une main devant lui.

Il avait l'air au bord des larmes à nouveau. Un homme en porte-à-faux avec le monde, perdant la partie. « Bien sûr, dit Michael. Bien sûr. Dis à Sam que je pense à elle, ajouta-t-il alors que Josh lui tournait déjà le dos. Et j'étais sincère : s'il y a quoi que ce soit... »

Mais Josh redescendait déjà le long du chemin. Michael le regarda partir, cet homme dont il avait déchiré la vie en deux en moins d'une seconde. Un homme qui, comme lui, avait choisi de se sauver, et qui, en faisant ce choix, les avait faits frères sans le savoir, liés qu'ils étaient à présent par leurs mensonges et les minutes factices qu'ils avaient créées.

# 16

« C'est ça. Maintenant éloignez-vous. Lentement. Éloignez-vous. Détendez-vous. »

Daniel baissa la cravache, tourna le dos au cheval, une vieille jument baie, et s'avança vers l'extrémité du champ broussailleux, et le portail où se tenait Sally.

« Ne vous retournez pas », ordonna-t-elle. Ses deux chiens couchés à ses pieds levèrent la tête quand il s'approcha. « C'est ça, dit-elle. Tranquille et régulier. Continuez à avancer. »

Après cinq mois à West Valley, c'était la première fois que Daniel laissait Sally lui donner un cours. Jusqu'ici il avait préféré se tenir à l'écart des chevaux et se cantonner aux travaux d'entretien. Mais ce matin-là, quand de nouveau elle lui avait proposé, il avait accepté. Il ne pouvait pas dire pourquoi mais il était content de l'avoir fait. Dans ses habits de professeur, Sally semblait plus posée que d'habitude. Comme si tout ce qu'il y avait d'autre dans sa vie n'était que distraction et dérangement. Sa voix durant le cours s'était faite plus tendre et plus douce que Daniel ne l'avait jamais entendue auparavant. Elle souriait également. Ce qui devait vouloir dire que ça fonctionnait, pensa-t-il en approchant d'elle. Le cheval devait être en train de le suivre.

Lorsque Daniel était venu travailler pour Sally, au début, il n'avait pas su quoi penser d'elle. Elle était bourrue, colérique, férocement indépendante. Les années passées seule l'avait rendue sèche, aussi coriace que sa peau tannée par le soleil. Qu'elle ait réussi à tenir une maison d'hôtes si longtemps relevait du miracle. Mais elle avait réussi. Et ce n'était pas n'importe quelle maison d'hôtes, c'était une des plus réputées du comté de Sonoma.

Il y avait eu un mari à une époque, mais il l'avait quittée. Daniel ignorait toujours les circonstances de cette rupture, il savait juste qu'à cause de son départ, Sally, à plus de soixante-dix ans, avait besoin d'aide pendant la saison haute – pour entretenir le jardin, la maison et accomplir les tâches qu'elle préférait laisser à quelqu'un d'autre pour se consacrer à ses chevaux.

« Non, je ne murmure pas à l'oreille de mes putains de chevaux, lui avait-elle dit la première fois qu'il lui avait demandé de quoi il s'agissait. C'est juste du bon sens. Écouter, observer. Prendre le temps, pour une fois, de penser autrement que comme un satané être humain. Comprendre que notre mode de vie, notre langage ne sont pas les seuls qui existent. »

Venant de la ville toute proche de Sebastopol, Daniel avait atteint le bout de la piste qui menait chez elle quelques jours auparavant. Un panneau d'offre d'emploi écrit à la main au marqueur rouge lui avait indiqué de sortir de la route : ON RECRUTE. Au-dessus, il y avait un autre panneau dont la peinture s'effaçait : MAISON D'HÔTES DE LA

WEST VALLEY & CENTRE D'HARMONIE HIPPIQUE. C'était le mois de février, encore tôt dans la saison. Elle l'avait pris, lui avait-elle dit très vite, car il avait été le premier à s'aventurer sur ce chemin. À la moindre erreur, avait ajouté Sally en le guidant jusqu'à ses appartements – une chambre avec un lit simple et une plaque chauffante – il ferait le chemin inverse.

Mais Daniel n'avait commis aucun impair. Il avait eu son compte d'erreurs. Ainsi, cinq mois plus tard, en juillet, il s'était senti assez à l'aise dans son poste pour laisser Sally lui enseigner ses techniques. Au fil des mois, ils s'étaient habitués l'un à l'autre. Ils se comprenaient, pensait-il. Peut-être même commençaient-ils à s'apprécier.

« OK. Ici, ça suffit, dit Sally en levant la main. Maintenant retournez-vous. Tranquille, lentement. »

Daniel suivit ses instructions et trouva la jument derrière lui en se retournant, ses flancs frissonnant sous le bourdonnement des mouches du petit jour.

« Maintenant déplacez-vous sur la gauche, dit Sally depuis le portail. Toujours tranquille et régulier, le pas. C'est ça. »

Daniel s'exécuta, longeant la courbe du champ lentement. La jument obliqua avec lui et avança au pas à ses côtés comme si elle était attachée, dodelinant de la tête dans la courbe. Il allait commencer une phrase mais Sally le coupa au moment où il prenait sa respiration.

« Ne parlez pas, ordonna-t-elle. Contentez-vous de marcher. Marchez et sentez sa présence près de vous. C'est ça. Elle est avec vous maintenant. Elle est avec vous. »

Pendant que Daniel marchait avec la jument, il songea à quel point Sarah et Kayce auraient adoré voir ça. Cathy aussi. Mais elles étaient encore à l'autre bout du pays. C'était l'une des choses les plus difficiles à appréhender. Ne pas pouvoir se tourner vers sa femme ou ses filles et partager un regard, une réflexion. Pourtant, durant ces six derniers mois, en dehors d'une seule journée, ça avait été son quotidien, depuis cet instant où il avait fait marche arrière dans leur allée de Centennial Hills et pris la direction de l'ouest, loin d'elles.

Après quelques jours sur la côte de Sonoma, Daniel avait décidé de rester. De ne pas s'éloigner de la mer. Mais en même temps, il fallait qu'il demeure en mouvement, alors il avait continué à rouler. Il ne pouvait pas aller plus loin à l'ouest, il avait donc longé la côte, jusqu'à Florence au nord, dans l'Oregon, et San Diego au sud. Pendant son voyage, il avait soigneusement évité les journaux, les bars avec la télévision, ou les stations de radio avec bulletins d'informations toutes les heures. Il comprit bientôt, cependant, que ses précautions étaient superflues. En quelques semaines, la nouvelle qui avait tant ébranlé sa vie avait disparu de la planète médiatique, ne remontant à la surface que lorsque l'enquête eut abouti. « Assassinat accidentel », c'était ainsi qu'ils avaient nommé ce qu'il avait fait. Un accident. Des morts. Une morte. Deux ou trois paragraphes en page trois ou quatre. Un sujet de temps en temps sur une chaîne d'informations. Même en Australie et en Grande-Bretagne, la déclaration du Pentagone était passée presque inaperçue. Le monde avait continué d'avancer. D'autres nouvelles, d'autres morts, se nourrissant d'actualité, pas de passé.

Tout du long, ils avaient réussi à ce que son nom ne sorte jamais dans la presse. Peut-être l'agent Munroe avait-il déployé des trésors d'effacement, ou bien le protocole militaire s'était-il juste imposé en mastodonte impossible à défier, toujours est-il qu'aux yeux du monde, le drone était demeuré indépendant des hommes.

Et pourtant il ne l'était pas. Durant ces premiers mois à parcourir la côte, suivant le tracé des falaises, s'arrêtant dans les petites villes de pêcheurs, Daniel avait été incapable de se poser quelque part. Il avait les nerfs à vif et le sommeil, pour peu qu'il boive assez pour s'endormir, superficiel et agité. Il savait qu'il ne pouvait pas retourner à Las Vegas dans cet état. Il vivait sur son indemnité de départ, sans emploi qui l'attache à un lieu, il se laissait dériver sur la côte californienne comme un hippie nostalgique des années 1960, exilé de sa vocation et propriétaire d'une maison vers laquelle il ne pouvait retourner. Et cependant cette maison demeurait sa destination finale. Il en avait la certitude. Pas la maison de Centennial Hills en particulier, mais Cathy et les filles. Elles étaient sa maison et la raison pour laquelle il se tenait éloigné d'elles pour le moment. Il voulait les retrouver.

Bien qu'une partie de l'accord de Daniel avec Cathy ait été de la laisser respirer, ils continuaient de se parler régulièrement. Ils s'appelaient, s'envoyaient des e-mails toutes les semaines. Il parlait aux filles par Skype régulièrement, se rasait de près dans les maisons d'hôtes où il séjournait pour afficher la façade lisse et militaire qu'elles lui connaissaient. Pour Sarah et Kayce, leur père avait été envoyé en mission pour son travail, une fois de plus. Ce qui, en un sens, était vrai, Daniel avait-il réussi à se convaincre. Ce n'était pas un scénario difficile à accepter pour elles. Au fil de ses années de service, son absence était devenue aussi familière que sa présence. Cependant, même en mission, il avait toujours eu des permissions, ainsi quelques mois plus tôt, avec l'accord de Cathy, il était revenu à Las Vegas pour les voir.

Il n'avait passé qu'une journée avec elles. Cathy avait dit que ce serait trop perturbant – pour elle et pour les filles – s'il restait plus longtemps ou dormait à la maison. Alors il était arrivé la veille, avait loué une chambre dans un appart-hôtel situé en bordure du Strip. Comme d'habitude, il avait été incapable de trouver le sommeil, et avait donc passé une bonne partie de la nuit à arpenter les centres commerciaux et les casinos, à regarder les joueurs alimenter les machines à sous.

Ils se retrouvèrent pour le petit déjeuner dans un des restaurants de Paris, un pied de la tour Eiffel transperçait le plafond, au-dessus de leur tête. Daniel s'était senti submergé en voyant les filles. Mais il savait que Cathy le surveillait, jaugeait ses réactions, son comportement, alors il trouva un moyen de se tenir, réprimant son désir de les prendre dans ses bras et de les serrer contre lui. Tandis qu'il payait la note, Cathy lui lança un regard où la femme qu'il avait connue et celle qu'il découvrait semblaient l'implorer toutes les deux de mesurer la fragilité des choses, de mesurer ce qu'il possédait encore.

Ce soir-là, Daniel emmena les filles à *Disney on Ice*, mais avant, ils passèrent toute la journée ensemble. La majeure partie du temps, ils se promenèrent sur le Strip, Daniel guidant la poussette de Sarah, en tenant la main de Kayce. Entre deux virées shopping et fast-food, ils avaient visité

New York, Paris, Venise, l'Égypte, des versions minia-tures de l'Empire State Building, de l'Arc de triomphe, des Pyramides. Plus tard, sur le chemin du spectacle, ils s'arrêtèrent pour admirer les chorégraphies des fontaines sur le lac devant le Bellagio, les tours d'eau s'élevant en panaches de l'obscurité à la lumière.

Après des mois dans un paysage de vignes et sur la côte de Sonoma, le poids de la ville semblait très prégnant à Daniel, et cependant tout lui donnait une impression de décor de carton-pâte. Il n'avait jamais remarqué qu'il y avait de la musique partout le long du Strip. Elle sortait des lampadaires, des pots de fleurs, de sous les faux pavés dans les centres commerciaux. Même les passerelles qui enjambaient l'autoroute semblaient avoir choisi un thème musical, celui des sans-abri, qui trouvaient là le seul endroit où ils aient encore le droit d'officier.

Daniel avait contemplé les fontaines devant le Bellagio, pendant que ses filles criaient et bondissaient à ses côtés, et il avait compris son erreur. Tout le temps qu'il avait travaillé là-bas à Creech, il avait toujours perçu ce qu'il y faisait comme un couplet étrange et discordant par rapport au refrain de Las Vegas. Ici, au cœur de la ville, le fan-tasme, l'évasion et le pari étaient les notes dominantes de l'hymne local. Là-bas, dans le désert, ils étaient confrontés à la réalité, à la guerre, à la mort. Sur le Strip, on oubliait la mort. À Creech, on s'en occupait.

Pourtant ce n'était pas aussi simple que cela, et tandis que ces fontaines dansaient en chœur devant ses yeux, cela lui était apparu avec une clarté soudaine. Creech n'était pas une branche si déconnectée des aspirations de la ville, mais un continuum. Las Vegas fournissait à l'Amérique des versions du monde, afin que l'Amérique n'ait pas besoin de s'y aventurer. D'autres pays, d'autres lieux étaient ainsi simultanément rapprochés et tenus à distance. Exactement comme ils l'étaient sur ces écrans qu'il observait à Creech. N'était-ce pas ce qu'ils faisaient également là-bas, lui et Maria, avec leurs tasses de café qui refroidissaient sur l'étagère à côté ? Introduire dans l'Amérique une version de la guerre. Une version à la loupe mais à distance, un équivalent sécurisé, où ils n'étaient pas obligés d'aller eux-mêmes.

Pendant tout le spectacle ce soir-là, tandis que les danseurs de *Cendrillon* glissaient et tournoyaient sur la glace, Daniel avait vu la culture de l'imitation déteindre sur son passé ici. Tout n'avait été que simulacre, représentation, il s'en rendait compte à présent. Les larges rues et les maisons ocres de Centennial Hills : une communauté qui n'en avait que les apparences. Les plantes et les arbres désertiques prisonniers du gravier : des modèles en miniature du vrai désert qui s'étendait derrière les portes fermées des culs-de-sac. Même les monts Charleston semblaient une version ramassée des chaînes de montagnes qu'il avait survolées au Pakistan et en Afghanistan, comme si elles avaient été achetées dans un lot avec la tour Eiffel sous laquelle ils avaient pris leur petit déjeuner. Et eux-mêmes, il fallait bien l'admettre. Lui, ses filles, Cathy, assis devant des pancakes, comme s'ils étaient vraiment en vacances. Eux aussi n'étaient rien d'autre qu'une imitation. Une famille modèle, creuse en son centre, et ce à cause de lui.

Lorsque Daniel rendit les filles à Cathy ce soir-là, en les attachant dans leurs sièges auto dans le parking du Thomas and Mack Center, il leur fit à toutes la promesse muette de remplir ce vide, quoi qu'il lui en coûte. Jamais ils ne se contenteraient d'être l'image d'une famille, ils vivraient leur vie en vrai, ensemble, au lieu d'en inventer une.

Reprenant la route de l'ouest le lendemain, retrouvant le chemin de son travail à Creech, Daniel sortit enfin de l'autoroute et partit à la découverte de ces montagnes qu'il n'avait jamais vues que de loin quand il vivait là. Il s'était garé le long de la route au sommet d'une vallée élevée et était sorti de la Camry pour respirer l'odeur d'eucalyptus portée par la brise. À cette altitude, la neige tachetait encore le sol sous les buissons. Daniel s'était penché et s'en était pressé une poignée contre la joue, la morsure bien réelle du froid était un réconfort.

« Est-ce que tu te fais aider ? » C'était la question que Cathy lui avait posée la veille avant d'emmener les filles. « Parce que tu sais, Dan, tu devrais, avait-elle dit, une main sur la portière côté conducteur. Tu devrais vraiment.

– Oui, avait-il répondu. Et ça marche. Je me sens beaucoup mieux, Cathy.

– C'est super, avait-elle dit en lui serrant le bras. Mon Dieu, c'est tellement bon d'entendre ça ».

Pour la première fois depuis qu'ils s'étaient retrouvés au petit déjeuner, Daniel avait cru à l'honnêteté de son émotion. Ainsi, peut-être voulait-elle vraiment qu'il revienne ? Peut-être pourrait-il tenir sa promesse, et plus tôt même qu'il ne l'avait espéré ?

C'était un mensonge, ce qu'il avait dit à Cathy. Quoi que, pas complètement. Il se sentait mieux, et il s'était fait aider, simplement pas dans le sens où elle l'entendait. Mais c'était bien de l'aide. Les rangées de vignes sur les collines. La brume sur les rivières et les brouillards sur la mer. Un faucon à queue rouge décollant d'un arbre. Il était allé jusqu'à se renseigner sur les associations de vétérans locales, il avait aussi repéré leurs autocollants sur les pare-chocs qualifiant leurs missions d'« œuvres héroïques ». Daniel, lui, n'avait pas l'impression d'être un héros. Pas plus qu'il n'avait l'impression d'être un vétéran. Et c'était bien le problème. L'armée était comme une famille, disaient-ils. Jusqu'à ce que vous la quittiez. Vous étiez bien au chaud à l'intérieur, et la minute d'après, dehors pour de bon. Depuis le lycée, Daniel n'avait rien connu d'autre. Il avait passé un tiers de sa vie dans les airs, et voilà que soudainement il était cloué au sol. Ainsi que le colonel Ellis le lui avait dit, il avait respecté le credo des forces aériennes américaines : « ... L'Épée et le Bouclier de ma Nation, Sa Sentinelle et Son Justicier... » Qu'avaient-ils fait pour lui en retour ? Ils l'avaient jeté dehors aussi vite qu'ils avaient pu.

De ne plus voler, Daniel se sentait balourd, gauche, comme privé d'un de ses sens. Et il se sentait à découvert également, dépouillé de tout ce que cela lui avait apporté : l'autorité, l'identité, l'utilité. Même durant ses années à Creech, à voler depuis une station de contrôle terrestre et non depuis un cockpit, il n'avait pas perdu les sensations de vol. Voilà pourquoi il se tenait à l'écart des associations de vétérans. S'il ne pouvait plus vivre sa vie de militaire, alors Daniel préférait l'oublier complètement, et il savait que dans ces associations, on parlait, on se souvenait. Et en se remémorant, il serait obligé de voir. C'était aussi la raison pour laquelle il s'était forgé sa propre aide à Sonoma plutôt que d'aller la chercher ailleurs. À cause de ce qu'il serait sûrement obligé de voir si on le forçait à se souvenir. Il en avait vu assez, de cela il était certain. Il avait regardé, tellement longtemps, à en souhaiter que ses yeux pourrissent dans leurs orbites. Ainsi il avait menti à Cathy, mais pour la bonne cause. S'il voulait revenir vers elle, vers les filles, alors il faudrait que ce soit par son propre chemin. Pour le moment cela signifiait se tenir à l'écart, à l'ouest, à Sonoma, à l'ouvrage chez Sally. Et cela signifiait écrire. À Michael.

« OK, ça ira comme ça. » Sally se poussa du portail et retourna vers le corps de ferme, ses deux chiens se soulevant de leur tapis de poussière pour la suivre. « Il y a des boulettes dans le bac de nourriture, lança-t-elle à Daniel par-dessus son épaule. Donnez-lui-en une poignée. Pas plus pour le moment. »

Durant son séjour dans l'ouest, Daniel avait fait d'autres petits boulots, s'était plié à d'autres routines – vendangeur, ouvrier dans un port de pêche – mais il ne s'était senti prêt à écrire à Michael qu'en arrivant chez Sally. Quand les mots étaient enfin venus, ils avaient déferlé sur lui et il avait écrit la première lettre d'une traite. *Cher Monsieur Turner, J'imagine que ce n'est pas là une lettre que vous souhaitez recevoir.* Quand il l'eut achevée, il la relut, la glissa dans une enveloppe et l'adressa à l'éditeur de Michael, puis grimpa dans sa voiture pour la poster depuis San Francisco. Il voulait entrer en contact. Il voulait se faire connaître. Cela ne signifiait pas qu'il voulait qu'on le retrouve.

L'adresse d'expéditeur que Daniel laissa sur l'enveloppe était celle d'une boîte postale dans la zone Bay de la ville. Même s'il n'espérait pas une réponse de Michael, du moins pas sous la forme d'une lettre. Peut-être mettrait-il le nom de Daniel en ligne, ou bien irait-il voir les journaux. Après tout, cette lettre qu'il lui écrivait était une information en elle-même. Quoi qu'il en fasse, Daniel avait du mal à imaginer que Michael lui réponde directement.

À cause de cette incertitude quant à la réaction de Michael, dans les semaines après avoir écrit, Daniel s'était réveillé chaque matin lessivé par la nervosité de l'attente. Que se passerait-il si Michael publiait cette lettre ? Comment réagirait l'armée ? En même temps, ses réveils étaient aussi teintés de soulagement. Enfin, il l'avait fait. Il avait bouclé la boucle, et c'était la seule manière d'avancer, il en était sûr, quelles qu'en soient les conséquences.

Quand, finalement, il reçut une lettre de Michael, Daniel n'était pas juste surpris de sa réaction mais aussi de ce qu'il lut, de ce que Michael lui en demandait plus. Ni accusations, ni récriminations, ni même de colère. Seulement des questions. Listées. Sur lui, sur sa famille, son travail. Et sur le jour où il avait tué sa femme.

Au début, Daniel n'avait pas compris. Il avait avoué, il était sorti de l'ombre. N'était-ce pas suffisant ? C'est en travaillant chez Sally ce jour-là, en nettoyant les écuries, en rangeant les provisions dans la cuisine, en coupant les fougères au bord du ruisseau, qu'il s'était rendu compte que non, ce n'était pas suffisant. Avouer et tourner les talons, c'était trop facile. Avouer et rester, planer en cercles concentriques au-dessus de son acte, en fouiller le moindre détail, c'était différent. Lui, plus que tout autre, devrait le savoir. Ainsi, peut-être était-ce là une forme de châtiment, ce questionnaire ? Le moyen qu'avait trouvé Michael de le faire payer, en livrant sa mémoire et sa vie à la dissection ?

Une manière pour lui de tirer une sorte de victoire de sa perte, une victoire par l'omniscience.

Il ouvrit son poing sur les quelques boulettes, aplatit ses doigts et laissa la jument fouiner dans sa main, frottant ses lèvres contre sa paume. Pendant ce temps, il caressa le muscle sous sa crinière de son autre main. Le soleil lui chauffait la nuque. Il entendait quelqu'un prendre sa douche par l'une des fenêtres ouvertes des chambres d'hôtes. Pour la première fois depuis des années, lui semblait-il, il se sentit heureux.

Aujourd'hui, Daniel enverrait sa troisième lettre à Michael. Après sa première réponse, il avait reçu une autre salve de questions : certaines, réclamant des clarifications ou plus de détails ; d'autres, entièrement nouvelles. Daniel avait bien compris que Michael était écrivain, mais en même temps il ne voyait pas comment Michael pourrait se servir des réponses qu'il lui fournissait. Malgré cette incertitude, ou peut-être à cause de cette incertitude, Daniel avait quand même décidé de répondre. Et voilà qu'à la troisième lettre de Michael, il s'apprêtait à poster sa réponse aujourd'hui. En partie pour s'acquitter de la dette qu'il avait auprès de cet homme dont il avait tué la femme, mais aussi pour lui-même. Car c'était l'autre personne à qui Daniel écrivait à présent, lui-même. C'était une sorte d'exercice de mémoire ciblé, de souvenir délibéré, qui lui permettait de retracer à travers les réponses qu'il donnait à Michael les circonvolutions qui l'avaient mené à ce jour-là.

« J'ai dit pas plus ! »

Daniel, qui avait déjà plongé la main dans le bac pour prendre plus de boulettes, se retourna et trouva Sally derrière lui.

« Ce n'est pas une récompense, souvenez-vous-en. Vous voulez que son instinct se mette à votre service, pas son foutu estomac. »

Elle conduisait un autre cheval des écuries vers le champ. « Ça fait du bien, hein ? dit-elle en passant près de lui. D'établir cette connexion avec eux ? Sans même les toucher ? »

Daniel tenait le museau de la jument sous son bras, elle tentait de le soulever, cherchant d'autres boulettes.

« Ouais, dit-il, bien que Sally fût trop loin pour l'entendre désormais. Ça fait du bien. »

# 17

Deux mois après leur jogging dans le parc, Samantha appela Michael pour lui dire que Josh les avait quittées. Ils étaient dans un café à South End Green, les portes-fenêtres grandes ouvertes sur le trottoir. La journée avait été couverte, et tandis que le soir tombait, une lumière vanillée distillait une impression d'automne. Deux bus étaient garés tout près, projetant leurs ombres sur leur table.

Josh, raconta Samantha à Michael, avait quitté la maison la veille. Ils avaient parlé pendant deux heures, continua Samantha, et étaient convenus que c'était le mieux à faire pour le moment. Elle aurait fini par passer et le lui dire, mais comme elle était tombée sur lui, eh bien, autant le lui dire tout de suite.

Michael resta sans voix. Il se fit compatissant, demanda comment elle se sentait. Il n'avait pas pensé qu'ils se sépareraient. Durant ces derniers mois de silence, il s'était dit que, repliés sur eux, ils se soutenaient en se rapprochant, pas qu'ils s'éloignaient. « Mon Dieu, Sam, dit-il. Ce doit être terrible. » Samantha opina du chef, la mâchoire serrée, pleine de retenue. Puis, brusquement, elle éclata de rire.

Ce fut bref, nerveux, elle aurait aussi bien pu fondre en larmes, songea Michael.

« Ce qui est fou, surtout, dit-elle dans le même souffle. C'est qu'on soit restés ensemble si longtemps. »

Depuis la mort de Lucy, Michael avait à peine croisé Josh et Samantha. Seule la famille proche avait été conviée à l'enterrement, organisé deux jours seulement après que le légiste avait déclaré la mort accidentelle. La semaine suivante, Michael était allé prendre un café avec Samantha, dans ce même café où ils se trouvaient à présent. Elle avait pleuré presque continuellement et s'était levée alors que son café était encore chaud. Il ne l'avait pas revue plus de deux fois depuis, la croisant dans des magasins, au supermarché. C'était presque insupportable, cette distance soudaine entre lui et les Nelson. Il avait pourtant décidé de la marche à suivre, qui justifiait ses choix précédents et représentait la seule issue à sa culpabilité – la possibilité pour lui d'aider Josh et Samantha – mais leur absence l'avait privé de cette issue. Il avait ainsi erré dans leur sillage, désemparé et vide, hanté par ce qu'il avait fait et ce qu'il avait vu.

Depuis ce jogging dans le parc, Michael n'avait revu Josh qu'une seule fois. Michael jardinait, taillant les haies qui séparaient le terrain de son immeuble de celui de leur maison. C'était le soir, Josh était sorti pour fumer une cigarette au fond du jardin, près du saule pleureur. Sur le chemin du bassin, il s'était contenté d'adresser un signe de la tête à Michael, mais en remontant, il s'était arrêté pour lui parler. Il s'excusait, avait-il dit, pour l'autre jour au parc. Il n'aurait pas dû s'en aller comme ça. Michael lui dit que ce n'était rien, qu'il comprenait. À ce moment-là, Josh l'avait regardé comme s'il était un parfait étranger, comme si on venait de lui rappeler que cet homme n'était entré dans leurs vies que quelques mois auparavant.

« À bientôt », avait-il coupé court en rentrant chez lui. Michael était resté planté là. Et depuis lors, Josh et Samantha s'étaient recroquevillés sur eux-mêmes comme jamais. La maison, quand il passait devant, trahissait de timides signes de vie. On aurait plutôt dit une cachette, une boîte remplie de papier de soie, recelant un œuf de Fabergé, ou une unique, et si légère, perle translucide. Leur deuil les avait fragilisés, pensait Michael, alors ils demeuraient cloîtrés, de peur qu'une exposition au monde extérieur ou le moindre dérangement ne creuse encore la faille en eux.

De même pour Rachel, qu'il n'avait croisée qu'une fois, dans une librairie à Hampstead avec sa mère. Il n'était pas allé les saluer. Quelque chose dans son expression l'en avait empêché. Elle avait toujours eu cet air de fille sérieuse, mais là c'était différent. Il l'observait, déambulant dans le magasin comme si on lui avait joué un mauvais tour, comme si on l'avait eue par surprise. Comme si le reste du monde avait toujours su, et qu'elle, elle ne le découvrait que maintenant. Elle saisit deux livres sur les étagères avec une lenteur renfrognée, les feuilleta et les reposa. Elle était désintéressée de tout, sa curiosité s'était évaporée. Et cependant, s'il était allé vers elle, Michael était certain qu'elle aurait deviné. De même que les chats ou les chevaux sentent les choses. Elle aurait senti sa fausseté, perçu la laideur de sa démarche.

Rachel avait passé le plus clair de l'été chez Martha, dans le Sussex, avec ses cousins. C'était là que Samantha se rendait quand Michael l'avait croisée dans la rue. Elle allait chercher Rachel pour la ramener à la maison. Mais elle avait un peu de temps devant elle avant l'heure de son train. Voulait-il prendre un thé avec elle ?

« Je ne voulais pas que Rachel soit là, expliqua-t-elle à Michael en mélangeant le sucre dans sa tasse. Quand Josh partirait.

– Est-ce qu'elle sait ? demanda Michael. Qu'il a quitté la maison ? »

Samantha baissa les yeux sur sa tasse comme si elle venait d'être prise en flagrant délit de vol. « Pas encore, répondit-elle. Mais je vais le lui dire ce soir. Lui expliquer.

– Il vaudrait mieux le faire, dit Michael. Avant qu'elle ne rentre à la maison.

– C'est mieux comme ça, dit-elle en le regardant droit dans les yeux. Crois-moi. C'est de pire en pire depuis... Il est de pire en pire. »

L'un des bus démarra et quitta sa place de parking. Samantha le regarda s'engager sur la route, libérant un pan de soleil qui retomba sur le trottoir.

« De pire en pire ? dit Michael.

– Il boit. » Elle regardait le bus, comme si Josh était à bord. « Toute la journée. Le matin, avant d'aller se coucher. Il a toujours eu ses humeurs, mais là...

– Est-ce qu'il a repris le travail ? »

Elle haussa les sourcils et laissa échapper un autre petit rire. « Oh, oui ça ! s'exclama-t-elle. Dès qu'il a pu.

– Ce n'est pas une bonne chose ? demanda Michael.

– Peut-être. » Elle prit une profonde inspiration, soupira. « Il passe son temps dehors, dit-elle en reportant son attention sur Michael. Ou au bureau. Je ne sais jamais si c'est l'un ou l'autre. Jusqu'à 1 ou 2 heures du matin. » Elle prit une gorgée de thé. Michael voyait bien qu'elle avait dépassé le stade des tergiversations. Samantha avait pris sa décision depuis un bon moment, elle en était déjà à envisager les conséquences, l'épilogue.

« Chacun a sa manière de faire face, hasarda-t-il. C'est peut-être la sienne.

– Je sais, je sais, mais… » Elle s'interrompit. Puis elle laissa retomber ses épaules doucement. « Pour être honnête, on en prenait le chemin depuis un moment.

– Vraiment ? » Michael repensa aux dîners qu'ils avaient partagés, aux promenades, aux fêtes. Il avait souvent senti une certaine tension entre eux, et il soupçonnait bien que Josh n'était jamais resté fidèle très longtemps. Mais cependant il n'avait jamais envisagé qu'ils se séparent, et il avait toujours eu du mal à les imaginer autrement que comme un couple marié.

« Ce qui s'est passé, dit Samantha, le visage crispé à la plus petite évocation de la mort de Lucy, a juste… accéléré les choses. » Elle prit une autre gorgée de thé. Michael l'imita. Il se tut. Il voyait bien que Samantha hésitait à lui dire quelque chose. Elle reposa sa tasse lentement, attentivement, comme si elle posait la dernière pièce d'un puzzle, puis elle se pencha en avant, et rapprocha son visage du sien. « Je ne peux pas en être certaine, dit-elle en le regardant dans les yeux. Mais je crois que Josh avait une liaison.

– Josh ? dit Michael.

– Avec Maddy. » Samantha prononça son nom, comme si elle-même se l'avouait en même temps. « Je crois qu'il a couché avec Maddy. »

Michael repensa à cette nuit dans le club de strip-tease, il revit Josh qui le pointait du doigt tandis que Bianca, la danseuse, l'entraînait dans les chambres privées. De la provoc, tellement immature. À des lieues de l'érotisme collet-monté de Maddy, de sa retenue. Mais ensuite, il y avait eu cette rencontre fortuite au bar à vins de Belsize Park – l'expression gênée de Josh pendant leur jogging le lendemain.

Une fois sa bombe lâchée, Samantha se recula sur sa chaise. Aucune colère dans sa voix, aucune jalousie. Rien que la certitude de son choix. L'alcool. Maddy. Elle avait pesé les éléments qui s'accumulaient, désormais elle les voyait à la lumière de la mort de Lucy, et avait pris sa décision. Sa vie était en train de changer, chaque seconde la modifiait. C'était à la fois terrifiant et excitant à observer.

« Bon sang, dit Michael. Tu crois que Tony le sait ?

– Je ne sais pas, dit Samantha. Et je m'en fiche. » Tout en prononçant ces mots, sa voix s'attendrit malgré elle. « Je veux qu'il aille bien, Michael, dit-elle en se penchant de nouveau en avant. Vraiment. Mais… » Ses yeux s'emplirent de larmes. « Il faut que je pense à moi, à Rachel. »

Michael tendit le bras et lui prit la main par-dessus la table. « Bien sûr, dit-il. Bien sûr. »

Samantha avait vingt-cinq ans quand elle avait rencontré Josh, dans un métro qui quittait la station de Wandsworth. Elle était rentrée de New York depuis six mois et venait de s'installer avec des anciennes copines d'école en bas de la rue. C'était sa première semaine dans son nouveau travail, en tant que chargée de projet dans un cabinet d'architecte de Victoria. Elle en était encore à s'habituer au quotidien, au fait de se lever tôt le matin. Sans quoi ils ne se seraient sûrement jamais rencontrés.

Ils étaient tous les deux en retard. Quand ils avaient déboulé en haut des escaliers, les portes coulissantes se refermaient déjà. Samantha devançait Josh d'une tête, elle avait attrapé le train la première. Et dans la foulée, il avait sauté à bord derrière elle, et s'était pris les pieds dans son talon en retombant.

Quand Samantha s'était retournée, elle avait vu sa chaussure tomber du wagon et atterrir sur les rails. Les portes s'étaient refermées, et tandis que le train s'ébranlait et commençait à avancer, elle s'était retrouvée cinq centimètres plus petite que sur le quai. L'homme en face d'elle faisait à peine deux centimètres de plus. « Merde ! avait-il lâché, horrifié. Bon Dieu de merde ! Je suis désolé. »

Il y avait quelque chose de drôle dans sa gravité. Et quelque chose de réconfortant aussi, dans son accent, celui des rues de sa vie étudiante. Son nom était Joshua, et oui, lui confirma-t-il en l'emmenant acheter une nouvelle paire de chaussures sur Victoria, il avait grandi à New York. « Enfin, dans le New Jersey, dit-il en lui tenant la porte d'un magasin L. K. Bennett. Mais c'est la même chose, non ? »

Elle avait été impressionnée par son assurance dans le magasin, les avis qu'il donnait sur les différentes paires d'escarpins qu'elle essaya. De son côté, c'était le galbe de ses mollets qui l'avait impressionné tandis qu'elle se levait pour observer son reflet dans le miroir. Et la façon si joyeuse dont elle avait accueilli ces péripéties. Avant de se séparer, il lui avait donné sa carte puis il l'avait regardée passer les portes de son bureau, en espérant qu'elle se retournerait vers lui. Elle avait résisté le plus longtemps possible, et en atteignant le bureau de la réception, elle avait jeté un coup d'œil par-dessus son épaule. Il était toujours là, il lui souriait derrière la porte à tambour, en lui faisant signe de la main.

Josh avait toujours voulu visiter l'Europe. C'était, ainsi qu'il aimait à le rappeler, de là qu'il venait. Son père avait suivi les traces de son arrière-arrière-grand-père jusqu'au Lancashire. Après le lycée, armé d'un billet de train inter-Rail, il était donc parti en voyage à travers le continent. Il avait visité Lancaster, randonné dans les Pennines, campé dans un archipel au large du Danemark, dormi dans des gares à Bruxelles et Bologne, fait du surf à Biarritz. Son crédit de voyages en train avait fini par expirer, mais pas son enthousiasme pour l'Europe. Il était donc resté, travaillant là où il trouvait de l'ouvrage, jusqu'au jour où il s'était inscrit en MBA à Londres.

Malgré son poste à la City, il avait réussi à garder intact son appétit de touriste pour la capitale. Après New York, Samantha n'avait vu dans Londres qu'une espèce de second choix, une concession. Josh changea cette perspective. Le week-end, il l'emmenait visiter la ville dans les bus à étage découvert, au musée John Soames, en bateau sur la Serpentine. Il voulait voir Stonehenge, le festival d'Édimbourg, prendre le ferry pour l'Irlande. Il était en pleine expansion alors qu'elle avait l'impression que sa vie avait rétréci. Elle s'était juré de ne plus jamais donner dans le banquier, ou le financier. Plus jamais de nuits d'échange.

Mais là, c'était différent, c'était ce qu'elle se disait et c'est ce qu'elle dit à ses amies. Et c'était la vérité. Il la faisait rire. Il lui donnait du plaisir. Après l'avoir fait jouir, il aimait discuter avec elle. Il voulait savoir qui elle était, pourquoi.

Ils se marièrent à la mairie de Prague, avec trois amis pour témoins, et partirent en lune de miel à Koh Tao, en Thaïlande. La première maison qu'ils achetèrent était située à Clapham, la deuxième, à la naissance de Rachel, était à Kensal Rise. Mais Josh était doué dans ce qu'il faisait. Un bourreau de travail, impitoyable. Au début cela avait plu à Samantha, cet esprit de compétition, cette façon de refuser une autre place que le sommet du podium, cette volonté de prendre des risques. Il eut des promotions. S'éleva dans la hiérarchie. Quand elle était enceinte de Lucy, ils déménagèrent à nouveau, cette fois dans une maison à trois étages surplombant les bassins d'Hampstead Heath. C'était une maison de ville géorgienne, solide et paisible. Plutôt qu'un immeuble d'appartements des années 1950, ils auraient préféré avoir le même genre de maison juste à côté. Mais c'était tout de même plus que ce qu'ils n'avaient jamais espéré. Une maison de famille. Un endroit où s'installer pour de bon. Lorsqu'ils emménagèrent, Rachel, qui n'avait que quatre ans à l'époque, avait été la première à franchir le seuil, avec son propre carton de crayons et de jouets dans les bras. Derrière elle, ses parents suivaient, Josh insistant pour porter Samantha comme une jeune mariée. Cinq ans plus tard, par une journée couverte d'août, il était parti par cette même porte, seul, et n'emportant avec lui que deux valises.

Michael retira sa main de celle de Samantha. « Comment sais-tu ? demanda-t-il. Pour Maddy ?

– Oh, dit-elle. Cela couvait depuis des années. Avant même que Tony l'épouse en fait. Je ne peux évidemment pas en être complètement sûre. Mais je serais étonnée de me tromper. » Elle porta sa tasse à ses lèvres. « Elle ne fait sans doute que s'amuser avec lui, reprit-elle en reposant la tasse sur sa soucoupe. Pour soulager son ennui. C'est ce genre de femmes.

– Mais Tony, dit Michael. Josh l'adore.

– Non, répondit Samantha tout net. Il veut *être* lui. » Elle passa la main devant son visage, comme si elle ôtait une toile d'araignée devant ses yeux. Elle ne voulait plus en parler. Elle lui adressa l'un de ses sourires : un masque de politesse et de distance. « Je me suis inscrite en maîtrise, annonça-t-elle pour changer de sujet. Je commence en septembre. En photographie, au Royal College of Art. »

Tout le reste du temps qu'ils passèrent encore ensemble au café, Samantha parla de son futur, plus de son passé. Michael pouvait bien désirer l'aider de toutes ses forces à traverser son deuil, c'était inutile, elle avait à peine évoqué son chagrin ou même les circonstances de la mort de Lucy avec lui. Il avait tenté d'aborder le sujet en douceur une fois, quand ils avaient pris un café la semaine suivant l'enterrement. Mais Samantha avait juste secoué la tête : « Je suis désolée, Michael, avait-elle dit en laissant couler ses larmes. Je ne peux pas. »

Après cela, se souvenant des premières semaines après la mort de Caroline, il avait cru comprendre pourquoi Samantha gardait son chagrin pour elle. La douleur était comme un nouveau-né, un nourrisson avec qui elle, et elle

277

seule, apprenait à communiquer. Elle parlerait quand elle serait prête, il le savait, d'ici là, il lui faudrait se contenter de l'assurer de sa présence, même s'il trépignait d'impatience pour aider davantage. Ainsi, une fois leurs tasses de thé vides et l'autre bus parti, libérant un autre pan de ciel dans leur champ de vision, Michael avait écouté, conscient que c'était là une forme de contribution en soi. Les promesses que Samantha se faisait à elle-même avaient pour fonction de soutenir sa décision de se séparer de Josh autant que de se réaliser. Passer sa maîtrise, trouver un travail, s'inscrire à des cours de yoga, rejoindre le club de lecture. Impossible de dire ce qu'elle arriverait à concrétiser. Michael se souvenait avoir élaboré ce même genre de projets dans les mois qui avaient suivi la mort de Caroline – retourner vivre aux États-Unis, arrêter d'écrire et travailler pour une ONG, ou bien encore utiliser l'argent de l'assurance-vie de Caroline pour monter une fondation en faveur des jeunes journalistes qui porterait son nom. Et cependant il était toujours en Angleterre, il avait déménagé à Londres et avait, finalement, même après les turbulences qu'il venait de traverser et les nuits blanches de ces deux derniers mois, regagné les pâturages familiers de *L'homme qui brisa le miroir*. Mais il savait aujourd'hui que le fait de tenir ou non ces promesses n'était pas le plus important. Et c'était la même chose pour Samantha. Pour le moment, leur pouvoir n'était pas dans leur réalisation mais dans leur simple existence. Michael écouta donc, mesurant au passage que si ce que Samantha avait dit à propos de Josh était vrai, et qu'ils se séparaient bel et bien, alors il lui faudrait concentrer sa volonté d'expiation sur elle seule. Dédier son attention et son temps à elle seule.

En quittant le café, Samantha s'arrêta sur le trottoir dehors. Elle traînait derrière elle une petite valise à roulettes qui semblait indiquer qu'elle partait plus longtemps qu'une nuit. Michael s'apprêtait à lui proposer de la raccompagner jusqu'au métro quand il se rendit compte qu'elle ne lui avait pas tout dit. Qu'elle tenait à ajouter quelque chose.

« Il ne s'agit pas que de Josh, dit-elle en rangeant son porte-monnaie dans son sac à main. Ce ne serait pas juste de te laisser penser ça. Il s'agit de moi aussi. »

Michael fit un pas de côté pour céder le passage à une femme avec une poussette. Samantha la regarda descendre sur la route, le bras de l'enfant dépassait du siège. Dans la lumière du jour, Michael remarqua les rides que la mort de Lucy avait creusées au coin des yeux de Samantha, de sa bouche. Elle se retourna vers lui. « Je n'ai pas... commença-t-elle, les yeux se remplissant de larmes à nouveau. Je n'ai pas réussi à lui pardonner, Michael. » Elle se suspendit à son bras. « Pour ce qui s'est passé. Enfin, il était là. » À ses mots, elle serra la main autour de son bras, ses doigts s'enfonçaient dans la chair. « Il était là », répéta-t-elle, en fondant en larmes.

Michael la prit dans ses bras, elle pleurait, il sentait les à-coups de sa respiration secouée de sanglots, cette même respiration qui secouait le dos de Josh sous sa main au parc. Par-dessus son épaule, il regardait le bras de l'enfant qui pendait hors de la poussette, en remontant la rue. Ce bras en convoqua un autre, comme toujours depuis qu'il avait commencé à avoir des visions, celui de Lucy, qui pendait dans l'escalier tandis que l'autre était tordu dans son dos. Non, brûlait-il d'avouer à Samantha dans ses bras. Non, Josh n'était pas là. Mais moi si. Tout est ma faute, tout – ton chagrin, le départ de Josh, la douleur de Rachel. Je l'ai regardée tomber. Je l'ai entendue mourir. Parce que j'étais là, dans ta maison. J'étais là.

Mais à quoi bon ? En quoi sa confession aiderait-elle cette femme qui pleurait dans ses bras ? En rien. C'était lui qu'il voulait sauver, pas elle. Voilà ce que Michael se dit en s'écartant doucement de Samantha, qui, se reprenant, s'écarta elle aussi de lui.

« Mon Dieu, dit-elle en s'essuyant les yeux. Je dois avoir l'air dans un de ces états, je suis désolée. » Elle respira un grand coup. L'orage était passé, aussi soudainement qu'il était venu. « Je *veux* lui pardonner, reprit-elle. Vraiment.

– Ça viendra. Avec le temps.

– Tu crois ? » Il y avait dans ses yeux une expression presque enfantine d'espoir, une envie d'entendre d'un adulte une vérité déformée, un mensonge même, tant que cela pouvait la rassurer.

« Oui. Bien sûr que tu lui pardonneras. C'était un accident, Samantha. Un accident terrible. Personne n'a voulu que ça arrive, et tout le monde voudrait que ça ne soit jamais arrivé. Mais Josh n'y est pour rien. » Il avait de nouveau envie de lui en dire plus, de lui avouer. Non, il devait la protéger. « Josh n'a rien pu faire pour l'empêcher, poursuivit-il. Mais il n'a rien fait non plus pour le provoquer.

– Je sais. C'est juste que je passe mon temps à penser à tout ce que nous aurions pu faire. Tout ce que nous aurions dû faire.

– Arrête », lui enjoignit Michael en l'attrapant par les épaules. Il pencha la tête pour accrocher son regard. « Il faut que tu ailles de l'avant, maintenant. Que tu penses à

Rachel, comme tu l'as dit. Et à toi. Et que tu aides Josh, si tu y parviens. »

Samantha hocha la tête. « Oui, dit-elle calmement. Je sais. » Elle leva les yeux vers lui. « Ce pilote américain ? lança-t-elle prudemment. Tu lui as pardonné ? »

Michael ne s'attendait pas à cette question. Bien sûr que non, avait-il envie de lui dire. Et pourquoi le ferais-je ? Juste parce qu'il s'est dénoncé en m'écrivant ? Il songea à la dernière lettre de Daniel. À la bonne volonté qu'il mettait à répondre à ses questions. À la manière dont il donnait l'impression de se voir lui-même comme une victime collatérale de la mort de Caroline, et non comme son auteur. Mais il fallait que Michael soit prudent. Samantha cherchait en lui un moyen d'avancer. Et cependant il ne pouvait pas mentir. Pas là-dessus. « C'est très différent, finit-il par répondre. Il visait Caroline. Il voulait faire du mal. Peut-être pas à elle mais à quelqu'un. Alors, non, je ne suis pas sûr de lui avoir pardonné. Mais, continua-t-il en voyant la déception se peindre sur son visage. Je suppose que j'en suis arrivé à comprendre. Un peu. Qu'il ne voulait pas tuer Caroline personnellement. Qu'en ce sens, du moins, c'était un accident. »

Samantha hocha la tête de nouveau. Pas une seconde elle ne se doutait que Daniel et son missile avaient aussi tué sa fille. « Merci, Michael, dit-elle, en lui prenant la main dans les siennes. Merci. Tu es un homme bien. »

Il ne répondit rien. Il ne pouvait pas. Il se donnait la nausée. Une fois encore, il avait verrouillé ces fausses minutes. Pour Josh autant que pour lui-même. Peut-être, songea-t-il, que c'était aussi une manière de donner la première impulsion à son expiation. De contribuer à la guérison de Josh. À la transformation de son mensonge en vérité, à l'union de leurs deux mensonges.

Samantha regarda sa montre. « Je devrais y aller », dit-elle. Elle tira la poignée rétractable de sa valise vers le haut. « Je t'appelle quand nous serons de retour, ajouta-t-elle avec un nouveau sourire, plus chaleureux que le précédent. Au revoir, Michael, lança-t-elle en s'éloignant. Et merci encore.

– Au revoir », répéta-t-il en la regardant s'éloigner. Il agita la main, elle agita la main en retour, dépassant de la foule de têtes qui s'amassaient sur le trottoir entre eux. « Je viendrais te voir avec Rachel, dit-elle en se mettant sur la pointe des pieds. Je suis sûre que ça lui fera plaisir. »

# 18

Le matin du 16 septembre 2008, les chaînes d'informations du monde entier diffusèrent des reportages montrant des employés de Lehman Brothers quittant leurs bureaux de Canary Wharf avec leurs affaires et leurs dossiers dans des cartons. La crise couvait depuis des semaines, Josh savait qu'ils n'en réchapperaient pas. Son équipe, et le bureau de Londres étaient toujours restés bénéficiaires. Mais il savait bien que le monde de la finance n'était pas du genre à s'attarder sur ce type de détails, ni même sur le moindre concept de frontières nationales. Les placements américains s'étaient écroulés. Sur des milliers d'hectares, les travaux de construction de quartiers en développement en bordure de Las Vegas ou de Miami s'étaient arrêtés net. Quelques jours plus tard, Josh, et des centaines d'autres employés de Lehman Brothers, debout sur la plate-forme de *trading*, avaient assisté médusés à l'effondrement de leurs actions. À partir de ce moment-là, l'immeuble de Canary Wharf n'avait plus cessé de bruisser de rumeurs de sortie : chefs d'équipe s'isolant pour téléphoner, traders juniors affûtant leur stratégie pour se replacer au mieux.

La fin fut brutale. En à peine une semaine de réunions avec la Réserve fédérale américaine à New York, la banque cessa d'exister. Josh était en train de se préparer un petit déjeuner quand il entendit la nouvelle à la radio. Il s'attendait à de la casse, mais pas à ce point. Il n'avait pas imaginé que la banque puisse mourir purement et simplement. Le temps d'arriver au bureau, il trouva ses collègues en train d'évacuer l'immeuble, s'engouffrant dans des taxis ou dans le métro, transportant des boîtes d'archives métalliques, des sacs-poubelle, des sacs de courses, des plantes.

Depuis son bureau au trentième étage, Josh vit les équipes de télévision pulluler sur le trottoir, filmer le départ de ses collègues, suivre leur mouvement tels des tournesols suivant la course du soleil. S'il voulait trouver un autre poste rapidement, il aurait déjà dû être en train de passer des coups de téléphone, d'organiser des déjeuners, il le savait. Et ce ne serait pas très compliqué. Il était l'un des meilleurs, les gens le savaient. C'était la banque qui avait échoué, pas lui. Mais il décida de rester devant la fenêtre, le téléphone débranché sur son bureau et son portable éteint.

Josh finit par se détourner de la scène qui se déroulait en bas. Il inspecta ses tiroirs une dernière fois, ramassa sa mallette et quitta son bureau, en demandant à sa secrétaire, qui débarrassait son bureau, de commander un coursier pour faire livrer son carton d'effets personnels à son nouvel appartement d'Hampstead. Il prit un ascenseur de service et descendit les étages, qui quelques jours auparavant bourdonnaient encore d'activité, puis sortit par une porte latérale. Aucune envie de leur faire ce plaisir, aux caméras ou à qui que ce soit. Et surtout, au-delà de son orgueil professionnel, Josh ne voulait pas que Rachel puisse risquer d'allumer la télévision et de voir son père perdre son travail, comme il avait déjà perdu sa fille, sa femme et sa maison.

Une fois le nez dehors, Josh marcha vers l'ouest, le long de Middle Dock. Les plus hautes fenêtres des tours accrochaient la lumière et l'envoyaient ricocher en éclats illuminés à la surface de l'eau qu'il longeait. Il songea à la vue depuis Parliament Hill, de là-haut ces tours, les facettes de leurs sommets, scintillaient sur la ville comme autant de petites explosions. Peut-être qu'il irait là-bas aujourd'hui. Il n'avait plus mis les pieds au parc depuis des mois. Mais pourquoi pas aujourd'hui ? Tout à coup il avait le temps, l'espace. Il desserra sa cravate tout en marchant, puis la retira complètement. Oui, il avait de nouveau envie de sentir le souffle du vent là-haut. De le voir battre les arbres comme un croupier les cartes, de l'entendre porter les brumes océanes jusque dans les branches d'un chêne.

Mais d'abord il lui fallait un verre. Pas ici, quelque part, un peu plus au nord. Un pub, plus haut, en montant vers Mile End ou Bow. Un bistro de jour, calme, sombre et discret. Ou bien alors l'un de ces vieux bars à strip-tease ouverts toute la journée, aux fenêtres placardées, et aux clients, du chef d'entreprise au chauffeur-livreur, rangés par ordre de verres commandés. Il pourrait encore acheter une bouteille de Teachers et aller la boire assis sur un banc au bord du canal. Dans un endroit où il n'aurait besoin de croiser le regard de quiconque. Dans un endroit où personne ne le connaissait, où il pourrait oublier, ne serait-ce que pour une heure, qui il était et qui il avait été.

L'appartement où un coursier vint déposer les affaires de Josh quelques heures plus tard était situé dans une maison victorienne avec terrasse à l'est du parc, à deux rues de l'entrée. C'était un grenier mansardé converti en chambre à coucher, salon, salle de bains et cuisine, éclairé par des Velux dans le toit. Le soir Josh fumait par la fenêtre en contemplant les cheminées et avant-toits de ses voisins. C'était le genre d'appartement que l'un de ses collaborateurs juniors aurait pu louer à la sortie de la fac. Un premier appartement. Propre, spartiate. Un début. Josh, en s'installant là, avait eu l'impression de toucher le fond. De voir ses espoirs et tout ce pour quoi il avait toujours travaillé et qu'il avait toujours aimé, ramassé sur trois pièces étroites, meublées de manière prévisible, un parfum de dépenses sans saveur flottant dans l'air.

Il ne l'avait choisi que parce qu'il était libre et pas trop loin de South Hill Drive. C'était le seul critère qu'il avait donné à l'agent immobilier. N'importe où dans un rayon de dix minutes de chez lui. De Rachel et Sam. Il avait accepté de quitter la maison mais cela ne voulait pas nécessairement dire qu'il devait quitter leurs vies. Il comprenait pourquoi il fallait qu'il parte. Cela devenait insupportable. Le regard que Samantha posait sur lui chaque matin, son visage crispé de reproches. Voir cet escalier jour après jour, le descendre et voir passer devant ses yeux l'image de Lucy coincée dans le virage comme du bois flotté entre les rochers. C'était la raison pour laquelle il avait passé tellement de temps à l'extérieur, et tellement de temps à boire. Il n'avait qu'une envie : rester à la maison auprès de Rachel et Samantha. Mais quand il y était, il ne le supportait pas. Chaque brique, chaque chaise, chaque photo, tissaient la toile de la mort de Lucy, et de sa responsabilité dans cette mort. Plus que sa mort, même, sa courte vie. Ces pièces où il l'avait tenue pour la première fois, ses yeux de nouveau-né encore voilés des ombres du ventre maternel. C'était là qu'il l'avait regardée dormir, bébé, frôlant son ventre de sa main ouverte pour sentir le mouvement de sa respiration sous sa paume. Là qu'il avait assisté à son émerveillement d'enfant découvrant la vie. Chargée de ces images du passé et des plus récentes visions d'horreur, la maison de Josh, autrefois refuge, était devenue un lieu inhospitalier, où la culpabilité, la douleur et le regret se déchaînaient. Ainsi, lorsque Samantha lui avait dit qu'elle voulait qu'il s'en aille, qu'elle avait besoin qu'ils se séparent quelque temps, il n'avait offert que très peu de résistance. Au-delà de la tristesse que charriaient les actes, le fait de sortir avec ses valises au bout des bras et de quitter la maison, c'était un soulagement. Et, pensait-il, en déballant ces mêmes valises dans sa chambre mansardée, le seul moyen pour eux d'envisager l'avenir ensemble.

Le départ de Josh procura à Samantha l'espace dont elle avait besoin, pour lui, en revanche, ce ne fut d'aucun secours. Il se sentait pris au piège, coincé entre ce qu'il avait fait et ce qu'il n'avait pas fait, ce qu'il avait dit et ce qu'il n'avait pas dit. Un cocktail corrosif de haine de soi et de chagrin continuait de le ronger de l'intérieur. Et ce liquide ne pouvait s'écouler qu'en lui. Il n'avait nulle part où aller, excepté en lui. Il n'y avait personne à qui il puisse expliquer ou avouer. Il était sorti de la maison. Il n'était pas là. Et pourquoi ? Au nom de sa conquête secrète du monde si plein de certitudes de Tony. Au nom du frisson. Et puis, parce qu'il le pouvait, parce que c'était à sa portée. Parce que en le laissant faire, Maddy l'avait envoûté, non pas uniquement par sa beauté ou son allure, mais en lui donnant accès à son moi profond, cet être simple, ordinaire, insoupçonnable derrière la façade. Mais plus rien de tout cela ne comptait à présent. Tout ce qui comptait, c'était que Josh avait laissé Lucy toute seule. La seule autre personne qui savait était Maddy, et elle était déjà partie, elle s'était éloignée aussi vite que possible dès qu'elle avait appris ce qui s'était passé.

Elle et Tony, comme d'autres, leur avaient envoyé une carte, exprimant leurs condoléances, proposant leur aide. Une semaine plus tard, Tony l'avait emmené boire un verre. Ils avaient toujours leur maison dans le Vermont, avait-il dit à Josh. Elle était vide en ce moment, alors si lui et Samantha voulaient s'échapper un moment ? Quant à Maddy, Josh ne l'avait pas revue depuis la mort de Lucy. Tony et elle avaient passé tout le mois d'août en Italie, sur la côte amalfitaine. À la fin du mois, Tony était retourné au travail, mais Maddy, elle, était rentrée directement en Amérique. Pour voir sa sœur, dit Tony, passer du temps avec ses neveux et nièces. Tony semblait contrarié quand il le lui raconta, et Josh se demanda s'il était le seul homme dont Maddy essayait de s'éloigner. Elle était une survivante, elle le serait toujours. C'était la première chose qui les avait réunis. Cette capacité à se débattre, à passer de l'autre côté. Cette fois, lui avait échoué. Il était sur le bord de la route, et elle était partie.

Josh s'en fichait. L'absence de Maddy, tout comme la requête de Samantha qu'il quitte la maison, était un soulagement. Cela lui ôtait un fond d'anxiété qui l'avait hanté continuellement, couvant sous sa douleur, depuis que c'était arrivé. Que se passerait-il si, à cause de Maddy, ou de Tony à qui elle aurait parlé, ou de n'importe quel confident dont il ignorerait même l'existence, Samantha apprenait qu'il n'était pas dans la maison ? Non, il ne voulait plus jamais revoir Maddy. Pas maintenant, alors que son parfum, sa peau, sa soumission qui l'avait tant surpris et tant excité, n'étaient plus que les indices de sa culpabilité, figés dans le passé et associés pour toujours à ces secondes pendant lesquelles sa fille était tombée dans le vide sans que son père soit là pour la rattraper.

Dans les semaines qui suivirent son déménagement, tandis que Samantha demeurait enfermée avec sa douleur dans la maison de South Hill Drive, de même Josh tenait sa culpabilité tout contre lui, dans ces pièces perchées à l'est du parc. Il mangeait mal, avalait un plat de pâtes chez l'Italien du coin tard le soir, prenait des currys à emporter, des pizzas, des plats cuisinés chez l'épicier d'en bas, le tout arrosé d'alcool. Du vin, du whisky, de la vodka. Son travail en pâtissait, mais il savait que tôt ou tard, tout le monde pâtirait de ce qui se présentait au loin, tel un nuage de pluie s'amoncelant sur la colline. En d'autres temps, il aurait peut-être essayé de se trouver une solution de repli, de s'échapper tant que c'était encore possible. Mais en l'occurrence, il était trop apathique pour tenter quoi que ce soit, ou même pour s'en soucier. En un sens, cela semblait juste – les saisies qui balayaient les États du Midwest, l'effondrement des marchés – tout cela semblait imiter à merveille la débâcle de sa propre existence. Les plus fervents, ceux qui croyaient au système comme à une religion, pensaient encore que les choses se résoudraient d'elles-mêmes. D'une manière ou d'une autre, pensaient-ils, cela finirait par passer. Mais si c'était une religion, alors la foi exigeait bien des sacrifices. Et pas uniquement des personnes ou des familles, mais des petites gens dans leurs petites villes, ceux que les jeunes loups de Wall Street et de la City ne rencontreraient jamais. Ils avaient trop investi dans le système pour en rester là, trop fantasmé, trop espéré, trop misé. Les dieux de l'argent demandaient un plus grand sacrifice, un sacrifice public. Les banques, leur avait-on dit, étaient trop grosses pour se tromper. Mais une seule banque, une banque isolée, pouvait tomber et, dans sa chute, satisfaire les appétits du système et assurer le salut des autres.

La première fois que Josh et Samantha se revirent après son déménagement, Samantha lui annonça qu'elle avait commencé à voir un thérapeute. Elle lui demanda d'en faire autant. Il s'exécuta, pris rendez-vous, pour ne jamais y aller. Il prenait du poids, lesté par son secret. Il était souvent en colère, toujours épuisé. Certains matins, il ne sortait pas du lit, restait enroulé dans sa couette, regrettant de ne plus être un enfant. Les seuls engagements auxquels il ne dérogeait jamais étaient ceux qui le liaient à Rachel. Que ce soit pour aller la chercher à l'école ou organiser des sorties pendant le week-end, il s'arrangeait pour être à l'heure et sobre avec elle. Afin de demeurer, autant que possible, le père qu'elle avait connu.

Samantha lui dit qu'elle lui avait tout expliqué : pourquoi son père vivait dans une autre maison, pourquoi ils n'étaient pas tous ensemble pour traverser ce moment. Chaque fois qu'il se retrouvait en face d'elle, dans un café à Hampstead, dans le métro vers son appartement, la douleur sur son visage, cette fêlure en elle convainquaient Josh du contraire : Rachel ne comprenait rien. Et pourquoi comprendrait-elle ? Elle n'avait que huit ans. Le monde, qui avait toujours été si bienveillant, s'était révélé diabolique. Il avait envie de la rassurer, de lui dire toutes les bonnes choses qui l'attendaient et qui lui donneraient de la joie, qu'elle réapprendrait à aimer le monde un jour. Mais c'était au-dessus de ses forces, ainsi les moments qu'ils partageaient finissaient souvent par se dérouler dans le silence, allant ensemble du parc au musée, en passant par le restaurant, unis, autant que séparés, par la présence muette de Lucy.

Avec Sam, c'était encore plus dur. Elle avait besoin de mettre de la distance entre eux. Son amour pour sa fille morte surpassait l'empathie qu'elle aurait pu éprouver à l'égard de son mari. Et puis il y avait également le poids de ce qu'elle ignorait. Tout ce que Josh avait fait et qu'il aurait voulu, à présent, trop tard, pouvoir défaire. Face à elle, il se sentait faible, diminué. Contrairement à elle – et même si la mort de Lucy l'avait asséchée – chez qui Josh décelait cette force qu'il avait tant admirée dans les premières années de leur relation. Ce n'était pas affiché, pas exposé comme chez Maddy. Et pas non plus agressif ou combatif comme chez lui. C'était plus pur que cela. Constant, nourri, telle une vague lente se formant au large, en pleine mer, gagnant en force en avançant vers un rivage toujours plus lointain. Il se sentait loin d'elle, et pas uniquement à cause de son déménagement ou de ce reproche non dit qui planait entre eux. Aussi parce qu'il la voyait se relever, avec l'ancestrale volonté maternelle, et affronter la tristesse qui s'était abattue sur son existence. Elle se relevait, et elle emmènerait Rachel avec elle. Leur force s'enracinerait dans leur solitude. C'était en train de se passer, sous ses yeux. Lucy était tombée dans le néant, et le besoin qu'avait Samantha de Josh était tombé avec elle.

Il avait espéré qu'avec le temps, Michael pourrait être la personne qui gomme cette distance entre eux. De même que sa présence avait autrefois permis à leur famille de naviguer dans des eaux plus tranquilles, peut-être pourrait-elle adoucir leur périple dans le deuil. Josh aimait bien Michael : sa voix tranquille, son écoute pour les filles, sa curiosité, dénuée de toute intention ou arrière-pensée, à l'égard de son travail chez Lehman Brothers. Samantha, elle, se situait sur un autre registre avec lui. Josh l'avait toujours su. Pour elle, son arrivée dans leurs vies avait permis de renouer le lien distendu qu'elle entretenait avec une partie de sa jeunesse, avant son mariage, de tisser ensemble son passé et son présent : sa vie d'étudiante, le voisinage des idées et des arts, avant que Ryan McGuiness, l'argent et une chaussure tombée d'un train ne la fassent dévier de sa trajectoire. C'est pourquoi Josh espérait que Michael, leur ami commun, quoique plus proche de Sam, en étant auprès d'elles, leur permettrait de se rapprocher. Qu'en l'ayant pour confident et comme réminiscence de leur famille, caisse de résonnance de leur deuil partagé, Samantha ne s'éloignerait pas trop vite. Qu'une fois rassurée sur Rachel et sur elle-même, elle aurait à nouveau besoin de lui.

Et puis il y avait eu cette soirée, la veille de son départ, où il avait discuté avec Michael par-dessus la haie de leur jardin donnant sur l'immeuble d'à côté. Il était sorti fumer une cigarette. Il avait envie d'être seul, alors en sortant il n'était pas allé vers lui. Mais le temps de terminer sa cigarette, il était plus calme. Une semaine plus tôt, il l'avait abandonné dans le parc après leur jogging. La compagnie des autres lui était encore insupportable. Il avait évoqué Caroline, avec agressivité. Il était en colère, il était blessé et il s'était défoulé sur Michael. Alors en remontant vers la maison, il était allé à sa rencontre, pour s'excuser et repartir de zéro.

En le voyant arriver, Michael s'était frotté les mains pour enlever un peu de terre collée à ses paumes. Et ce fut à ce moment-là, avec un frisson, que l'idée passa au-dessus de lui comme un nuage noir. Il n'était pas dans la maison quand Lucy était tombée, certes, mais cela ne signifiait pas nécessairement qu'elle était morte seule.

Quelques semaines après son installation, Michael avait commencé à s'occuper du jardin commun de son immeuble. C'était une chose, leur avait-il raconté lors d'un de leurs premiers dîners, qu'il avait apprise de Caroline. Il n'avait jamais eu la main verte, mais quand ils avaient déménagé au pays de Galles, elle l'avait initié aux plaisirs des plantes, de plonger ses mains dans la terre, de sentir l'écorce, les feuilles sous ses doigts. Samantha et Josh étaient ravis. Depuis de nombreuses années, le jardin de l'immeuble de Michael avait été laissé à l'abandon, tondu et débroussaillé une fois de temps en temps par un employé recruté par l'agent immobilier. Entre les mains de Michael, il avait repris vie. Il avait élagué les arbres près du bassin, taillé les herbes et remis de l'engrais dans les sols. Pendant la vague de chaleur du mois de juin, il l'avait arrosé tous les jours.

En comparaison, Josh avait plutôt négligé leur jardin cet été-là. Il voulait embaucher quelqu'un pour s'en occuper, mais Sam s'y opposait, elle était sûre qu'un jour viendrait où elle serait contente de s'en occuper elle-même. Elle refusa l'aide de Michael également. Elle avait cette image fantasmée d'elle et de ses filles, dans le jardin avec des pelles et des sacs de graines. Mais cela resta un rêve. Et pendant la vague de chaleur, les parterres de fleurs et les haies d'herbacées souffrirent. La pelouse jaunit, et quand Josh prenait une poignée de terre dans ses mains, elle lui filait entre les doigts, desséchée.

C'était l'une des premières questions que le lieutenant Slater avait posée à Josh l'après-midi de la mort de Lucy. « La terre sur le palier, avait-elle attaqué dans cette pièce aveugle du poste de police. Et sur le sol de la salle de bains. Est-ce que vous êtes allé dans le jardin ? »

Il avait répondu non. Il avait déjà son scénario en tête. Il se voyait, se visualisait déjà. Il s'était tellement répété sa version de l'histoire que, pour lui, elle était devenue réelle. Il lisait le journal dans la véranda. Il écoutait la radio. Pas assez fort cependant pour ne pas entendre quand…

« Est-ce que quelqu'un d'autre était allé dans le jardin ? » avait demandé Slater. Son insistance avait inquiété Josh. Alors il s'était enfoncé dans son mensonge. Rachel, peut-être, avait-il dit. Oui, maintenant qu'il y repensait, Rachel avait joué dans le jardin ce matin-là. Et il y était allé lui aussi, la veille. Cette partie-là, au moins, était vraie. C'était sûrement de là que cela venait. De lui ou de Rachel. Le lieutenant Slater avait hoché la tête, pris note, et enchaîné avec la question suivante.

Après leur retour à la maison ce soir-là, Josh était allé prendre une douche dans la salle de bains. En montant, il avait examiné le tapis sur le palier pour voir de quoi parlait

Slater. Il lui fallut s'agenouiller : c'était à peine une trace, rien que quelques fragments de terre. Il les avait balayés de la main et oubliés. N'importe lequel d'entre eux aurait pu les apporter là sous ses chaussures, à n'importe quel moment durant les quelques jours précédents. De même pour les traces sur le sol de la salle de bains. Et depuis ce moment, alors que Rachel ignorait encore la mort de sa petite sœur, que Samantha, en bas à la cuisine, pleurait dans ses mains et que Maddy pouvait le détruire avec ce qu'elle savait, Josh n'y avait plus pensé.

Mais ce soir-là, tandis qu'il discutait avec Michael par-dessus la haie, qu'il observait son voisin debout devant ses plantations tout juste arrosées, se frottant les mains à la va-vite, Josh avait repensé à cette terre. Pas uniquement à ces traces, mais au fait qu'en tombant au sol, la terre était humide, pas sèche. Le temps qu'il rentre du poste de police, ce n'était plus que de la poussière. Mais les traces qu'elle avait laissées en tombant, de minuscules auréoles sur les fils du tissu, indiquaient qu'elle n'avait pas toujours été sèche. La terre de son jardin à lui n'avait pas été arrosée depuis des jours. Ce qui ne pouvait vouloir dire qu'une seule chose. La terre sur le palier venait d'un autre jardin que le sien.

Et c'était là l'autre raison pour laquelle Josh avait demandé à l'agent immobilier de lui trouver un appartement à louer tout près de South Hill Drive. Car, même s'il ne pouvait en parler à personne d'autre, ayant lui-même déclaré se trouver dans la maison, et même s'il n'avait aucune autre preuve que ces fragments de terre étaient auparavant humides, il ne faisait plus confiance à Michael. Cet homme, songea Josh au fur et à mesure des soirées passées à fumer par le Velux, le regard embrassant les toits, les antennes et les paraboles de ses voisins, était un raconteur d'histoires. C'était son gagne-pain et sa nature. Il était seul au monde quand ils l'avaient rencontré. Et, d'après ce qu'il en savait, il ne s'était pas fait beaucoup d'amis depuis. Ils avaient accueilli cet homme solitaire dans leur maison. Mais qui était-il vraiment ? Caché derrière ses livres et les histoires des autres ? Josh l'ignorait. Après ces heures de promenade et de jogging dans le parc. Après ces conversations sur le banc de Parliament Hill. Il l'ignorait toujours. Il s'était montré bavard, une vraie pipelette. Il parlait, parlait, et parlait encore, et pendant tout ce temps Michael écoutait. C'était son métier, il se l'était dit à lui-même très souvent. Un « journaliste en immersion », c'était ainsi qu'il se définissait, et ainsi que Tony le qualifiait également. « L'un des meilleurs journalistes en immersion que j'aie jamais lus. » À l'époque, Josh avait eu beau acquiescer, il ne comprenait pas exactement ce que Tony avait voulu dire. Il était trop immergé lui-même dans sa propre vie pour remarquer quoi que ce soit, ou simplement pour s'en soucier. Tony semblait impressionné par son talent, Samantha enthousiasmée. Il n'avait besoin de rien savoir d'autre. Mais à présent, sans travail, séparé de sa femme et portant le deuil de sa fille cadette, Josh avait le sentiment de comprendre tout à fait, et dans un sens que ni Tony ni Samantha n'avait perçu. Il vivait loin de Rachel et Sam. Elles étaient à ce point vulnérables, avec Michael toujours sur place, juste à côté d'elles, cet homme qui était apparu sur le seuil voisin, venant de nulle part. À présent, Josh se disait qu'il ne comprenait que trop bien.

Impossible de se défaire de l'idée, d'empêcher les scénarios de tourner en boucle dans sa tête. Oui, il était coupable d'avoir quitté la maison. Mais quelqu'un d'autre était-il aussi coupable de la mort de sa fille ? Et ce quelqu'un d'autre était-il Michael, leur voisin discret, toujours à l'écoute, si observateur ? À cause de ces soupçons, Josh savait que tant que Michael vivrait à côté de sa femme et sa fille, il devait rester dans les parages lui aussi : observer, écouter, attendre le moment où il pourrait découvrir les intentions de Michael, et l'endroit où il se trouvait réellement par cette chaude journée, un samedi de juin.

# 19

« Au début c'était juste une expérience, dit Samantha, en feuilletant les tirages dans leur boîte. Mais au bout d'un moment, c'est devenu autre chose. Une sorte de méditation, je suppose. Une routine, ça c'est sûr. » Elle s'arrêta sur l'un des clichés. Il avait été pris en automne, l'étang était recouvert de feuilles mortes. Un petit garçon en bottes de caoutchouc rouges, seul apparemment, regardait son reflet dans l'eau. « Et puis, c'est devenu encore autre chose, poursuivit-elle. Une sorte d'histoire.

– C'est l'accumulation, dit Michael en prenant le tirage et en l'observant de près. L'accumulation crée une narration, qu'on le veuille ou non. »

C'était un soir de janvier. Rachel venait de rentrer de l'école, et cependant le jour faiblissait déjà sur le parc, derrière les fenêtres de la cuisine. Dans le ciel dégagé apparaissaient les premières étoiles, et les lumières clignotantes des avions qui survolaient la ville. Depuis Noël, Londres avait déjà disparu sous la neige une fois, et d'après la météo, la prochaine était pour cette nuit-là.

« J'aime bien, dit Samantha en prenant son verre de vin. "La narration par l'accumulation." Je vais peut-être te la piquer. »

Michael s'était trompé sur Samantha. Elle ne se contentait pas de faire des promesses, elle les tenait. C'était ainsi
qu'elle grandissait, se rapprochait d'elle-même. En fin de
compte, ces promesses n'étaient pas le moyen d'arriver à
une transition, mais la transition elle-même : un changement de son être et de sa vie.

« Pourquoi ne me les as-tu pas montrées plus tôt ? »
demanda Michael en remettant la photo du garçon aux
bottes rouges dans la boîte.

Samantha la ressortit et la réinséra à sa place dans l'ordre
chronologique. « Je ne sais pas, répondit-elle en regardant les photos comme si c'était la première fois qu'elle
les voyait. Je suppose que je voulais les garder pour moi.
Pour en découvrir le sens. Prendre du recul. » Elle leva
les yeux vers lui. « C'est ce que tu dis toujours, non ?
Qu'on a besoin de recul pour y voir clair ? Pour devenir
son propre éditeur. »

Elle s'était fait couper les cheveux récemment. Elle portait des jeans plus souvent que des robes. Michael se souvint
d'une chose que sa thérapeute lui avait dite durant une
séance : « Après une mort, les hommes ont tendance à
changer de maison, les femmes d'apparence. »

« Et maintenant, tu as suffisamment de recul ?

– J'ai envie de les montrer, continua Samantha fièrement,
avec une confiance enfantine. Je me dis, après tout, merde,
même si elles ne valent rien, je veux qu'elles sortent de leur
boîte. Je veux qu'on les regarde, ou bien sinon, ça ne sert à
rien, n'est-ce pas ? Ce serait comme une phrase inachevée.

– Pas obligatoirement », dit Michael en prenant un
autre tirage. Le même bassin que sur la précédente, à la
même heure. Sauf que sur celle-ci c'était l'hiver, les arbres

penchés au-dessus de l'eau étaient nus. Un brouillard bas s'accrochait au sol.

Il lui proposa encore du vin. Elle déclina en plaçant une main au-dessus de son verre, alors il remplit le sien à la place. « Est-ce que les histoires qu'on écrit mais que personne ne lit, l'interrogea-t-il, sont comme des phrases inachevées ?

– Absolument ! »

Il rit, il croyait qu'elle plaisantait, puis il vit qu'elle était très sérieuse.

« Sans lecteur, ce ne sont que des pensées couchées sur la page, dit-elle. De l'imagination trempée dans l'encre. Une tautologie de papier.

– Une tautologie ? Comment ça ?

– Ou une répétition, si tu veux. De ce qui se trouvait dans l'esprit de l'écrivain au moment où il l'a écrit. Alors qu'une fois que c'est lu...

– Oui ?

– Eh bien, alors les mots convoquent une nouvelle imagerie, non ? Le sens convoque des associations inédites ? C'est comme une réaction chimique. Cela repose entièrement sur l'interaction avec le lecteur, sa vie, son esprit.

– Laisse-moi deviner... dit Michael en fronçant les sourcils comme s'il se creusait vraiment la tête. Ça vient de Susan ? »

Samantha rit. « Bon d'accord, mais il y a un peu de moi là-dedans aussi. »

Susan faisait partie du club de lecture de Samantha. Quand le club avait appris que Samantha connaissait Michael, ils lui avaient demandé de l'inviter à venir parler de *Fraternités*. La séance n'avait pas été de tout repos, Susan surtout, ex-professeur de lettres, avait disséqué point par point son écriture et ce qu'elle appelait la « non-fiction créative » dans son ensemble.

« Mais elle a raison, non ? continua Samantha. Tu t'en es forcément rendu compte avec *Fraternités* ? Qu'il y a autant de livres que de lecteurs ?

– Oui, mais pour ce qui est du livre en lui-même, il était achevé avant, répondit Michael. Du moins, j'étais allé, moi, au bout de ce que je pouvais en faire. Si c'était aujourd'hui, je le modifierais probablement – c'est sûr même, mais au moment où je l'ai terminé, il était achevé. Ce n'était pas tant le livre qui aurait été inachevé, enchaîna Michael qui commençait à se prendre au jeu du débat, que l'expérience. »

Samantha secoua la tête. « Là, tu joues sur les mots.

– Non, non, je t'assure. » Michael reposa son verre et s'empara du premier tirage : le bassin sous les branches nues, le brouillard comme de la fumée de canon. « Tout ce que je dis, c'est que ces photos sont loin d'être inachevées. Au contraire. Elles sont carrément bonnes, et elles resteront aussi réussies et aussi authentiques, que les gens les voient ou non. »

Il passa le tirage à Samantha. « Le contact avec le monde était déjà établi à la seconde où tu as pris cette photo, où tu l'as fait tirer. À partir de ce moment-là, elles existent, qu'on les voie ou non. »

Il prit une gorgée de vin, élaborant la phrase d'après.

« Leur poids a déjà laissé son empreinte, lâcha-t-il finalement.

– Leur poids ? » Samantha semblait sceptique, mais elle voyait bien que Michael prenait leur discussion au sérieux.

301

« Oui. » Il saisit un autre tirage, le même bassin, à la même heure, un cygne et ses petits dérivant au premier plan. « Ce qu'elles racontent s'est produit. Du moins c'est ainsi que je le perçois. La vision, ton intention, ton envie, ou quel que soit le nom que tu lui donnes, n'est plus purement intérieure. Et donc, que moi ou quiconque les voie ou non, leur messe est dite. Leur but est atteint. »

Samantha avait commencé à prendre des photos du bassin peu de temps après le départ de Josh. Afin de mieux maîtriser l'appareil qu'elle avait acheté pour ses études. Elle n'avait toujours pas retrouvé le sommeil, et donc un matin, tôt, quelques heures après l'aurore, elle avait installé un trépied près du portail au fond du jardin. Elle était restée là pendant une heure, essayant des temps d'exposition, des orientations tandis que le parc changeait de visage dans le jour naissant. Le jour suivant, elle se réveilla exactement à la même heure. En descendant dans la cuisine, elle remarqua à quel point le parc avait l'air différent de la veille. Il avait plu pendant la nuit. La lumière semblait détrempée, nettoyée. L'eau du bassin, sombre la veille, était à présent métallique, luisante. Elle ressortit son appareil, l'emporta jusqu'au portail où elle réinstalla son trépied dans les trous laissés la veille et se mit à prendre des photos.

Le troisième matin, malgré un endormissement très tardif, elle rouvrit l'œil à la même heure. Cette fois, elle savait pourquoi. Pour ces quelques minutes de calme et de concentration. La lente apparition du jour, sa lumière, sa densité, son atmosphère et son parfum. Son corps les guettait, son esprit les réclamait. Cette même scène, à l'endroit précis où elle se tenait les matins précédents, mais toujours nouvelle, toujours différente. Jamais identique. Le fait de la capturer réveillait en elle la sensation du mouvement et de l'immobilisme en même temps. Un regard neuf. Combien de fois, derrière sa porte de jardin, avait-elle porté le regard au loin, vers cette même vue ? Jamais, en aucune de ces occasions, elle n'avait vu ce qu'elle voyait ces matins-là : une combinaison unique de lumière, ciel et saison, encadrée devant son œil par son appareil.

Les séances matinales de Samantha devinrent la base de ce qui était à présent sa routine hebdomadaire. Tous les matins, quel que soit le temps, et le plus souvent à cause du temps, elle apparaissait là, dehors, près du saule pleureur, penchée sur l'objectif. Trois matins par semaine, après avoir pris ces photos et emmené Rachel à l'école, elle allait à Hampstead Village où elle occupait un poste d'assistante personnelle pour un metteur en scène de cinéma. Le travail n'était pas éprouvant – mettre en ordre ses dépenses, répondre aux e-mails, commander des tirages, réserver des tables au restaurant, des salles de projection. Mais c'était nouveau pour elle, et cela lui permettait de rencontrer des gens. Pendant qu'il travaillait dans son bureau au dernier étage de la maison, Samantha s'installait à sa table de cuisine, au milieu des allées et des venues de la journée. Pas seulement celles des éditeurs et des écrivains qui venaient le voir, mais celles de sa femme et de ses deux fils. C'était un lieu de travail et aussi une maison de famille. Martha, sa sœur, l'avait mise en garde, elle craignait que cela ne la replonge dans le chagrin d'avoir perdu la sienne. En fait, la variété et le rythme effréné de la maison avaient un côté énergisant, inspirant même, qui lui rappelait tout ce qu'elle avait toujours voulu, et combien, au fil des années de son mariage, la perspective s'était éloignée d'elle.

Les deux autres jours de la semaine, elle les passait à étudier au Royal College of Art, dans des cours, des séminaires, de salles d'informatique en chambres noires. Là encore, malgré les dix ans qui la séparaient de la plupart des étudiants, l'environnement la stimulait. Et la frustrait tout autant. Elle était impatiente d'apprendre, de s'améliorer. Elle avait l'impression d'avoir des années à rattraper, une décennie perdue. Les autres étudiants se comportaient comme si le temps était un luxe inépuisable, Samantha, elle, consciente de sa rareté, courait après l'année qui s'écoulait, les professeurs qui pouvaient l'aider.

Durant ces premiers mois après le départ de Josh, Samantha se rendit compte peu à peu que, non seulement elle était libre d'occuper ses journées comme elle le souhaitait, mais qu'en plus elle pouvait décider de ce qu'elle voulait faire de ses soirées et ses nuits. Il n'y avait pas d'emprunt qui pesait sur la maison, et même si Josh n'avait plus de travail, il arrivait toujours à contribuer largement aux dépenses pour Rachel et pour la maison. Ce que Samantha gagnait comme assistante lui appartenait, elle pouvait en faire ce qu'elle voulait. Avant, elle ne pensait les rencontres avec l'extérieur qu'en fonction du travail de Josh, cantonnées à ses collègues et à leurs femmes. Rares étaient ceux qu'elle appréciait vraiment. Ainsi au bout de quelques mois, elle reprit contact avec ses amis, proposa des sorties au cinéma, appela pour aller boire un verre. Ces sorties consistaient donc presque toujours à renouer avec de vieux amis, et Michael devint peu à peu le seul membre de son entourage qu'elle voyait déjà régulièrement avant la mort de Lucy.

Ainsi, entre ses heures chez le metteur en scène, ses études, le temps qu'elle passait avec Rachel et quelques vieux copains, Samantha était bien occupée. Et néanmoins rien de tout cela n'apaisait son chagrin. Sa fille n'avait que quatre ans mais Samantha la connaissait depuis plus longtemps que cela. Depuis le jour où son corps avait pris forme en elle, où les afflux de sa croissance avaient présidé à ses propres besoins, ses cycles de sommeil et ses sautes d'humeur. Et cependant elle n'avait eu l'impression de commencer à la découvrir que récemment, d'entrevoir seulement qui Lucy était et qui elle deviendrait peut-être. Dans les quelques mois qui avaient précédé sa mort, quand Samantha l'observait jouant avec Michael, ou bien seule, en pleine conversation avec ses poupées, elle croyait déceler la petite fille derrière l'enfant. Et, derrière la petite fille, suivant une succession de miroirs enchevêtrés, l'adolescente, puis derrière l'adolescente, la femme, et même à quelques expressions fugaces sur son visage, la vieillarde derrière l'adulte.

À présent, la vie de Lucy ne serait qu'imaginaire, elle n'existerait plus que dans les projections de sa mère sur celle qu'elle aurait pu être. La douleur de la perte devint aussi familière pour Samantha que de respirer ou d'ouvrir les yeux pour voir. C'était là, quoi qu'il arrive, et ce serait toujours là, telle une présence translucide habitant les scènes du quotidien. Une ombre déchirante, mais sans laquelle Samantha ne voudrait plus jamais vivre, car elle était désormais tout ce qui restait de Lucy, au-delà de la mémoire éphémère, des photos, des films, dont la vue demeurait trop douloureuse.

Rachel, lorsqu'elle émergea de l'engourdissement du choc, perçut très vite les abîmes où la mémoire plongeait sa mère. Une nouvelle lumière éclairait leur relation, qui fit germer en Rachel une sorte d'admiration à l'égard de Samantha, un sentiment qu'elle éprouvait sans pour autant le comprendre. La mort, telle une météorite, avait tout à coup frappé leur maison. Il y avait eu de la tristesse, des ruptures. Ils avaient été dispersés par l'impact. Son père était désormais un homme qu'elle retrouvait après l'école ou qui venait la chercher pour faire des sorties le week-end. Il n'était plus circonscrit à l'enceinte de la famille. Elle-même avait été projetée bien au-delà du terrain familier, et sa mère aussi avait entrepris un long périple. Mais à présent, sa mère émergeait de ces turbulences, porteuse d'une chaleur que Rachel ne lui avait jamais connue auparavant. Elle était canalisée et forte, déversant sur elle, sans relâche ni barrière, un amour infini. Elle posait davantage de questions à Rachel, sollicitait son opinion, comme si elle avait dix-huit ans et pas huit. Elle lui permettait de rester debout tard le soir, à côté d'elle sur le canapé, ensemble devant la télévision. De temps en temps, Rachel se rendait compte qu'au lieu de regarder l'écran, sa mère la regardait, elle. D'un regard dénué d'intention, ou même d'intensité, qui se contentait de constater sa présence. Quand, au milieu du petit déjeuner, Samantha lui demandait son avis sur le chemisier ou la jupe qu'elle devrait porter, on aurait presque pu les croire sœurs plutôt que mère et fille. À certains moments, aussi, les rôles paraissaient complètement inversés. Lorsque, entrant dans une pièce et y découvrant sa mère à l'intérieur, Rachel percevait la tristesse de Samantha, venait vers elle en silence et se blottissait contre elle, tentant d'absorber, d'apaiser, corps à corps, sa douleur.

Pour Michael, chaque minute passée en compagnie de Rachel et de Samantha était une torture. Sept mois s'étaient écoulés depuis qu'il avait quitté leur maison ce jour-là, et il attendait toujours le moment où leur présence ne réveillerait plus en lui la douleur aiguë de la perte qu'il avait causée, ou le sentiment que Rachel connaissait la vérité sur la mort de sa sœur, en portait l'intime et secrète conviction. Et cependant sa conscience ne trouvait le salut qu'en leur présence. Être auprès d'elles, contribuer à leur rétablissement, à leur nouvelle vie. C'était à la fois son privilège et son châtiment. En pratique, cela revenait le plus souvent à encourager ou à conseiller Samantha, à passer prendre un verre ou manger un morceau, à garder Rachel les soirs où elle devait sortir. C'était aussi simple que d'être son ami. Quelqu'un qu'elle avait connu avant, et avec qui, maintenant qu'elle se sentait prête, elle pouvait parler de son deuil d'égal à égal, comme compagnons de chagrin. Personne dans l'entourage de Samantha n'avait perdu d'autres proches que ses parents. Personne n'avait ainsi vu la mort entrer dans sa vie. Michael, lui, savait de quoi il parlait, il avait tout éprouvé, il s'était débattu dans ces mêmes affres. Ainsi se surprit-elle à chercher auprès de lui des repères, de la reconnaissance et de l'assentiment. Il lui donnait l'impression d'être normale, et, sans doute plus important, de pouvoir encore exister : en tant que femme forgée par la mort de sa fille, et non définie par elle. Une femme qui trouverait encore de la joie en ce monde, non pas malgré sa douleur, mais à cause d'elle.

Tandis qu'il se consacrait au deuil naissant de Samantha, la vie de Michael, apprivoisant son propre chagrin, portée par un élan neuf, conquérait de nouveaux territoires. En décembre, juste avant de se mettre en route pour le Sussex, chez Martha où il rejoignait Samantha et Rachel pour Noël, il acheva le premier jet de *L'homme qui brisa le miroir*. C'était plus court que ce qu'il avait prévu, et ce n'était pas le livre qu'il avait eu l'intention d'écrire au départ. Les détails de la thèse d'Oliver étaient devenus un arrière-plan, à peine un paysage, devant lequel se déroulaient les deux années de la vie de cet homme qu'il avait suivi. Le portrait d'un homme aux antipodes émotionnels et intellectuels : un penseur et un buveur, dont l'étoile brûlait au firmament tandis que lui se consumait.

Le livre n'était pas parfait, et Michael savait, en le soumettant à son agent, que contrairement à ce qu'il avait dit à Samantha à propos de *Fraternités*, celui-ci était loin d'être achevé. Mais avoir réussi à l'écrire était déjà une victoire personnelle. Quand il s'était installé dans ce nouvel appartement, ce n'était plus qu'un exercice quotidien consistant à muscler sa mémoire. À réveiller son esprit et son corps pour les ramener à la vie par ce biais-là. Michael n'était tenu par aucun impératif financier. *Fraternités* continuait à bien se vendre aux États-Unis, et bien qu'il se soit promis de ne pas y toucher, il y avait toujours le dédommagement qu'il avait reçu et l'argent de l'assurance de Caroline. Durant l'écriture, cependant, Michael avait redécouvert cette paix rare de l'ancestrale conversion de l'expérience en mots. Ce n'était pas toujours au bénéfice de l'histoire dans son ensemble, mais juste parfois de quelques minutes, voire secondes. Des moments du passé qu'il parvenait à rendre tels qu'il aurait aimé les vivre dans la vraie vie, mais dont il savait qu'ils n'étaient possibles qu'à son bureau, sur le papier.

Le réconfort que lui apportait l'écriture était tel que lorsque Michael remit *L'homme qui brisa le miroir*, il se lança immédiatement dans un nouveau projet, avant même que son agent ait terminé de lire son premier jet. Ce serait un livre plus proche de la maison, dans tous les sens du terme. La promesse muette qu'il avait faite à Samantha et Rachel l'avait attaché à Londres, à leur rue, à cet appartement à côté de chez elles. C'est donc là qu'il rechercha son prochain sujet, son livre le plongerait, non plus dans la vie d'une seule personne, mais dans les histoires de quatre maisons et des familles qui y avaient vécu. Ces maisons occupaient autrefois un tronçon entier de South Hill Drive, elles étaient toutes construites sur un terrain où se dressaient à présent des immeubles d'appartements semblables à celui de Michael. C'était une carte dans un musée qui avait attiré son attention sur ces bâtiments. La carte représentait le parc et les rues alentour, et était piquetée de points noirs, marquant les points d'impact des bombes lâchées sur le quartier pendant les raids aériens de la Seconde Guerre mondiale. Instinctivement, Michael avait cherché sa rue sur la carte, puis son appartement. Un point noir était positionné pile dessus. Il observa les trois autres points noirs dispersés sur le lacet que formait South Hill Drive. Tous étaient situés sur d'autres immeubles modernes, construits après guerre, insérés entre les larges courbes des maisons d'origine.

Les recherches qu'un tel livre exigerait de lui – les heures passées au bureau des Archives publiques à Kew, ou à partir à la pêche aux indices dans les archives locales d'Hampstead – déroulaient devant Michael l'étendue très structurée d'une routine bien établie. Mais à part cela, il ne savait pas exactement pourquoi ce projet-là l'avait attiré plus qu'un autre. Il était conscient de n'avoir pas envie d'affronter certaines de ses raisons à ce stade de son travail – la mort venue du ciel à travers l'histoire, l'exploration des liens entre une famille et la maison qu'elle habite. Mais il était également conscient que l'attrait du projet tenait en un sens à sa pénitence, à l'accumulation intime de gestes qu'il accomplissait pour inverser le sens de la balance. Qu'il tenait aussi à l'existence des fantômes qui le hantaient, à cette apparition de Caroline dans la baignoire. À l'incroyable clarté avec laquelle la chute de Lucy lui réapparaissait chaque fois qu'il passait devant la cage d'escalier des Nelson. Chaque maison de cette rue était ainsi composée de strates de vies vécues, comprimées les unes sur les autres. Mais les quatre immeubles modernes, eux, étaient hantés par des bâtiments entiers. Par des demeures qui avaient disparu en quelques secondes. Et c'était cela, sentait Michael, qui l'attirait. La perspective de recréer ces maisons, autant que leurs habitants. De reconstruire la coque du navire, témoin des vies qui s'y étaient déroulées. Comme si, fort du fantôme qu'il avait vu et de celui qu'il avait créé, Michael n'avait plus d'autre choix que de se consacrer à ces résurrections multiples.

Au-delà de ses écrits, la vie de Michael avançait aussi dans d'autres domaines. Il avait commencé à boire des verres avec un groupe d'escrimeurs après les soirées du club à Highgate. Il y avait dans le groupe une femme, à propos de laquelle Samantha le taquinait souvent. Divorcée, la petite trentaine, elle avait d'ores et déjà fait passer le message parmi ses amis que si Michael était intéressé, elle aimerait bien le connaître davantage. Michael ne se formalisait pas des taquineries et des interrogatoires de Samantha, mais ses commentaires résonnaient en écho avec son état émotionnel. Ce que ses plaisanteries suggéraient lui semblait inconcevable. Caroline était encore trop présente, et peut-être, se disait-il parfois, qu'elle le serait toujours.

« Je suppose que… avait dit Samantha un soir au pub pendant qu'ils attendaient que Rachel sorte de son cours de théâtre. Tu l'as perdue très tôt, n'est-ce pas ?

– Tôt ? s'étonna Michael, même s'il savait très bien ce qu'elle voulait dire.

– Eh bien, je ne sais pas, continua Samantha, qui chipotait sa salade à peine entamée. Avant que vous n'ayez eu le temps de vous lasser l'un de l'autre, je veux dire. Ou d'avoir des rancœurs.

– Peut-être, dit Michael.

– Oh mon Dieu, je suis désolée. » Elle se pencha en avant et posa la main sur son bras. « Ça ne me regarde pas. C'est juste que…

– Non, non, tu as sans doute raison. C'était le début de notre histoire, en réalité. »

Samantha se recula sur sa chaise. « C'est ce qu'elle aurait voulu, tu sais. En fin de compte.

– Quoi ? Que je recommence à coucher avec d'autres femmes ? » Michael n'arriva pas à masquer le dégoût dans sa voix.

« Oui, répondit Samantha. Ou du moins, que tu aies quelqu'un. Que tu ne sois pas seul. Sauf si bien sûr, ça te rend heureux. D'être seul. » Elle sourit, et se pencha à nouveau pour serrer la main autour de son bras. « Mais tu ne dois pas avoir peur, Michael. Ou te sentir coupable. »

Ils avaient eu cette conversation plus d'un mois auparavant, rien n'avait changé depuis, et Michael n'en était toujours pas à tenter la moindre approche envers quiconque, ou même à envisager le chemin qui pourrait l'y conduire. Pourtant, il savait que Samantha avait raison. Caroline aurait voulu qu'il soit avec quelqu'un d'autre. S'il était vraiment honnête, ç'aurait même pu se terminer ainsi si elle avait vécu. Il se demandait souvent, quoique jamais à voix haute, combien de temps ils seraient restés ensemble. Toute la vie, espérait-il, mais il n'en était jamais vraiment certain. Pas absolument. Caroline avait trouvé un ancrage en lui, dans leur mariage. Elle avait trouvé une paix. Mais elle n'était pas d'une nature exclusive, son caractère l'avait toujours portée vers le pluriel plutôt que vers le singulier.

Malgré sa réticence à commencer une nouvelle relation, Michael éprouvait un manque physique vis-à-vis des femmes. Récemment, tard dans la nuit après une journée de travail, il s'était surpris à taper dans son moteur de recherche les mots « Hampstead + escort girls », et à faire dérouler les images miniatures d'« Erika », « Giselle » et « Cindy », avec la liste de leurs prestations et tarifs en gras sous chacune de leurs photos. Néanmoins son désir ne l'avait jamais poussé jusqu'à cliquer sur l'e-mail de contact ou le numéro de téléphone, et il avait eu beau se dire que se payer les services d'une de ses filles vaudrait mieux pour lui que de s'engager dans une relation longue durée avec quelqu'un, il avait toujours fini par refermer son ordinateur portable et s'éloigner de son bureau.

Michael sentait instinctivement que s'il devait commencer une relation avec une autre femme, ce serait ailleurs, hors de Londres. Malgré sa décision de se laisser gouverner par les vies de Samantha et de Rachel, la perspective d'un déménagement exerçait un attrait puissant sur lui. Quand le nouveau livre serait terminé. Quand il aurait l'impression que Samantha et Rachel étaient en bonne voie. L'idée, lorsqu'il s'autorisait à la caresser, l'enthousiasmait. Il était reconnaissant à Peter de lui avoir trouvé cet appartement, mais il l'avait toujours vu comme une étape, en attendant. Et très bientôt, il le sentait, il serait prêt à s'en aller. La culpabilité, la douleur de ce qui s'était passé ici ne le quitteraient jamais. Un départ modifierait la teneur de cette douleur, sa nature. Quelque part ailleurs sur l'île, ou bien à New York. La structure de la ville lui semblait coller à sa situation. Ses rues, la pulsation de ces vies solitaires, l'énergie de leurs appétits. Une fois là-bas, une fois corrigée la géographie de son existence, alors peut-être Michael pourrait imaginer trouver quelqu'un : une femme venue d'ailleurs, qui aurait elle aussi changé de paysage et serait ainsi prête à accueillir quelqu'un comme lui pour le partager.

## 20

La galerie était noire de monde, Michael était là depuis une heure déjà quand il repéra Josh dans la foule. C'était la soirée de vernissage de Samantha. Debout dans un coin, tout au fond, Josh discutait avec un couple de jeunes gens, de temps en temps il montrait du doigt un tirage encadré à côté d'eux. Bronzé et aminci, il avait l'air beaucoup plus vieux que la dernière fois que Michael l'avait vu dans les parages. Ses cheveux avaient viré de poivre et sel à uniformément gris, et son visage était beaucoup plus ridé que dans son souvenir. Il portait une chemise au col élimé d'un côté, il avait fait des revers à ses manches. Michael remarqua que ses avant-bras étaient couverts d'entailles et d'éraflures.

La galerie appartenait à un ami de Sebastian, le metteur en scène dont Samantha était l'assistante. Un espace étroit, avec deux pièces, situé dans un quartier principalement résidentiel après Flask Walk. À l'origine, c'était la boutique d'un fleuriste, mais à présent il s'y déroulait quatre ou cinq expositions éphémères par an. Michael avait persuadé Samantha de montrer quelques-uns de ses tirages à son patron et Sebastian avait fait le reste. Une semaine plus tard, Emmanuel, le propriétaire de la galerie, lui avait écrit. Pourrait-il exposer le travail de Samantha ? Pour deux semaines seulement, au début, et puis, si son travail se vendait, plus longtemps peut-être.

À l'arrivée de l'e-mail d'Emmanuel, toute la confiance de Samantha dans son travail s'était envolée. Elle déclara à Michael que c'était trop tôt, qu'elle avait encore plus d'un an d'études avant d'avoir son diplôme. Que son travail n'était pas assez bon.

« Qu'est-il arrivé à l'idée du travail inachevé tant qu'il n'a pas été vu ? demanda Michael.

– Très drôle », dit-elle face aux tirages étalés devant elle sur la table de la salle à manger. Leur portrait de famille était toujours accroché au-dessus de la table et, tandis qu'elle rassemblait les photos, elle croisa le regard de cette version plus jeune d'elle-même, Lucy sur les genoux, Rachel assise sur ceux de Josh à côté d'elle.

« Sérieusement, reprit-elle en se passant la main dans les cheveux. Comment je suis censée choisir ? Il a dit qu'il pouvait en accrocher maximum vingt-cinq. Trente, en poussant un peu. »

Elle avait commencé la série des bassins huit mois plus tôt. Elle avait plus de deux cent quarante images, toutes prises du même endroit, à la même heure de la journée.

Michael, appuyé contre l'îlot central, vint s'asseoir en face d'elle. « Je t'aiderai, dit-il en étalant les tirages et en les tournant vers lui.

– Vraiment ? Ça alors, ce serait fantastique.

– Si j'étais toi, je ne me réjouirais pas trop, rétorqua Michael. Je suis loin d'être un expert.

315

« – Bien sûr que si, répliqua-t-elle tandis que Michael juxtaposait une scène hivernale avec un matin de mars. C'est censé être ton boulot, non ? Construire un scénario ? »

Depuis ce soir-là, Michael avait aussi aidé Samantha sur d'autres aspects de l'exposition. Il avait rapporté les tirages encadrés chez elle, défini l'accrochage dans la galerie, suggéré un titre – *Et encore*. Plus tôt ce soir-là, en route pour sa soirée du club d'escrime, il avait partagé un taxi avec elle et Rachel, et les avait déposées à la galerie avec des cartons de vin, de verres et de jus de fruits. Samantha était restée silencieuse dans la voiture, le trac la rendait muette. « Ne t'inquiète pas maman, avait dit Rachel tandis qu'ils remontaient le long du parc avec les cartons de verres qui tintaient à leurs pieds. Ils vont t'adorer. J'en suis sûre. »

S'éloignant du buffet où il servait à boire, Michael remonta le courant de la foule vers Josh. Depuis cette soirée où ils s'étaient parlé par-dessus la haie, il l'avait à peine croisé. Après avoir déménagé, Josh s'était cantonné à la périphérie de la vie de Rachel et Samantha. Il voyait sa fille régulièrement, gardait le contact avec Samantha. Mais l'un des plus grands regrets de Michael était que Josh ait décidé de le tenir à distance. À deux reprises, Michael l'avait aperçu dans le parc sur le chemin du retour de sa leçon d'escrime. De trop loin pour se parler, mais d'assez près pour se reconnaître. Josh n'avait tenté de l'approcher aucune des deux fois. Et quelque chose lui avait indiqué que Josh n'avait pas non plus envie qu'il vienne vers lui. Il avait continué son chemin, suivant son itinéraire habituel, sentant le regard de Josh sur ses talons.

Interrogée sur le sujet, Samantha fut incapable de lui dire pourquoi Josh l'avait écarté de sa vie. « Qui sait ? dit-elle lorsqu'il insista un soir. C'est sa manière de gérer, je suppose. » Elle était en train de ranger des assiettes dans un placard, hissée sur la pointe des pieds pour atteindre le haut de la pile. « Mais il ne s'agit pas que de toi, tu sais ? Il est devenu plus solitaire, voilà tout. Il ne voit presque plus personne. » Elle se retourna et prit appui sur le comptoir. « Je ne sais pas, soupira-t-elle. Il reviendra. Il a sûrement juste besoin de temps. » Elle prit une nouvelle pile d'assiettes. « Comme nous tous. »

Samantha avait surpris Michael en tenant ses promesses, en se relevant de l'épreuve de la mort de Lucy de son côté, elle s'était fourvoyée sur la réaction de Josh à la perte de son travail. Au début, il n'avait rien fait ; il quittait à peine son appartement, comme s'il avait décidé de se laisser totalement aller à l'inertie. Les seuls moments où Samantha le voyait, c'était quand il venait chercher Rachel pour la journée. Michael l'entrevoyait parfois, remontant la rue pour se rendre à ces rendez-vous, pas rasé, en bas de jogging ou en vieux jean, on aurait dit le père disparu de l'homme qu'il connaissait. Samantha s'inquiétait de son état mental. Elle commença à se demander si elle devait laisser Rachel partir seule avec lui. Puis, en l'espace de quelques semaines, il changea. Il voulut retrouver Samantha pour boire un café. C'est alors qu'il lui annonça qu'il avait décidé de ne pas retourner dans la banque pour le moment, de faire une pause pour essayer quelque chose d'autre. « Tout se casse la figure, de toute façon, avait-il dit. Et ça va continuer pendant quelque temps avant de se remettre à monter. Il y a assez d'argent pour tenir. Donc ne t'en fais pas, de ce côté-là rien ne va changer. Mais, voilà, j'ai décidé de faire un break. De prendre le large un peu. » Il avait baissé les yeux sur sa tasse, puis tendu les mains vers elle, les paumes vers le ciel. « Je voulais juste que tu sois au courant », déclara-t-il comme s'il lui annonçait qu'il avait quelqu'un d'autre dans sa vie.

Avant qu'ils ne quittent le café, il avait demandé à Samantha de ne pas engager de procédure de divorce. La question lui avait traversé l'esprit, mais de façon abstraite. C'était trop tôt. Elle devait digérer les événements. Elle était encore en deuil. « Bien sûr que non, Josh. Qu'est-ce qui te fait penser que je pourrais le faire ?

– Je ne sais pas. J'ai déménagé. Et tout ce qui… »

Elle lui avait pris la main. « Tu sais ce qu'on s'est dit. Qu'on se donnait du temps. Pour accepter tout ça. »

Il l'avait regardée dans les yeux, et elle avait vu qu'il avait peur. De ce qu'elle pourrait faire, ou de ce qu'elle pourrait dire. « Contente-toi de te reconstruire, lui avait-elle conseillé en lui serrant les doigts. Fais-le pour Rachel au moins. »

Josh avait vu des annonces dans les journaux locaux, entre une chambre à louer et des séances de yoga maman-bébé. Trois matins par semaine, du bénévolat auprès d'un jardinier du Patrimoine national dans deux propriétés de Hampstead : Numéro deux sur Willow Road, une maison moderniste des années 1930, et Fenton House, un établissement de commerce du XVIIe siècle, tout en haut de la colline dominant Hampstead Village.

Durant les deux premiers mois, tandis que l'automne cédait la place à l'hiver, les semaines de Josh s'articulèrent autour de ces trois matinées. À déblayer bambous, mauvaises herbes et gravats sur Willow Road, et tailler les pommiers et leurs branches épaissies par le gel à Fenton House. Il n'avait aucun talent particulier mais il s'appliquait. Son esprit, comprit-il, avait besoin de ces heures passées dehors à vagabonder pendant qu'il s'adonnait à des tâches répétitives. Nathan, le jardinier du Patrimoine national, était un homme tranquille ; une fois certain de pouvoir compter sur Josh, il fut ravi de le laisser se débrouiller tout seul. Les autres bénévoles, des comédiens entre deux rôles, des étudiants en année sabbatique, ou bien des gens qui s'acquittaient des heures exigées par une autre organisation – le prix du duc d'Édimbourg, les Services de la commune – avaient tendance à changer fréquemment. Une fois leurs heures effectuées, Nathan n'en entendait plus jamais parler. Josh, lui, se révéla régulier, constant. Souvent, quand il avait fini son service, il s'attardait un peu, en particulier à Fenton House, il s'asseyait sur l'un des bancs, à l'abri des murs du jardin et respirait l'odeur métallique de la terre fraîchement retournée, ou bien écoutait le chant des oiseaux. C'est pourquoi lorsque Josh présenta sa candidature pour un poste dans l'une des équipes de conservateurs du parc, Nathan lui manifesta un soutien aussi enthousiaste. Car, au fil de toutes ces années comme jardinier, il n'avait jamais rencontré un homme qui ait à ce point besoin du contact avec la terre, à qui le travail physique ait apporté autant de paix, et de plaisir.

« Je sais, quelle ironie, n'est-ce pas ? » avait dit Samantha quand elle l'avait raconté à Michael. Ils étaient dans son jardin, sarclant et divisant des massifs de plantes vivaces. « Il travaille pour la City, encore. On dirait qu'il ne peut pas y échapper.

– La City ? demanda Michael. Comment ça ?

– Eh bien, ils sont propriétaires, n'est-ce pas ? »
Samantha repoussa une mèche de devant ses yeux et s'assit
sur ses talons. « Le parc, dit-elle, en s'essuyant le front avec
son poignet. Ou du moins, la Corporation de Londres est
propriétaire, ce qui à mes yeux est à peu près pareil. » Elle
jeta une poignée d'herbes sur le tas entre eux. « Et voilà,
dit-elle en se remettant à l'ouvrage. Il est à nouveau sur
les listes de leurs salariés. »

Pendant un moment, ils ne dirent plus un mot. Seuls
le bruit des herbes arrachées et les aboiements des chiens
dans le parc résonnaient entre eux.

« Mais ça marche pour lui », reprit Samantha. L'esprit de
Michael s'était échappé, il mit un moment à comprendre
de quoi elle parlait. Il la regarda, elle était concentrée sur
sa tâche, tirant les mauvaises herbes par petites poignées
régulières. « Je crois même que ça le rend heureux », lâcha-
t-elle en jetant un nouveau paquet sur le tas.

Pendant que Michael se frayait un chemin entre les
gens dans la galerie, frôlant la foule de dos et d'épaules
qui les séparait, Josh, levant les yeux de sa conversation,
l'aperçut. Michael réussit à se libérer la main pour lui faire
signe, hochant la tête par-dessus la crinière blonde d'une
femme. Josh ne répondit pas à son geste, il se contenta de
lui renvoyer son regard, avec un air contrarié. Son expression figea Michael au milieu de la foule. Pas seulement
parce qu'il ne s'y attendait pas, mais parce qu'elle était
chargée d'une animosité nourrie, et non d'une soudaine
aversion. C'était une expression remplie de certitudes, pas
de questions.

Michael allait continuer son chemin vers lui quand un écho gémissant vint ponctuer l'entrée sur scène d'Emmanuel qui s'approchait du micro et réclamait le silence. Autour de Michael, toutes les têtes se tournèrent vers la voix amplifiée. Michael suivit le mouvement en jetant un œil vers Josh. Lui aussi s'était tourné vers le micro. Il semblait calme, riait aux plaisanteries du début du discours d'Emmanuel. Peut-être Michael s'était-il trompé. Peut-être sa culpabilité lui faisait-elle voir et craindre des choses qui n'existaient pas. Il vida son verre, et tandis que Samantha montait sur la scène pour parler à son tour, il s'efforça de se concentrer sur ce qu'elle avait à dire.

Les discours furent brefs. Samantha remercia ses tuteurs de la fac, Sebastian, le propriétaire de la galerie. Elle remercia Michael aussi, pour son aide, et Rachel, pour la sienne, et leva son verre à leur santé à tous. Elle évoqua brièvement le deuil qui avait amené ces photos sur ces murs. Mais elle n'en dit pas plus sur Lucy et n'ajouta aucun détail sur le chemin qui l'avait menée elle-même jusqu'à ces premières minutes du jour, chaque matin, guettant les effets toujours nouveaux de la lumière sur le paysage. Quand elle eut fini de parler et qu'elle s'éloigna du micro, il y eut des applaudissements, quelques sifflets de ses camarades de fac, puis Emmanuel s'avança à nouveau, invitant l'assemblée à aller boire un verre et, s'ils le pouvaient, à acheter l'un des tirages de Samantha.

Après une dernière salve d'applaudissements, la foule se dispersa vers le buffet ou les accrochages. Michael chercha Josh des yeux là où il l'avait vu la dernière fois. Mais il n'y était plus. Il passa en revue le reste de la pièce puis se faufila vers la seconde pièce. Là non plus, aucune trace de

Josh. Michael sentait son cœur s'accélérer. Il fallait qu'il lui parle. Il fallait qu'il comprenne pourquoi il l'avait tenu à l'écart. Pourquoi il lui avait lancé ce regard dans la galerie.

Il se glissa entre les gens jusqu'à l'extérieur, dans la fraîcheur du soir. Sur le trottoir, il y avait trois fumeurs, aucun d'eux n'était Josh. Il leva les yeux vers les lampadaires allumés de la rue, une brume d'été s'accrochait aux toits-terrasses des immeubles. Plus personne. Josh avait disparu.

Michael songea à remonter Flask Walk, pour essayer de le rattraper. Mais cela ne servait à rien. Aussi bien, il était parti dans l'autre sens et était déjà en train de traverser le parc, ou n'importe laquelle des autres rues alentour.

Michael se retourna vers la galerie aux vitrines embuées par la chaleur de la foule. Quelqu'un passa sa manche sur la vitre, dégageant brièvement une arche transparente. Michael scruta la pièce à travers l'arche, au cas où il l'ait manqué à l'intérieur. Mais il n'y avait là qu'une assemblée, buvant et discutant, au cœur de laquelle, Samantha, les joues rouges de succès, cernée par ses images du bassin, ces eaux immobiles, témoins silencieux de tout ce que Michael avait fait.

# 21

« J'en ai vendu six ! Tu te rends compte ? Six ! »

L'exposition avait migré dans un pub du quartier, puis il y avait encore eu une dernière soirée exceptionnelle chez Sebastian. Samantha était ivre. Enivrée aussi. L'exposition avait été un succès. De la presse, des égards. Elle paraissait dix ans de moins.

« Sebastian a dit que ça n'arrivait presque jamais, reprit-elle, en se versant un autre *shot* de whisky. Jamais dès la première soirée.

– C'est génial. Mais je ne suis pas surpris. Bien sûr que les gens veulent les avoir. Ils sont… » Il prit l'un des tirages hors sélection, qui était resté sur la table de la salle à manger. « En fait, ils sont apaisants, non ? Et chaque fois qu'on les regarde, on y découvre davantage.

– Oh, la ferme ! lança Samantha en se laissant tomber dans l'un des fauteuils de la véranda. Tu es toujours teeeellement gentil avec moi. Une dernière goutte ? » Elle brandissait la bouteille de whisky sous son nez.

« Tu as raison, dit Michael, en s'asseyant en face d'elle et en lui tendant son verre. En fait, ils sont assez ordinaires, et de toute façon, la plupart des gens qui étaient là ce soir étaient incapables de faire la différence entre une bonne photo et une photo de merde.

– Tout doux, dit Samantha, jouant les femmes blessées tandis qu'elle vidait la bouteille dans son verre. N'en fais pas trop. »

Michael leva son verre. « Félicitations. Tu le mérites. »

Ils burent en chœur, Samantha soupira un grand coup en avalant. Bascula la tête en arrière contre le haut du fauteuil et ferma les yeux.

Michael voulait lui demander pour Josh. Lui avait-elle parlé ? Qu'avait-il dit ? Pourquoi était-il parti ? Mais ce n'était pas le bon moment. Elle était imprégnée de l'instant présent, tournée vers l'avenir. Elle n'avait aucune envie d'évoquer le passé. Pas maintenant, alors que tout cela était encore si fragile, si éphémère.

« J'ai réfléchi », dit-elle, les yeux toujours fermés. Son élocution était lente, liquide. « Cette maison. Elle est beaucoup trop grande pour Rachel et moi. On se sent perdues ici toutes les deux. On ne va même jamais au dernier étage. » Elle ouvrit les yeux et les fixa au plafond pendant un instant, puis elle redressa la tête et le regarda. Son expression était sérieuse, puis un lent sourire gagna ses lèvres, suivi d'un mouvement de tête de petite fille. Elle baissa les yeux, les détourna de lui.

« Je ne sais pas, peut-être que tu n'en auras pas envie, dit-elle. Mais ça n'a pas de sens. Je veux dire, que toi tu loues cet appartement juste à côté, alors qu'on a toute cette place. Je voulais juste que tu le saches. » Elle se leva, tout à coup beaucoup plus concrète, nerveuse. « Si ça te tente, commença-t-elle en portant les verres jusqu'à l'évier, tu pourrais louer ici à la place. » Elle se retourna, s'appuya au comptoir en le regardant. « Le dernier étage. Il y a un bureau et une chambre. »

Michael se leva et s'avança vers elle. « Merci », dit-il, en la prenant par les épaules. Elle avait l'air vulnérable, à découvert. « C'est tellement gentil. Mais... »

Elle s'écarta de lui, se tourna vers l'évier et fit couler l'eau du robinet pour laver les verres. « Bon Dieu, Michael, fit-elle avec de la colère dans la voix. Ce n'est pas ce que je voulais dire, je pensais juste que c'était plus logique comme ça, c'est tout.

– Je sais. Et je suis sincère. C'est vraiment très gentil. Et c'est bon à savoir aussi. Vraiment, merci.

– Eh bien, tu n'as qu'un mot à dire si tu en as envie. Voilà. » En ôtant sa montre pour faire la vaisselle, Samantha fixa le cadran. « Bon sang. Est-ce qu'il est vraiment cette heure-là ? »

Michael regarda la sienne. Il était presque 2 heures. « J'imagine qu'il est temps de se dire bonne nuit. »

Samantha se retourna, dos à l'évier, face à lui, une nouvelle fois. Elle fronçait les sourcils, comme si elle essayait de comprendre comment ils en étaient arrivés là, à cette heure si tardive, à cette configuration. Michael voyait bien que son enthousiasme était en train de retomber. Un nuage de nostalgie passa fugitivement sur son visage. De quoi, se demandait-il ? D'avant tout ceci ? De sa vie d'avant, même imparfaite, celle qu'elle avait avant de devoir inventer celle-ci pour survivre au deuil de sa fille ?

« Je ferais mieux d'aller au lit, finit-elle par dire, elle traversa la cuisine, éteignit les lumières de la véranda. Rachel a un match de hockey demain. Enfin, non, aujourd'hui plutôt. Au bout du monde, à Ealing.

– Eh bien, conclut Michael en attrapant sa veste sur le dos d'une chaise. Encore félicitations. Tu t'es surpassée ce soir.

– Merci », dit Samantha, les yeux perdus dans le noir au-dehors. Quand elle se retourna vers lui, son expression s'était radoucie. « Pour tout ce que tu as fait, aussi, ajouta-t-elle en souriant. Vraiment, merci, Michael. »

En se déshabillant pour se mettre au lit ce soir-là, Michael comprit qu'il devait tout dire à Samantha. Il faudrait qu'elle finisse par savoir. C'était inévitable. Pour elle, autant que pour lui. En remontant le couloir jusqu'à la porte d'entrée, après la proposition qu'elle lui avait faite, face au portrait de Lucy, Michael avait failli s'effondrer. C'était comme si chaque pas qu'il faisait le plongeait dans un gouffre de plus en plus profond. Quels que soient les dégâts que cela pourrait causer, sur le début de sa nouvelle vie à elle, sur la sienne, sur Rachel, il fallait qu'il dise la vérité à Samantha. Sans quoi ces minutes qu'il avait passées dans sa maison avant que Lucy ne meure continueraient de le hanter et d'aspirer tout le plaisir qu'ils avaient à être ensemble. Mais ensuite, une fois qu'elle saurait, il n'y aurait plus une seule autre seconde ensemble. Il devait en être bien conscient. Une nouvelle fondation s'écroulerait sous les pieds de Samantha. Une fois les minutes réelles de ce samedi après-midi exposées à sa vue, elle ne voudrait plus jamais le revoir. Il serait celui qui avait entravé la justice. Elle dirait tout à la police. Il faudrait qu'il quitte la ville. Et cependant, il se glissa entre ses draps, face aux ombres des lampadaires du parc qui dansaient faiblement sur les murs de sa chambre, en sachant très bien que ce n'était plus qu'une question de temps. Il ne pouvait plus garder ces quelques minutes pour lui. Il lui fallait s'en couper, comme d'une tumeur, et la seule manière de le faire, c'était de tout avouer.

## 22

La cassette vidéo était posée sur une étagère en hauteur
dans le bureau du gardien, au milieu d'une pile d'autres
cassettes, entre un tas de numéros de *Top Gear* et une
caisse à outils remplie de vis, d'écrous et de boulons.
Une notice d'utilisation de perceuse électrique reposait
au-dessus. Avec toutes ces boîtes et tous ces outils dans la
pièce, la probabilité que Josh la trouve si facilement était
quasiment nulle, mais il y avait cette date tracée au marqueur noir sur l'étiquette : « 07/06/08 ». La vision de ces
numéros, placés dans cet ordre. Pour Josh, c'était comme
d'entendre son nom crié par-dessus le brouhaha d'un bar,
ou de repérer le visage de son enfant dans la foule d'une
gare. Même dans le fouillis de ce petit bureau, l'écho de
la date semblait venir à lui. Cette date qu'il n'oublierait
jamais, éternellement figée dans le temps, la date de la
mort de Lucy. La date à laquelle tout avait changé, pour
tout le monde.

Josh travaillait pour les services de préservation et d'entretien du parc depuis le début de l'année. La plupart du
temps, ils n'étaient que trois, parfois plus sur les missions
plus importantes, à longer les chemins du parc dans leur

pick-up, phares clignotant, cage métallique tintant, pleine de branches, de mousse et de sacs de feuilles. Quand il pouvait, Josh commençait sa journée le plus tôt possible, et c'était souvent lui qui ouvrait l'entrepôt de stockage, lui qu'on pouvait voir, une heure avant la fin du service, buvant un café sur l'un des bancs de Parliament Hill. Le travail l'avait ouvert au monde. Il avait appris à reconnaître les différents vents et brises rien qu'en les sentant sur sa peau, à prédire l'arrivée de la pluie rien qu'à un changement dans la lumière autour de lui. En se relevant de son banc pour démarrer sa journée, Josh jetait un œil à l'horizon, aux gratte-ciels de la ville, il laissait tomber son gobelet dans la poubelle et se disait qu'il l'avait échappé belle. Tel un survivant, secouru *in extremis*, s'accrochant à la corde qu'on lui avait lancée et commençant tout juste à réussir à se hisser.

Durant sa semaine de travail au parc, Josh pouvait surveiller sa famille à distance. Le week-end, il les observait de plus près. Il avait peu à peu apprivoisé les silences qu'il partageait avec Rachel, et accueillait avec plus de sérénité la femme que Samantha était en train de devenir sous ses yeux. Mais le but de ses surveillances n'avait pas changé : il s'agissait de garder un œil sur Michael. De cerner sa personnalité et ses intérêts. De comprendre d'où venait la terre, et où il était durant ces quelques minutes du 7 juin 2008.

Plus d'une fois, Josh avait envisagé de dire la vérité à Samantha : de lui avouer qu'il n'était pas dans la maison quand Lucy était tombée. Mais ç'aurait été ruiner les minces chances qu'il avait de les récupérer un jour, elle et sa fille. Et, se disait-il, cette personne était un autre Josh, un autre homme, il n'allait pas le laisser gâcher le peu de chances de celui qu'il était à présent, de celui qu'il voulait devenir.

Michael non plus ne ruinerait pas ses chances, il n'allait pas le laisser faire. Tant qu'il tournait autour de Samantha et de Rachel, tant qu'il était là, qu'il vivait à côté d'elles, Josh savait qu'il n'aurait jamais l'espace nécessaire pour les reconquérir, pour leur revenir. Pas tant qu'il en savait encore si peu sur Michael et sur ce qui s'était passé ce jour-là. Il avait dit à Slater qu'il se trouvait à son cours d'escrime. C'était ce qu'elle avait dit à Josh quand elle lui avait communiqué les déclarations de tous ses voisins. À l'époque il n'avait que ses propres intérêts à l'esprit : est-ce que l'un d'entre eux l'avait vu quitter la maison ? Y rentrer ? D'après Slater, aucun. Josh avait juste été soulagé d'entendre que la déclaration de Michael allait dans le même sens que celles des autres habitants de la rue.

Mais à présent il n'éprouvait que de la suspicion. Comment Slater pouvait-elle être sûre que Michael était bien à son cours d'escrime quand Lucy était tombée ? Avait-elle vérifié auprès de son professeur ? L'avait-on vu traverser le parc pour s'y rendre ? Josh avait songé à retrouver la carte de visite qu'elle lui avait laissée, l'appeler et le lui demander. Pourtant il savait que c'était impossible. À cause de la manière dont elle l'avait interrogé, dont ils l'avaient tous traité. Il savait qu'elle le soupçonnait, qu'elle percevait les mensonges qui gravitaient autour de son scénario. Impossible d'y retourner, elle s'empresserait de creuser encore plus qu'elle ne l'avait déjà fait.

Non, si Josh voulait vérifier la version de Michael, il faudrait qu'il le fasse lui-même. S'il avait dit la vérité, alors il pourrait abandonner ses soupçons. Mais si ce n'était pas le cas... Alors il ne savait pas ce qu'il ferait. Enfin, au moins il saurait. Au moins, il pourrait mettre fin à la douleur que lui procuraient ses incertitudes, désamorcer quelques-unes des questions qui continuaient de le hanter sur ce qui était arrivé à sa fille.

Après cette soirée où ils s'étaient parlé par-dessus la haie, Josh se mit à surveiller Michael, autant que possible. Il voulait le comprendre, découvrir ce qu'il cherchait. Était-ce Samantha ? Était-ce la raison pour laquelle il passait autant de temps avec elle ? Était-ce son seul but ? Impossible d'en être certain, pas sans en savoir davantage sur Michael. Alors il l'observa. Il sut très vite à quelle heure la lumière de sa salle de bains s'allumait le matin, à quelle heure celle de son bureau s'éteignait le soir. Il le prit en filature, de loin, dans ses cafés préférés, aux archives du musée local. La semaine précédente justement, il l'avait observé, du haut de la rue, en train d'aider Samantha à rapporter ses tirages de chez l'encadreur, les chargeant dans le coffre de sa vieille Volvo. Il l'avait observé aussi, marchant jusqu'à son club d'escrime un jeudi, empruntant le même chemin à travers le parc un samedi. Là où Josh avait croisé l'équipe de conservateurs du parc pour la première fois, déchargeant des outils dans une remise de l'école.

C'était une remise qu'ils partageaient apparemment avec l'employé de l'école, dans le bureau duquel ils prenaient également leurs pauses quand ils travaillaient du côté Highgate du parc. Ce même après-midi, quand il les avait croisés près de l'école, Josh avait aussi remarqué la caméra de surveillance qui filmait l'entrée du stade. Slater avait-elle visionné l'enregistrement pris par cette caméra le jour de la mort de Lucy ? Était-ce ainsi qu'elle avait vérifié que Michael était bien rentré dans le bâtiment ? Ce que Josh voulait surtout savoir, en traversant le parc pour rentrer chez lui ce jour-là, c'est par quel moyen il allait arriver à visionner cet enregistrement, lui ? À s'assurer, de ses propres yeux, sans toutefois éveiller les soupçons de Slater, de la véracité de la version de Michael ?

Josh avait raconté à Samantha que c'était Nathan, le jardinier de Willow Road, qui l'avait recommandé pour un poste dans l'équipe du parc d'Hampstead. Mais c'était un mensonge. En fait, il avait présenté sa candidature spontanément, en citant Nathan comme référence, ainsi qu'une ancienne connaissance de la City qui siégeait au conseil de la Corporation et avait appuyé sa candidature. Josh avait commencé à travailler avec eux le mois suivant, mais il lui faudrait être patient, il le savait, et il n'y avait aucune garantie. Il agissait par pure spéculation. Cependant, n'était-ce pas là ce qu'il avait toujours fait, et ce dans quoi il excellait au département spéculatif de Lehman Brothers : les paris sur l'avenir, jouer la montre puis frapper fort quand une opportunité se présentait.

À la fin, sa patience payait. Au début du mois d'avril, Josh et son équipe furent envoyés du côté Highgate du parc pour tailler les rhododendrons. La zone qu'ils couvraient bordait les limites de l'école, et, ainsi que Josh l'avait observé l'année précédente, pour s'économiser la navette quotidienne à travers le parc, ils empruntaient l'une des remises de l'employé de l'école pendant la durée de leur mission.

Jim, l'employé de l'école, était veuf, la petite soixantaine, affable et sympathique. En plus d'entretenir l'école, il s'occupait du centre de loisirs. C'étaient les vacances de Pâques, l'école était vide. Jim était donc ravi d'inviter l'équipe dans son bureau. Il leur offrait du thé, du café, un abri quand il pleuvait, ou juste quelques minutes de pause dans l'un de ses fauteuils défoncés.

Josh était assis dans l'un de ces fauteuils, affalé sur ses ressorts fatigués, quand il vit la cassette pour la première fois. Une fois qu'il l'eut repérée, il fut incapable d'en détacher les yeux. Il avait imaginé qu'après avoir fait connaissance avec Jim, il lui faudrait l'entraîner sur le terrain des caméras de vidéosurveillance, puis réussir à lui faire dire où se trouvaient les enregistrements. C'était son seul plan pour arriver jusqu'à l'enregistrement. Alors, en voyant cette cassette juste devant ses yeux, avec la date écrite dessus, il crut un instant à un leurre, comme si quelqu'un lui tendait un piège.

Il balaya le reste de la pièce du regard, les autres étagères, cherchant d'autres cassettes. Rien. Rien que cette pile branlante sur l'étagère devant lui, et les dates sur chacune d'entre elles. Jim continuait à parler – de l'époque où il était semi-pro au football, de ses petits-enfants –, pendant ce temps-là, la cassette semblait rayonner, éblouissante, irradiant aux frontières du champ de vision de Josh, ses chiffres noirs brûlant comme des lettres de feu dans son esprit.

Josh et ses collègues prenaient congé, ils déposaient leurs tasses dans l'évier, Josh choisit ce moment pour désigner l'étagère d'un geste : « Ces cassettes, demanda-t-il à Jim. C'est quoi ? »

Jim regarda vers l'étagère, cligna des yeux, comme s'il découvrait ce côté-là de son bureau. Josh avala sa salive.

Il était nerveux. Il avait l'impression que sa question aurait dû s'accompagner de quelques explications. Les deux autres membres de son équipe avaient déjà quitté la pièce. « La date sur celle du haut », dit-il en ôtant ses lunettes pour les nettoyer dans son tee-shirt. « 7 juin. C'est l'anniversaire de ma fille.

– Oh ! acquiesça Jim en les remarquant. Ça, oui, ce sont de vieux enregistrements de vidéosurveillance. La police les avait réquisitionnés pendant un moment. Je ne me souviens plus pourquoi. Le temps qu'ils nous les rapportent, on avait modifié tout le système. » Il se retourna vers Josh. « Tout est numérique, maintenant, tu vois ? Et il y a plus de caméras aussi. Il n'y a pas un seul mètre carré de ce satané bâtiment qui n'est pas couvert. »

Josh hocha la tête. « Ouais, mieux vaut prévenir que guérir, je suppose. » Il s'avança vers la porte. « Merci pour le thé, Jim, dit-il en partant.

– Elle a quel âge ? » lui lança Jim de son bureau. Josh plongea le regard dans la pièce. « Ta fille, dit Jim. Elle a quel âge ?

– Quatre ans, répondit Josh, les jointures de ses poings blanchies par la pression qu'il exerçait sur la porte. Elle a quatre ans.

– Mignon, cet âge-là, dit Jim en souriant de derrière son bureau. Mignon. »

Josh attendit leur dernier jour de travail aux abords de l'école pour prendre la cassette. Jim n'avait aucune raison de s'en aller, il fallut qu'il lui demande de venir voir les réglages d'une des tondeuses qu'il avait garées à l'extérieur pour le faire sortir. Une fois qu'ils étaient tous les deux à côté de la tondeuse, Josh tâta ses poches. « Merde, dit-il. Mon téléphone. J'en ai pour une seconde. »

Il retourna au bureau en petites foulées, tira la chaise de Jim, monta dessus et attrapa la cassette avant de la glisser à l'arrière de son short. Sur la tranche, constatat-il en l'ayant dans les mains, plusieurs étiquettes de dates étaient superposées, remontant des semaines et des mois en arrière.

En moins d'une minute, Josh était de nouveau à côté de Jim. Il essaya d'écouter les explications de Jim sur les fonctions de la tondeuse, mais son esprit était déjà lancé à plein régime, en train de passer les scénarios en revue. Aussi bien, il n'y avait rien à voir. À part la date, aucun élément ne reliait la cassette à lui, et la police aurait aussi bien pu saisir cette cassette pour une tout autre affaire. Quand même, se dit-il, il y avait de grandes chances que ce soit pour cela. Après tout, c'était l'endroit où Michael avait déclaré se trouver. C'était forcément la raison pour laquelle ils l'avaient saisie. Mais enfin, s'il y avait eu quoi que ce soit de suspect dans cette cassette, Slater l'aurait vu, non ? Et elle aurait réinterrogé Michael ? Malgré tout, Josh attendait depuis des mois, il avait besoin de plus que sa simple intuition et quelques résidus de terre séchée. Il fallait qu'il voie par lui-même. Il fallait qu'il sache.

Il acheta la télévision le lendemain, chez un Cash Converters[1] de Finchley Road. C'était une vieille télévision portable avec un magnétoscope intégré sous l'écran. « J'ai des tas de films qui vont avec, lui dit le type à la

---

1. Chaîne de magasins franchisés d'achat et de vente de produits d'occasion, implantée en France également.

caisse. Des super pornos des années 1980. Avec les coupes de cheveux de l'époque. » Josh répondit qu'il avait tout ce qu'il lui fallait, merci. Il voulait juste la télévision. Il n'avait besoin de rien d'autre.

La qualité de l'image était mauvaise. Noir et blanc, tremblante, tressautant ici et là. Mais suffisamment lisible malgré tout. La caméra donnait sur les portes coulissantes du stade. Josh commença par visionner la cassette en temps réel, scrutant l'éclat de lumière qui glissait sur le sol suivant la course du soleil, les ombres de l'inscription qui s'étiraient sur la porte. Puis il se souvint de l'heure à laquelle avait lieu le cours de Michael et fit avance rapide, un compteur apparut dans le coin en haut à droite de l'écran, qui déroulait les heures de la journée. Sur ce rythme saccadé il vit se succéder un agent de nettoyage passant la serpillière sur les carreaux, un pigeon sautillant à l'intérieur, pris au piège, avant de s'échapper à tire-d'aile. Toutes les heures environ, Jim traversait l'image avec un outil différent à la main. Puis, durant plusieurs heures accélérées, il n'y eut que du vide à l'image. Rien que le sol municipal, le rebord d'un panneau d'information et l'ombre envahissante d'une branche derrière la porte vitrée.

Quand le compteur eut atteint 15 heures, puis 15 h 15, Josh ralentit la cassette. Il se fichait du temps qu'il y passerait. Tout ce qu'il voulait, c'était ne rien manquer. Être sûr. Le cours de Michael était à 16 heures. Tous les samedis. Mais s'il ne se montrait pas, ou juste s'il était en retard, alors peut-être, peut-être que cela lui suffirait. Ainsi, la télévision posée sur sa table basse, les coudes sur les genoux et les mains sous le menton, Josh scruta le hall vide, suspendu aux minutes de bande qui s'écoulaient sous ses yeux. Lorsque le compteur arriva à 15 h 20, il fut transpercé de culpabilité. C'était à peu près l'heure à laquelle il avait quitté sa maison par la porte de devant, juste là, quelque part dans le monde qui se trouvait sur l'écran. Il s'efforça de se concentrer, d'oublier, à mesure que les minutes s'accumulaient, ce moment où il avait abandonné sa fille, et tout ce qui avait bien pu se passer ensuite.

Durant toute la demi-heure suivante, il ne se passa rien. 15 h 59. 16 heures. Le hall n'avait pas bougé, il était vide, seule l'ombre de la branche s'était encore rapprochée de la porte. Josh sentait son cœur cogner de plus en plus vite dans sa poitrine. Chaque seconde qui passait sans que Michael n'apparaisse à l'écran, c'était un pas de plus vers une preuve tangible. Peut-être Slater avait-elle saisi les cassettes sans jamais les visionner. Peut-être qu'une fois l'affaire classée sans suite par le commandant, elles étaient juste restées dans un tiroir d'archives pendant des mois avant d'être finalement restituées à l'école.

Puis, dans l'angle du cadre, une autre ombre recouvrit d'un coup celle de l'arbre. En quelques secondes, c'était fait. Les portes coulissèrent et Michael, en short et tee-shirt, son sac d'escrime à l'épaule, pénétra dans le bâtiment, traversant le cadre en à peine quatre enjambées.

Josh appuya sur « pause », le pied droit de Michael était encore figé à l'extrême gauche de l'écran. Il revint en arrière, le faisant reculer dans le hall et ressortir par les portes. Puis il remit « lecture », et observa d'aussi près qu'il pouvait. Michael refit son entrée. Josh avait le souffle court. Une fois Michael hors-champ, il rembobina immédiatement et remit sur « lecture », le doigt prêt à presser la touche « pause » cette fois. C'est ainsi, en passant de « lecture » à « pause », que Josh regarda Michael traverser le hall au ralenti. Et c'est ainsi qu'il sut qu'il n'y avait plus aucun doute. Le soubresaut de son épaule le trahissait, cette foulée raccourcie, comme si sa jambe droite était lestée. Michael boitait. On ne voyait que quatre enjambées à l'image mais c'était suffisant. Josh avait si souvent accompagné ce pas boiteux à travers le parc. Au début de leurs joggings, toujours, quand le mollet droit de Michael était encore engourdi.

Pause, de nouveau. Il se pencha sur l'écran pour essayer de déchiffrer l'expression de Michael. Impossible. Son visage était une tache grise et floue. Aucune importance. Josh savait. C'était tout ce qui comptait. Il savait enfin. Quelle que soit la façon dont Michael était arrivé jusqu'à l'école ce jour-là, contrairement à ce qu'il avait dit à Slater, il n'y était pas allé à pied.

# 23

« Michael. »

Michael se tenait au bord du terrain de Duel lorsqu'il entendit Josh prononcer son nom. C'était une douce soirée de la fin du mois d'avril, deux jours après le vernissage de Samantha où ils s'étaient croisés. À peine quelques minutes plus tôt, Michael était debout tout seul, au milieu de la clairière ovale, les yeux fixés au ciel sur un vol de martinets chassant les insectes dans la lumière du soir. Tout autour de lui, les arbres du bois du Sud bourgeonnaient. Les fleurs de marronniers brillaient déjà telles des bougies blanches sur les ombres noires de feuillage et d'écorce.

La seule fois que Josh avait prononcé le nom de Michael en entier, c'était à cette première fête, quand il l'avait présenté aux autres invités. Depuis lors, il avait toujours été « Mike » pour lui. Parfois même « Mikey ». Mais jamais *Michael*.

Il se retourna, lentement. Et vit Josh à l'autre bout du terrain. Il portait son uniforme de la Corporation de Londres : un pantalon de treillis foncé et un polo vert foncé siglé sur le torse. Michael fut soulagé de voir qu'il n'avait rien dans les mains. Il se demanda depuis combien de temps Josh l'observait.

« Josh, dit-il. Je ne t'avais pas entendu.

– Tu étais dans ma maison, dit Josh sans ciller. Ce jour-là. Dans ma maison. »

Michael sentit ses poumons se vider comme s'il venait de mettre la tête sous l'eau. À la seconde où il avait vu Josh debout là, il avait su. À la seconde où il avait entendu prononcer son nom. Mais ces mots, cette phrase si tranchante, demeuraient un choc. Pendant un moment, il envisagea d'essayer de faire semblant de ne pas savoir de quoi parlait Josh. Mais il savait que cela ne servirait à rien. L'expression sur son visage se chargerait pour lui de dire à Josh tout ce qu'il voulait savoir. Alors, Michael décida d'achever de démonter leur faux scénario.

« Et toi tu n'y étais pas », dit-il.

Josh resta immobile. Il avait les poings serrés. Il ne répondit pas, laissa les mots de Michael flotter dans l'air entre eux. Michael s'apprêtait à reprendre la parole quand Josh commença à avancer vers lui. « Pourquoi ? » dit-il, la mâchoire serrée, les veines du cou saillantes. La voix rauque, un murmure étranglé. « Pourquoi ? C'est tout ce que je veux savoir. Pourquoi as-tu fait ça, enfoiré de salopard ? »

Michael recula de deux pas, les mains en avant pour calmer Josh. « Je n'ai rien fait, dit-il. J'étais là, mais je n'ai rien fait. »

Josh se figea. « Je devrais te tuer », dit-il. Les larmes lui montaient aux yeux. Un mélange de rage et de douleur affluait en lui, visible à l'œil nu. « Je devrais te tuer, maintenant.

– Josh, s'il te plaît, dit Michael. Il faut que tu m'écoutes. Tu as raison. J'étais dans ta maison. J'étais là. » Il s'interrompit. Il fallait qu'il le dise. « Je l'ai vue tomber. »

Le visage de Josh fut secoué par des spasmes de larmes réprimées.

« Mais c'était un accident, continua Michael. Je te le jure. Un accident. »

Josh était sur lui avant même que Michael n'ait eu le temps de bouger. Inexplicablement, il avait réussi à franchir la distance qui les séparait en un seul pas, puis il avait attrapé Michael par le tee-shirt et l'avait plaqué contre la grille. Michael se cramponna à ses poignets et le repoussa. « Josh ! cria-t-il, en se reculant encore, son sac d'escrime était tombé par terre. Pour l'amour de Dieu, écoute-moi. Je t'en prie ! »

Josh respirait fort. Il avait l'air prêt à repartir à l'assaut à tout moment, puis, tout à coup, aussi vite qu'il s'était jeté sur lui, il se relâcha. « Dis-moi juste pourquoi », reprit-il d'un ton calme.

Alors Michael s'exécuta.

Il lui raconta qu'il était passé ce jour-là parce qu'il cherchait son tournevis. Ce mot était insupportable à prononcer. Il semblait si trivial, trop insignifiant pour avoir causé tant de mal. Mais c'était bien pour cette raison, dit-il à Josh, qu'il s'était trouvé là. Ensuite Michael tenta d'expliquer du mieux qu'il put les inquiétudes qu'il avait eues. La porte du jardin qu'il avait trouvée ouverte. Sa volonté de s'assurer qu'ils n'avaient pas été cambriolés. Puis il essaya de lui raconter pour Caroline aussi. Mais c'était trop pour Josh. Ou bien pas assez.

« Un fantôme ? Un putain de fantôme ? cria-t-il à Michael. C'est ça que t'es en train de me dire ? Que t'as tué ma fille parce que t'as cru que t'avais vu un putain de fantôme ?

– Non ! » cria-t-il en retour. Il sentait sa propre colère monter. Si Josh avait été là, s'il s'était contenté de rester chez lui au lieu d'aller se taper Maddy. S'il avait juste été là, rien de tout cela ne serait arrivé. « Pas un fantôme, dit Michael. Elle. Il faut que tu comprennes. C'était encore si tôt. Je recevais ces putains de lettres… C'était tellement… » Il se tut et regarda Josh. L'air de dire, on a fait ça ensemble, tous les deux. On est coupables tous les deux.

« Et après ? » continua Josh.

Il y avait un banc le long du terrain. Michael alla s'y asseoir. La tête dans les mains, il raconta à Josh que Lucy était sortie de nulle part, qu'il avait essayé de la rattraper mais qu'il n'y était pas arrivé, et qu'il n'avait pu qu'assister à sa chute.

« Et après, poursuivit Josh en faisant les cent pas devant Michael. Tu es parti. Tu t'es barré, putain !

– Oui, dit Michael, les yeux baissés. Je suis parti, et je donnerais ma vie entière pour revenir en arrière et rester. » Il s'interrompit, leva les yeux vers Josh. « Mais toi aussi, tu es parti. » Josh se retourna et le toisa du regard. « Toi aussi, tu es parti, dit Michael. Tu es parti. Et si tu n'étais pas…

– Je sais ! » trancha Josh en giflant le vide devant lui. Il s'éloigna de Michael. Près de la grille, le sol était nu et fatigué, des touffes d'herbes courtes émaillaient la terre. Mais plus loin, plus loin que Josh, Michael apercevait le voile de campanules qui recouvrait le sol de la forêt. Au-delà de la grille, il y avait la vie. Michael aurait voulu être là-bas, au milieu des campanules. Il voulait en finir avec tout cela.

Josh se retourna vers lui. Il avait l'air harassé. Michael avait tellement de questions à lui poser. Pourquoi était-il sorti ? Est-ce que c'était vraiment pour aller voir Maddy ? Et, si oui, pourquoi laisser Lucy toute seule ? Mais il vit que ce n'était pas le moment d'interroger Josh. Il était comme une grenade dégoupillée, sensible à la moindre pression. Cependant il fallait qu'il continue à le faire parler. Cela aussi, Michael le savait. Alors, il lui demanda plutôt comment il avait su. Comment avait-il découvert qu'il était dans la maison ?

La réponse de Josh fut courte, du tac au tac, son esprit était ailleurs, luttant contre des instincts contradictoires de vengeance et de survie. Michael demeura assis sur le banc tout le temps de leur conversation, acquiesçant en écoutant Josh lui parler de la terre, de la cassette, de son pas boiteux qui le trahissait. Quand il eut fini, Michael savait qu'il ne restait qu'une seule question à laquelle il leur fallait répondre tous les deux.

« Que veux-tu faire ? demanda Michael. Maintenant que tu sais. »

Josh fronçait les sourcils en le dévisageant. Il hocha lentement la tête. « Tu dois partir, dit-il. Samantha et Rachel. Tu dois les quitter. La rue, Londres. Tu dois partir. Maintenant.

– Partir ? » dit Michael. Josh avait raison, il le savait. Ils ne pouvaient plus continuer comme cela. « Et qu'est-ce que je leur dis ? Je ne peux pas juste disparaître. Elles vont se poser des questions. Elles vont appeler la police. »

Josh éclata de rire. « La police ? C'est ça, comme s'ils servaient à quelque chose, ces connards !

– Heureusement pour toi qu'ils ne servent à rien », tacla Michael. Josh s'approcha de lui. « Et pour moi, dit Michael en levant une main conciliatrice devant lui. Et pour moi.

– Tu leur dis ce que tu veux », insista Josh, en se tournant à nouveau. Il faisait les cent pas, encore et encore, comme s'il essayait de réveiller un automatisme physique. « C'est toi le putain d'écrivain, non ? »

Michael se leva du banc et alla ramasser son sac d'escrime. « Si je m'en vais, dit-il. Est-ce tu raconteras tout à Samantha ? »

Josh le regarda comme s'il parlait une langue étrangère. « Pour lui dire que je n'étais pas là ? » Il secoua la tête. « Non. Mais, reprit-il en pointant le doigt sur Michael, si tu reviens, si tu leur écris, ou si tu les appelles, je le ferais. Je le jure. Je préfère nous condamner tous les deux plutôt que de te savoir près d'elles. »

Michael regarda Josh. C'était un autre homme. Un homme transfiguré par le deuil, par la colère. Les joues creuses, les yeux aussi morts que vivants. Un homme qui avait rien et tout à perdre à la fois.

« Ce soir, dit Josh en laissant retomber sa main. Tu dois partir ce soir. »

# 24

Le petit jour se lève sur Manhattan, c'est le début du week-end de Pâques. Encore une heure à peine, et le soleil effleurera l'horizon du New Jersey. Quelques minutes et l'horloge rouge illuminera la rivière Hudson, les bateaux de touristes de la statue de la Liberté déploieront leurs voiles qui se gonfleront de vent jusqu'à l'embouchure de l'estuaire.

Michael est assis sur un banc à côté de la rivière, sur une jetée surplombant l'autoroute qui part de la 26e Rue Ouest. Il est au bout de la jetée, à côté d'une grande roue à eau métallique qui tourne, lumière et eau cascadant d'aube en aube. À sa droite, une jeune femme en short, maillot et baskets s'étire les ischio-jambiers, un léger bourdonnement s'échappe de ses écouteurs. À sa gauche, un couple mexicain est assis sur un banc, ils bercent leur bébé dans une poussette. Plus loin sur la rivière, au ponton suivant, Michael entend la musique diffusée par La Poêle à frire, un bar flottant établi sur un ancien bateau de pompiers. Les pulsations du trafic palpitent derrière lui, le bruit de l'eau clapotant sur la roue, et le rythme lointain de cette musique, tout cela forme un fond sonore qu'il a fini par trouver apaisant. Manhattan n'est jamais silencieux, mais, chaque fois qu'il a besoin d'espace, de réfléchir, de se souvenir, d'avoir une impression de calme ou même de se calmer lui-même, c'est ici qu'il vient.

Cela fait presque un an que Michael a quitté Londres. La lettre qu'il a écrite à Samantha en rentrant du parc ce jour-là était brève et précise. Il lui disait qu'il fallait qu'il s'en aille, tout simplement. Qu'il savait qu'il aurait dû dire au revoir, à elle, à Rachel, mais qu'il n'arrivait pas à se résoudre à prononcer ces mots face à elles. La lettre le faisait paraître faible et égoïste. Il savait que Samantha l'interpréterait comme une réaction à sa proposition de venir s'installer dans la maison. Qu'elle serait en colère. Qu'elle se penserait incapable de juger un homme. Un jour, quand Rachel serait assez grande, elle lui dirait de l'oublier, ou mieux, de lui pardonner d'avoir tant souffert et d'avoir guéri de ses souffrances en les blessant à leur tour.

Sa propre blessure se referme peu à peu. L'ultime lettre qu'il a reçue de Daniel, passée, comme toutes les autres, par l'intermédiaire de ses éditeurs, le lui signifiait clairement : ce serait la dernière. Il avait donné à Michael tout ce qu'il pouvait. Ils avaient tous les deux besoin d'avancer, disait-il, il ne lui écrirait plus. Dans la même lettre, il expliquait à Michael qu'il s'était récemment réinstallé dans l'Est, que Cathy et les filles étaient retournées vivre dans l'État de New York et qu'il avait décidé de les suivre. Il espérait, écrivait-il, qu'un jour il pourrait revivre avec elles. D'ici là il s'était trouvé une cabane au bord de l'Hudson et un travail chez un distributeur de produits biologiques. Deux fois par semaine, il se rendait jusqu'à Manhattan où il livrait des produits de fermes locales à des épiceries et des restaurants.

Souvent Michael songeait à l'étrangeté de la situation : deux fois par semaine ils étaient tous les deux dans la même ville, foulant les mêmes rues. Ces derniers mois peut-être, sans qu'aucun des deux ne le sache, avaient-ils partagé le même trottoir ou encore un banc semblable à celui-ci. Michael avait eu beau chercher Daniel sur Internet plus d'une fois, il n'avait jamais trouvé la moindre photo, il ne saurait donc jamais s'il l'avait croisé. En ce moment même, Daniel aurait pu être dans son camion de livraison, sur cette autoroute juste derrière lui, le coude appuyé à la fenêtre côté conducteur. Et si, stationnant au feu rouge, il lui était arrivé de porter le regard vers la droite, alors il aurait vu Michael assis au bout de cette jetée. Un homme grand, dont la silhouette se découpait devant la roue à aubes, les yeux perdus dans le scintillement de la lumière sur l'eau, le doigt enfoncé sur la touche « lecture » d'un dictaphone qui diffusait la voix de sa femme disparue, tuée par un missile *Fire & Forget* sur une montagne du Pakistan.

*Devine qui est là-haut ?* murmure Caroline à Michael par-delà les années. *Ça te dit de me rejoindre ?*

Mais Daniel non plus n'en saurait rien. Alors quand le feu passerait au vert, il détournerait juste le regard de la jetée et poursuivrait sa route jusqu'à la ville, sans savoir qu'il venait de voir l'homme à qui il avait apporté la mort, et qui, à son tour, avait apporté la mort dans d'autres vies.

Michael réécouta encore deux fois la voix de Caroline résonner dans ses écouteurs, puis il les ôta et rangea le dictaphone dans sa poche. Il se restreignait pour ne pas l'écouter davantage. De même qu'il se forçait à ne pas trop regarder les photos, ses reportages sur YouTube, un film qu'ils avaient fait pendant leur première soirée au coin du feu à Coed y Bryn.

Il se redresse, quitte le banc et se dirige vers chez lui. C'est à quelques minutes à pied, en longeant l'Hudson puis en tournant à gauche dans les rues du Village. Son appartement est situé au dernier étage d'un immeuble sans ascenseur qui en compte quatre. La fenêtre de secours donne sur les arbres, il y a un bureau près d'une fenêtre et une chambre où il a accroché l'un des tirages de Samantha représentant le bassin. Afin de se souvenir, suppose-t-il, ou de ne jamais oublier.

Quand il pense à lui, Michael imagine Josh au bord de ce bassin. Assis sur un banc au crépuscule, face à l'arrière de toutes ces maisons trouées de fenêtres à tel point qu'il s'y trouve désormais presque plus de vitres que de briques. Les bassins, les arbres, les saules, le parc. Il imagine Josh assis là, après une journée de travail, les bras fourbus et entaillés, un café à la main peut-être, à regarder les lumières s'allumer une à une dans les maisons. À regarder ici et là, mais surtout sa femme et puis peut-être sa fille apparaître et disparaître, vivant leur vie, dans cette maison qui fut autrefois la sienne et dont il espère qu'un jour elle le redeviendra.

Michael traverse l'autoroute et pénètre dans la ville par Christopher Street, passe devant les clubs gays et lesbiens, les sex-shops et les cabinets de voyance. Il observe les gens qui avancent dans le sens inverse, les jeunes femmes, il essaie d'imaginer à quoi Samantha ressemblait quand elle était étudiante ici. Quand tout était encore possible pour elle, quand elle en était encore au début.

Michael n'a jamais eu de nouvelles de Samantha. Il sait que c'est mieux comme ça – que la lettre qu'il a laissée a dû provoquer la blessure et l'agacement qu'il recherchait. Afin que son départ soit complet. En un sens, c'était son dernier cadeau. Et c'est la raison pour laquelle, prétextant de vouloir le retravailler, il avait demandé à son agent de reculer la publication de *L'homme qui brisa le miroir*. Et pris un poste d'enseignant ici à New York plutôt que de continuer sur la voie de l'écriture. Pour que Samantha et Rachel n'aient plus jamais à croiser son nom dans la vitrine d'une librairie ou dans un magazine. Pourtant il avait beau savoir que c'était mieux ainsi, pendant plusieurs mois après s'être réinstallé à New York, Michael se surprenait régulièrement à contempler le numéro de Samantha sur l'écran de son téléphone, à faire glisser sa souris sur son adresse e-mail. Pendant longtemps, il n'avait pas été tout à fait sûr des raisons qui l'avaient poussé à agir de la sorte. La recontacter ne ferait que l'exposer à davantage de déception, et puis, après tout, il avait fait une promesse à Josh. Mais, les mois passant, il avait fini par comprendre.

C'était parce qu'il ne lui avait jamais dit la vérité. Il n'avait jamais donné corps à la réalité de ce qui était arrivé dans sa maison, à sa fille. Il était devenu prisonnier de cette histoire inachevée en lui. Il se souvenait des propos de Caroline, quand ils étaient encore à Coed y Bryn – une histoire qu'on ne raconte pas demeurait enfouie, invisible mais bien présente, imprégnant le sol autour. Voilà pourquoi, six mois plus tôt, Michael avait trouvé le moyen de tenir sa promesse vis-à-vis de Josh, en libérant ces minutes réelles et en avouant enfin la vérité.

Tout ce qu'il avait à faire, comprit-il, c'était ce en quoi il excellait, en s'appliquant à lui-même la technique d'écriture qu'il avait pratiquée tout au long de sa vie d'adulte. Recomposer l'alchimie de l'expérience vécue par les mots et s'effacer de la page, quoique différemment cette fois. Pas en se gommant de l'histoire, mais en s'y insérant. S'il se forçait à le faire, chaque jour, chaque nuit, alors au bout du compte, qu'il soit lu ou non, au moins ce serait terminé.

Michael se renfonça dans sa chaise et contempla son écran, la page blanche dessus, noircie de ses actes, de ses souvenirs. Il se pencha en avant et fit dérouler les pages à l'envers jusqu'à la première, plaça le curseur au centre de la page et rédigea une dédicace :

*Pour Samantha.*

Oui, c'était pour elle, même si elle ne le verrait jamais. Et même s'il savait très bien, en fait, que c'était pour lui aussi. Et pour Caroline peut-être, qui avait toujours éprouvé, quelles que soient les conséquences, le besoin viscéral de raconter les histoires – et qui comprendrait aussi pourquoi il avait besoin de la raconter de cette manière. Pas uniquement par les faits, selon ses propres mots, ceux qu'elle lui avait cités ce premier soir au Frontline, mais avec tout le reste.

Est-ce que cela suffirait ? Michael le découvrirait avec le temps. Il avait autrefois dit à Samantha qu'une histoire avait besoin d'un lecteur pour être achevée. Mais à présent, sortant les dernières pages de l'imprimante et les ajoutant à la pile qui s'élevait déjà sur son bureau, il n'était plus sûr. Peut-être que Samantha avait raison, et que cette solution ne pourrait être que temporaire. Peut-être qu'un jour il lui faudrait finalement suivre l'exemple de cet homme qui avait tué sa femme, et glisser ces pages imprimées dans une enveloppe adressée à la maison où toute cette histoire avait commencé : *32, South Hill Drive, Hampstead, London, NW3 6JP*. Mais jusqu'à ce jour-là, si ce jour devait venir, il lui faudrait se contenter de cette pile de feuilles dans un coin de son bureau. Au moins Michael y avait-il finalement raconté leur histoire. C'était tout ce qu'il pouvait offrir. Lui donner corps. C'était une confession, mais c'était aussi une façon d'en finir pour eux tous – pour Samantha, Caroline et même Josh. D'en finir, toutes vérités dites, avec cette dernière phrase, ces derniers mots, et ce point final.

Mise en pages
PCA – 44400 Rezé

Achevé d'imprimer en juin 2015
sur les presses de Normandie Roto Impression s.a.s.
à Lonrai (Orne)
pour le compte des Éditions Payot & Rivages
106, bd Saint-Germain – 75006 Paris
N° d'imprimeur : 1502590
Dépôt légal : août 2015

*Imprimé en France*